当代陕西文学评论文丛 | 编委会

主　编　贾平凹　齐雅丽

副主编　韩霁虹　李国平　李　震

编　委（按姓氏笔画排序）

仵　埂　齐雅丽　李　震

李国平　杨　辉　段建军

贾平凹　韩霁虹

当代陕西文学评论文丛

接续中坚

「传统」的显现与重述

惠雁冰 著

陕西师范大学出版总社　西安

图书代号　　WX24N2340

图书在版编目（CIP）数据

"传统"的显现与重述 / 惠雁冰著. -- 西安：陕西师范大学出版总社有限公司, 2025.6. --（当代陕西文学评论文丛 / 贾平凹, 齐雅丽主编）. -- ISBN 978-7-5695-4830-3

Ⅰ. I206.7-53

中国国家版本馆CIP数据核字第2024ZOV75号

"传统"的显现与重述
"CHUANTONG" DE XIANXIAN YU CHONGSHU

惠雁冰　著

出版统筹	刘东风　刘　定
策划编辑	马凤霞
责任编辑	宋媛媛
责任校对	王丽敏
封面设计	周伟伟
出版发行	陕西师范大学出版总社
	（西安市长安南路199号　邮编 710062）
网　　址	http://www.snupg.com
印　　刷	中煤地西安地图制印有限公司
开　　本	720 mm×1020 mm　1/16
印　　张	15.75
插　　页	2
字　　数	226千
版　　次	2025年6月第1版
印　　次	2025年6月第1次印刷
书　　号	ISBN 978-7-5695-4830-3
定　　价	59.00元

读者购书、书店添货或发现印装质量问题，请与本公司营销部联系、调换。
电话：（029）85307864　85303629　　传真：（029）85303879

文脉陕西，评论华章（序）

贾平凹

从延安文艺的烽火岁月，到新时代的文学繁荣，陕西文学以其独特的风格和深邃的内涵，赢得了国内外的广泛赞誉。在中国当代文学史上，陕西不仅拥有一支强大的文学创作队伍，同时也拥有一批占领各个历史阶段文学批评潮头的评论骨干。他们以敏锐的洞察力剖析文学现象，参与文学现场，解读作品内涵，为陕西文学的发展注入了源源不断的活力。在新时代文化浪潮中，文学评论作为党领导文学事业的重要途径和方式，作为文学繁荣发展的重要推动力和引导力，正凸显着越来越重要的作用。

为了贯彻落实习近平总书记关于文艺工作和文艺批评的重要论述，以及中宣部等五部门联合印发的《关于加强新时代文艺评论工作的指导意见》，进一步加强和改进陕西文学批评工作，打磨好批评这把利剑，把好文艺的方向盘，同时也为深入总结和发扬陕派文学批评的历史经验，全面呈现陕西当代评论家队伍及其丰硕成果，推动陕西文学批评再创佳绩，助力陕西乃至全国文学发展，陕西省作家协会精心策划并编辑出版了"当代陕西文学评论文丛"。

在选编过程中，丛书编委会始终遵循着精编细选的原则，力求每篇文章都能代表作者个人的最高水平，同时也能反映出陕西文学评论的独特风格和时代特征。所选文章以研究和评论承续延安文艺传统的陕西作家、作品为主，也不乏对中国文坛或域外文学研究的独到见解。丛书汇聚了三代文学批评家中三十位代表批评家的学术成果。他们或生于陕西，或长期在陕工作。他们以笔为剑，以墨为锋，用睿智深刻的见解，共同书写了陕西文学批评的辉煌华章。他们的评论文章，或激情洋溢，或理性严谨，或高屋建瓴，或细腻入微，共同构筑了这部丛书的独特魅力与丰富内涵。

丛书将陕西老中青三代评论家分为"笔耕拓土""接续中坚""后起新锐"三个系列。三代评论家有学术师承，亦有历史代际。每个系列都蕴含着不同的时代气息和文学精神："笔耕拓土"系列收录了陕西文学评论界先驱和奠基者的成果，他们如同手握犁铧的开垦者，为陕西文学评论的沃土播下了希望的种子；"接续中坚"系列展现了新一代批评家中坚力量的风采，他们的评论既有深厚的理论功底，又有敏锐的时代洞察力，为陕西文学评论的繁荣发展注入了新的活力；"后起新锐"系列则汇集了新一代批评家的文章，他们敢于创新，勇于探索，为陕西文学评论的未来开辟了广阔的空间。

"当代陕西文学评论文丛"的出版，不仅是对陕西文学批评历史的一次全面总结和回顾，更是对未来陕西文学发展的有力推动和期待。相信这部丛书的问世，将激发更多文学评论家的创作热情，使陕西文学创作与批评携手并进，比翼齐飞，为推动陕西文学批评事业的繁荣发展，为陕西乃至全国文学的发展贡献新的智慧和力量。

2024年11月8日

目　录

001　地域抒写的困境
　　　——从《人生》看路遥创作的精神资源
009　从《桃之夭夭》看王安忆的意识世界
024　论农业合作化题材长篇小说的深层结构
　　　——以《创业史》《艳阳天》《金光大道》为例
038　梗阻心理·失落意识·苦涩美学：《秦腔》新论
051　文化人类学视野中的《笨花》
064　"不畏浮云遮望眼"
　　　——池莉论
080　"柳青传统"还是"柳青范式"
084　《繁花》阐释的三度空间
099　《山花》现象与《山花》作家群
120　人民文艺的当代内涵
126　从《三里湾》看赵树理的"新变"与"固守"
149　重谈《创业史》研究中的几个问题
164　"多风趣"何以"不落轻佻"？
　　　——孙犁前期小说再论析

183　土与子
　　——另一种视角下的《人生》重读
200　《李自成》内含的多重叙事话语
224　肖洛霍夫的中国旅行
　　——《创业史》中"有意味的内容"的缘起与重构

243　后记

地域抒写的困境

——从《人生》看路遥创作的精神资源

若论路遥小说的创作模式,基本上可以概括为地域文化的挽歌。他总是以土地本身的精神骨血作为底蕴,以20世纪80年代初期的特定历史环境作为依托,让主人公横亘在现实与理想、文化习性与现代理性的激荡之间,从而使作品弥漫着一种特殊的浪漫情怀与深沉的悲壮气息。当然,创作模式的单一往往源于其精神资源的恒定。而路遥创作的精神资源,可以大致概括为:陕北文化的"出走"主题,社会底层人性的"苦难搏斗"形象塑造范型,以及民间维度下"多情女子负心郎"的情节生成模式。

一、陕北文化的"出走"主题

陕北自古就是一块苦焦的土地,重峦叠嶂,沟壑纵横,几无平地。生存境遇的极端恶劣,不但使生命负载了极为沉重的阴影,更残酷的是几乎切断了陕北与外在世界的一切联系,终使王道难化,春风不度。值得思考的是,陕北又是一块浪漫的土地。自然区域的生命应答并不是通过粗粝与萎缩的方式呈现出来,相反是通过生命对自然的超越而浪漫地实现,甚至在超越的过程中没有一丝强力挤压下的痛苦。这种特殊人文景观的出现,一方面归因于陕北人基于生存窘迫而产生的决绝式心理,另一方面归因于身处边地的边缘性特征，以及在包容了其他民族、其他区域的生存方式后自然形成的文化维度的多元性。多元性的文化维度与边地文化的相互渗透，共同构筑了陕北人远离王道法理、淡化村落秩序的文化意识与文化心理。由此，自然条件越窘困，社会灾难越频仍，陕北人对外在世界的憧憬越急切。换句话说，陕北人似乎从来没有其他地方的人对乡土的那份守持与凝望，"逃离"与"出走"始终是陕北人深植内心的精神主题。诸如陕北民歌中传唱的情绪，绝不仅仅是劳作休歇之余的放松与沉浸，而更多奔涌的是直面残酷现实的不平与不甘。正因为如此，"出走"成为陕北人一经降生便很难纾解的一种情结，也成为隐喻在区域民族灵魂深层中的精神意象，同时成为我们解读陕北文化，进而阐释其地域生存状态的一个解码。作为一个地地道道的陕北人，路遥正是以其笔下主人公的精神突围，重新丈量了陕北人祖祖辈辈的光荣与梦想。

饶有意味的是，路遥以20世纪80年代社会转型初期的特殊社会背景，作为自己阐释文化母题的土壤。故而在《人生》中，高加林的一切奋斗自然拥有了现实的合理性和文学本身的悲剧性，陕北文化的"出走"主题也随之生发出广阔的诠释空间。换句话说，基于自然秩序困厄的单纯"逃离"，因为有了社会秩序的介入顿时变得生机勃勃。而社会秩序的坚硬与社会体制转型过程中所携带的各种阴影，又势必使"逃离"与"出走"本身变得遥不可及。路遥以一副悲怆的姿态反观着逃离者的幸与不幸，也在痛苦中咀嚼着精神无以栖息的寂寥。高加林的"人生"怪圈揭示的正是这种逃离与出走的无望。

当然，与城市秩序的冷漠相对的是路遥笔下乡村秩序的温情。乡村作为传统农业文化的载体，沿袭着守旧与忍耐的精神，也最大程度地存留了有关善良、负重、淳朴、关爱等诸多美德，这就使得路遥在解读文化母题时始终携带着一种相当矛盾的情感。一方面，他诉诸高加林以出走的基本实力，有才干，有理想，有一定的现代文化心理，还有妄图刹那间改变自己生存环境的浪漫渴望；可另一方面，路遥又深知乡村社会与城市社会在当时的严峻对立，以及不完善的社会体制所赋予高加林出走的各种现实阻碍。于是，乡村温情便自然成为救赎出走者的一片亮光。其实，逃离的焦灼与出走的无望本身就是陕北文化的精神主题，路遥与母体文化的无奈合辙潜在地反映了路遥内在的困惑。因此，在文本中，现实的救赎只能被伦理的救赎所取代，现代性的突围最终被母体文化的化合所取代，其中的地域文化情结不言而喻。遗憾的是，路遥在他后来的作品中几乎都沿袭或复制着这种精神主题，那些有着浓郁自传体色彩的小说一再讲述着陕北青年有关出走与复归的同类型故事。从《人生》中那个迫切希望走出黄土地的高中毕业生高加林，到《平凡的世界》中那个同样对外在世界极为渴望的务工农民孙少平，大体皆如此。

二、"苦难＋搏斗"的社会底层形象塑造范型

有了陕北文化"出走"主题的预设，路遥便自然在主题的牵引下赋予主人公"出走"的可能及"出走"的意义，而"出走者"的性格塑造更是直接关乎着主题诠释的有效性。为此，"苦难与搏斗"的形象塑造范型，几乎成为路遥解读现实生活与现实人性的基本原则。路遥小说的创作内容，也就在很大程度上成为陕北地域文化母题的单纯还原。

首先，路遥深知社会底层者的苦痛与追求，也明了他们迈向外界的艰难性，更懂得他们内心涌动的随时准备冲破重围的强烈愿望。为此，阴暗化的生活便成为形象存在的基本环境。高加林是一个农村子弟，高中毕业后没考上大学，在村办小学中当民办教师。父母又是一辈子只知道从土坷垃里讨饭吃的庄户人，除过善良忍耐之外，别无他能。谁知，民办教师又被人无端挤掉，高加林只得回乡务农。生活的阴影像雾霭一样笼罩了高加林的全部身心，生命无休止的循环使他深深体味着现实的无情。好不容易跻身城市后，他又遭人算计，最终前途受阻，恋爱破产，背着行囊怅然回村。生命的起点无疑就是生命的终点，苦难的结束岂料又是苦难的重启。

我们可以设想高加林回村后的种种场景，但有一点是难以变更的，那就是他又将成为一个农民，一个被城市所不容的阶层，一个终生与贫困荒凉为伴的"受苦人"。"受苦人"这一特定性的称谓，昭示着农民心目中社会秩序的严峻分野，以及农民对自身生存状态的终极性评判。

其次，社会底层人性的苦难境遇一旦设定，路遥便极力锻造与苦难抗击的孤愤者，并特意留出足够的空隙，以促使孤愤者有突围的现实可能性。于是，"搏斗型"人格成为孤愤者消解苦难的基本精神品格。高加林正是这样一个苦难搏斗型的形象。开篇的暴风雨已经预示了一场人生劫难的开始，当"准公家人"的社会符号被乡村强权无情剥夺后，他像一匹受伤的狼一样怒不可遏，面对懦弱的父母，他义愤填膺地嘶喊道："反正这样活受气，还不如和他狗日的拼了！兔子急了还咬一口哩，咱这人活成个啥了！我不管顶事不顶事，非告他不行！"[①]在某种程度上，从这一天起，复仇的种子已经在高加林的心中萌生，"活成个人"便是这个农民子弟的搏斗目标。然而，乡村生活的平淡与寂寞让心高气傲的高加林痛不欲生，他只能以一种惨烈的自虐方式来发泄自己对生活和命运的不满。艳阳之下，他近乎疯狂的劳作，处处印证着这个铁血男儿的桀骜与不屈。尤其当他去城里挑大粪时，本已蓄势良久的愤激之火，在自尊遭到强烈挑衅的情况下更是熊熊而燃，"他恶狠狠地对老同学他妈说：'我身上是不太干净，不过，我闻见你身上也有一股臭味！'"[②]这是一个农民对城市人的挑战，也是乡村社会对文明社会的宣示。作为一个被现实处处刺逼的困兽，在严峻的生活面前，高加林毫无办法，只能空怀悲愤。于是，在文化母题的召唤下，路遥适时安排了促使高加林出走的各种契机。其中，刘巧珍的出现是抚慰高加林焦灼情绪的一缕清风，也是将其由低调状态调整到高亢状态并保持搏斗意识的重要中介。"二叔"的工作调遣及马占胜的伺

---

① 路遥：《人生》，见《全国获奖中篇小说集（1981—1982）》，上海文艺出版社，1983年，第338页。
② 同上，第425页。

机行事，无疑为高加林的出走搭建了改写命运的现实阶梯。而黄亚萍向他传递的爱情，则直接将高加林"活成个人样子"的搏斗理想变为现实。

如果说高加林开始成为城市生活的一部分是路遥对"出走"主题的第一重演绎的话，那么，"出走"的无望便成为路遥对这一文化主题另外一个层面的深沉省思。张克南的宽容与仁义并不能取代城市秩序对非法介入者的排斥，伦理的亲和力也自然无力对抗体制的严整，张克南母亲的一封信，匆匆结束了高加林征服城市的光荣之旅，他再次回到了贫瘠的黄土地。值得思考的是，路遥对"苦难＋搏斗"这一底层形象塑造范型的认知，并没有随文末乡土社会的温情接纳而戛然消失，相反以一种隐性的力量，不断内渗或外溢到文本的边边角角。也就是说，正如高加林初次回到土地时一样，最后德顺爷爷与巧珍对"落魄浪子"的善待与同情，只不过是为受伤者提供了暂时的灵魂栖息之地，而丝毫不会消解"出走者"的搏斗欲望。随着时光的流逝，他又会获得"巧珍"一类姑娘的垂怜，又会有新的出走契机的出现，然后再搏斗，再无望，再无望，再搏斗，就如陕北民歌传达出的忧困情绪一样，令人惊颤不已。

如果从文学史的角度看，路遥塑造的这种形象范型，一定程度上又与"十七年时期"注重英雄形象、苦难环境、崇高品格的革命现实主义作品较为趋同。唯一不同的是，革命现实主义文学宣泄的是苦难中搏斗的豪迈性，而路遥挥抒的是苦难中搏斗的悲怆性而已。这样看来，《人生》的成功其实暗合了新时期所张扬的新理想主义潮流，又直面了社会转型初期城乡秩序的碰撞与对立，故而程式化的创作才展现出丰富的弹性与惊人的张力。

三、"多情女子负心郎"的民间审美维度

在传统叙事文学中，常常存留着有关"多情女子负心郎"的话语模式，并演绎了很多魂断玉销的爱情悲剧。路遥的《人生》正是一部讲述在

新时期的城乡结合体,两个来自黄土高原深处的青年男女在生活观念发生强烈冲撞之后上演的爱情悲剧。尽管文本反映的现实内容展现出特定的当代性,但在情节生成方面,甚至在主人公职业身份的设定及道德中介力量的荫庇方面,其实同传统叙事文学中一直延续的情爱表现模式一脉相承。

高加林的人生失意是他能够和传统叙事发生关联的基本环节。一个农民的儿子,又生活在如此荒凉贫瘠的黄土高坡,唯一可能改写命运的"民办教师"的职位还被支书的儿子无情剥夺,其中的悲愤沉郁不言而喻。可以说,这是一棵被社会风雨连根拔掉的幼苗。高加林的心灵世界也自然因生活的严峻考验呈现出极其失落的色彩。路遥在字里行间也处处流露出对高加林深陷困境的垂怜,"落难"意识无疑是路遥塑造高加林形象时最直接的创作动机。其实,"落难"基调的设立,本来就包含有"救赎"的意义,这是社会秩序自我调节的法则。在文本学中应归于创作者对生活拆解后的重构,在此也可理解为路遥预设性的曲笔。问题是谁来拯救,靠什么来拯救?路遥的意识世界明确地指向了温情的民间。刘巧珍就是在高加林痛不欲生的情状下脱颖而出,身份的平等让她具有关注高加林的可能性,话语体系的一体与婀娜多姿的外貌,则令她具有走近高加林的必然性。为此,面对这个"落难的公子",她果敢地宣泄着自己母性般的爱,也在施舍的过程中幸福地品尝着爱情给自己——这个农村俊女子所带来的甘甜。她特意在小路上等待加林,把自己早已预备好的甜瓜递到亲人的手中,而后低头蒙羞,碎步疾趋,一副民女之态。得知加林去城里卖馍后,刘巧珍深晓他碍于情面,绝难开口叫卖,不惜巧借名目,只身进城。当与加林同回村子时,她异常大胆地抛出爱意,"你如果不嫌我,咱们两个一搭里过!你在家里盛着,我给咱上山劳动!不会叫你受苦的……"[①]情感的表达是何等单纯与率性。面对刘巧珍热烈的表白,身临窘境的高中生第一次感觉到生命的舒朗,低回的基调陡然间在爱情的召唤下变得高亢激越起

[①] 路遥:《人生》,见《全国获奖中篇小说集(1981—1982)》,上海文艺出版社,1983年,第368页。

来。到这个时候,"落难"的阴影快速退去,民间的温情无声地化解了他内心的所有不甘与不安,那个曾让他躁动的外在世界,已经被庞大而感性的乡村秩序挤压到边缘状态,直至悬置起来。

高加林地位的重振则是他与传统叙事的关系进一步束紧的契机,也是他最终"负心"的关键。如果说"二叔工作调动"的情节安排类似于传统叙事文学中的"恩主礼遇"的话,那么,"县委通讯员"身份的变化无异于"金榜题名"后的春风快意,而黄亚萍的怜才惜玉及为其勾画的美妙蓝图,则直接呼应的是皇帝的"御试赐婚"或贵族府邸前的"绣球轻抛"。在现代文明的曙光中,高加林长期被埋没的才情与斗志呼啸而出。同时,民间文化中所内含的一些负面因素也渐渐显露出来。文化修养方面的差距,人生追求方面的差异,情趣爱好方面的差别,从此涌上高加林的心头。刘巧珍去城里探望高加林的一幕,便清晰地昭示出这种日益突出的文化反差,"一进加林的办公室,巧珍就向他的怀里扑来。加林赶忙把她推开,说:'这不是在庄稼地里!'"[1]但与传统叙事文学略有不同的是,路遥细腻地描写了高加林面对人生抉择的复杂心理,如他给巧珍系上红纱巾,如他一个人孤独地在东岗凝思,如他对黄亚萍愤怒的嘶吼,等等。特别是他与刘巧珍在大马河桥头分手的一幕,让人痛感一个受过民间关爱,并从中汲取了力量的"出走者"对民间世界最微妙的回望。负心者诀别温情的时刻便是他重视苦难的开始,这是民间秩序的文化利器。果不其然,张克南母亲的一封举报信,最终使高加林再次卷起铺盖,颓唐而返。面对黯然回归的负心者,德顺爷爷与刘巧珍表现出了令人泪目的宽容与悲悯,愧疚不已的高加林"一下子扑倒在德顺爷爷的脚下,两只手紧紧抓着两把黄土,沉痛地呻吟着,喊叫了一声:'我的亲人哪……'"[2]就这样,乡村道德的救赎最终取代了现代文明的救赎,其中所彰显的价值原则清晰而

---

[1] 路遥:《人生》,见《全国获奖中篇小说集(1981—1982)》,上海文艺出版社,1983年,第456页。
[2] 同上,第517页。

明朗。一个古老的主题及同样古老的情爱生成模式，就这样在路遥笔下汩汩流淌了出来。

综上所述，我以为，路遥的作品始终难以冲破这种创作资源的桎梏。他的小说得益于地域文化的滋润而蜚声国内，但同时也因文化结构的过分单一，过早地凸显了其创作的艰困。而他桀骜执拗的个性，似乎也不容许他有突围的可能。

原载《宁夏社会科学》2003年第4期

从《桃之夭夭》看王安忆的意识世界

盘点当代众多作家，王安忆始终是领引时代风云的一位。几乎在新时期以来的各种文学思潮中，她都能不失时机地占据一个显赫的位置，且往往以其特有的叙事方式令人难以忽略。"文革"结束之后，控诉与反思的声浪此起彼伏，王安忆却以少女雯雯的心灵历程起笔，从当时几于模式化的政治宣泄中呈现出一己人生的色彩与追问来。20世纪80年代初期知青文学大盛时，她着力的偏是女性心灵世界的开掘，甚而在张洁、张抗抗、张辛欣的基础上将女性精神皈依的层面率先从社会、文化的维度折引回女性内在的意识维度上。即使在"寻根文学"正炽时，她的《小鲍庄》也一反韩少功等文化激进派的酷冷，也与郑义、李杭育等自然主义的抒写者拉开了距离。即使同阿城的文化沉浸相类似，却又断无其内隐的政治批判意识，相反呈现出一种超越历史与文化的象征秩序来。1985年之后，伴随着文坛上兴起的人性探索热潮，当众多作家或者在历史记忆中寻求人性的跌宕，或者从当下现实生活中描摹都市守望者的尴尬行状时，王安忆却以她的"三恋"洞见了社会属性遮蔽下的人的自然欲望的颠覆性意义。80年代末期，文本意义的现代性诉求成为时尚，面对马原、洪峰粗放的形式主义实验及苏童、格非等先锋作家的偏锋实践，王安忆又在个体的精神流程中找到历史与现实的回响，并将这种远距离的回响以女性生命意识的方式绽放出来，由此来窥视社会重负对心灵本体的挤压，在一定程度上推动了现代性文本对接生活的步伐。90年代以来，随着新市民阶层的兴起及物质消费的滋长，世俗性的题材充斥文坛，面对重沓复唱的凡人琐事、帝王将相、神魔志怪、飞仙侠女，王安忆敏感地发现了都市化进程背后的文化虚空，于是，《长恨歌》便成为熨伏其文化焦虑的一缕清风，体现出一个作家较为宏远的人文追求，也引发了世纪末的文化回望思潮。

如今，从来不甘寂寞也无意步人后尘的王安忆再次为上海立传，长篇小说《桃之夭夭》又令业已全球化的国际大都会上海找到了历史的背影，让一位依旧从弄堂里走出来的女子将20世纪的中国社会进程演绎得风采卓然。值得思考的是，同是描摹上海的底层女性，《桃之夭夭》中的笑明明却断无《长恨歌》中王绮瑶的黯然低回，反倒显示出能够伴随着时代的节奏积极投入现实生活的勇毅与果敢来，折射出民间女性的光芒。同是从演艺界起步开始生命意义的求索，王绮瑶似乎受城市文化精神的熏染偏重，一旦沉浸便终生相持，大有凛然孤守的峭拔；而笑明明则在城市文化精神与个体的生命追求中找到了较为稳妥的结合点，既保持了对城市文化的一种低调回应，同时又保持了对所属阶层生活观念的必要尊重。同是展现女性的成长历程，王绮瑶较为刻板地彰显着女性的性别意识，这种纯色调的性别意识似乎是她诀别弄堂社会的某种身份标志，也是她对抗现实困厄的精神力量，直接决定了王绮瑶的怨妇式情结与上海城市文化内涵的女性化基调；笑明明尽管多少残存着旧时代的一些文化暗影，然而更多的是以率性自在的状态体味着城市文化的变迁与自身生命的流转，并能将自身的生命历程以共时性的形式横向伸延，即从女儿（猫儿眼）的成长经历来反观时代的演进，显示出复杂饱满的人性透视力。

如果说，上述对比只是同一母题有关反映方式与解读层次的简单对照的话，那么，我以为，《长恨歌》与《桃之夭夭》的最大差异应该是文本的意义秩序不同。《长恨歌》是王安忆在世纪末吟唱给上海城市文化的一曲挽歌，多少有点作家本人的幽怨在其中，故而显得有些仓促。这一点在文本中体现得非常明显，"长腿"的陡起杀心是那么让人难以理喻，王绮瑶的死实在有点莫名其妙；而《桃之夭夭》则是王安忆在新世纪初对自己写作方式的一次清理与重组，也就是说，她在本部作品中将自己二十多年来的创作探索熔于一炉，又最大程度上保持了自己的创作特色与书写方式。弄堂的基准点没变，上海的文化气韵没变，女性的心灵抒写角度没变，精细绮丽的语言风格没变，然而提供给我们的却是一个崭新的文本。这种"崭新"的感觉不能不使我们想起她笔下的所有女性人物，那些女性人物的一抬头、一举足仿佛都与笑明明息息相关，却又不能轻易重叠；她对上海城市文化的态度也似乎不能以憧憬或向往等简单判断来草率概括；她对人性的解读不单是自然性的，也与单一的社会性阐释有异；她所呈现的女性生命，不仅是少女成长的忧虑，也不仅是成年情欲的骚动，似乎积淀了对女性心灵层面的整体观照；她的悲剧感很难以某种范式化的条框加以限定，尽管在社会文化空间中展开，但又始终闪现着作为人，尤其是作为女性所固有的某种常态性悲剧。

所以我想这应该是一部复合型的小说，确切地说，应该是王安忆意识世界的一次全面呈现。王安忆本人也曾在多种场合一再重申，"小说是心灵的艺术"[①]，这在某种程度上点明了作者的创作理念与叙事方式，也自然昭示了王安忆本人一以贯之的认知层面与言说角度。也就是说，王安忆的每部小说从来都是揭示形象的心灵律动的，尤其是揭示上海女性形象的心灵律动的。有了这样一种预设性的前提，王安忆有关女性成长的意识记忆、城市变迁的历史记忆以及社会跌宕的文化记忆便自然拥有了较为妥帖的整合点，王安忆的世纪性感伤及由于商业文化冲击而起的文化焦虑才得以充分的释放。所以，我们也就能理解她在观照上海城市生活及城市生活的载体——那些摇曳多姿的弄堂女子时，时常投放的那一缕温热而饱含关爱的目光，以及目睹上海在如烟的时代风云吹拂下风华尽失的叹惋与悲悯。至于笑明明及其女儿的形象营造，则在颇具自然性的解读立场外又融合了一种社会意识的渗透，体现了作家本人创作技巧的成熟，也反观出王

---

① 王安忆：《心灵世界——王安忆小说讲稿》，复旦大学出版社，1997年，第12页。

安忆在《长恨歌》之后对自己整体创作历程的自觉梳理。正因为此，《桃之夭夭》成为一部总结性的文本，成为我们透视王安忆二十多年创作生涯并解读其意识世界的一个很好的范例。

一、主调：以自然性存在的女性意识

作品的题目当然来自《诗经·周南》中的《桃夭》："桃之夭夭，灼灼其华。之子于归，宜其室家。桃之夭夭，有蕡其实。之子于归，宜其家室。桃之夭夭，其叶蓁蓁。之子于归，宜其家人。"[1]原诗的意思非常明确，说的是一位兴奋待嫁的姑娘，容颜如花，风姿艳丽，无疑暗示了出场姑娘的夺人美貌以及达观热情的性格特征，也自然奠定了王安忆这部小说的主人公依然是一个女性，而且讲述的将是一个美艳少女成熟后的人生历程。那么，王安忆有关女性的经验性叙事自然拉开了序幕。

王安忆记忆中的女性，尤其是往后要靠身体性的光芒来刺射社会的女性，一般都是出生在底层市民家庭，环境的低调与热切的追求容易形成悖反，也能构成冲撞。有了冲撞与悖反，自然获得了改写生命轨迹的动力，并有了跻身上层的自觉性要求。当然，另一个不可或缺的前提便是容颜的姣好，这是民间女性的生命利器，也是其身份重置的关键符码，且易获得社会的同情与悲悯。这样的女子往往是思绪绚烂的，又是率性活泼的，惆怅百结与身体上的早熟紧密相关，疏朗大方同出身的环境丝丝入扣，从而在别人眼中往往显得那么独特，又那么明媚可人。笑明明及其女儿恰恰就是这样一类女性。王安忆为了实现其独特的审美追求，对所要表现的女性作了一些技术性的处理。母女两人身上都有一些民间生活的遗留物，嗓子有点沙哑，可在容颜上如出一辙，都长得有点妖媚，她特意对二者的眼睛作了细致的刻画。王安忆似乎很欣赏这种来自民间的带有独特生命色彩的

---

[1] 《诗经·桃夭》，于夯译注，山西古籍出版社，1999年，第3—4页。

女性。从笑明明与"猫儿眼"身上，我们很容易看到《雨，沙沙沙》中那个对学业不感兴趣却偏偏对生命的根脉孜孜以求的初中生雯雯，也能发现《本次列车终点》中那个满怀主见、率性而为的女儿，又似乎有点像《窗前搭起脚手架》中那个身体与心理的发展始终难以合拍的老姑娘。至于在身体的饱满与异样生理感受方面，又不能不使我们想到那个深受自然生理驱使、不能不依靠外在行为宣泄的小城剧团中的女演员。

王安忆为这些民间女子所选择的人生起点往往是演艺界，这是她们迈向人生舞台的第一次突围。30年代的上海是现代文明的象征，"文明戏"自然成为这些不甘于命运安排的女性的唯一选择，加上自己已经具备的某种禀赋与资质，以演员为职便显得顺理成章。笑明明因会唱各种小调，生性落落大方自然进入戏校就读，"猫儿眼"因为长期受母亲的浸染，也出落得有模有样。在此，我们又看到了《长恨歌》中王绮瑶的影子，对"文明戏"的憧憬，打扮得花枝招展去应聘演员，最后一夜走红，成为照亮上海滩的一颗明星。然而从艺的经历毕竟暗藏风险，正逢乱世，颠沛流离是意料中事。笑明明满怀希冀去香港演戏，谁知无功而返。王绮瑶不也是美梦未醒就已坠入现实，落了个悲悲戚戚。然而她们的出众是时代所不可抗拒的，在经历了现代文化的淘洗之后，身上焕发出的已不是小家碧玉般的可人，而是一种脱胎换骨的美，这种美在经历了生命的磨难之后，越发显得光彩四溢。王安忆欣赏的恰恰就是这种浮沉交错间的美，饱满与率性、收敛与文静奇妙地糅合在一起。文中的少女便通过这两个层面的递进快速实现了生命与性格的飞跃。这是一种自然常态性的透视方式，正如花的开放一样，花蕾初绽时春色逼人，然而总有点单薄与浅直。经历过风雨的洗礼后，突然显现得浓翠欲滴。等到花季一过，凋敝已成定势。那么笑明明与"猫儿眼"的成长则仿佛是重现了自然生命的逻辑，笑明明晚年的老辣与邋遢，"猫儿眼"怀孕后的兴致索然无疑彰显了生命在冲动、爆发之后的委顿与释然。故而，我们说这是一部有关女性自然生命体验的文本，很大程度上积淀了王安忆本人的心灵经验。

需要特别指出的是，王安忆塑造的这些女子的性格主调一律是达观而疏朗的，勇毅而果敢的。笑明明历经沧桑的豁达以及长期砥砺而成的魄力，在作品中有淋漓尽致的表现，尤其是女儿调动受阻时的练达与智慧，让人不能不正视女性内在的生命力度。而"猫儿眼"的凌空闲步，更凸显出女性的伟岸与崇高来，大有一种英雄主义的色彩。倒是其中的男性人物则往往懦怯不堪。大凡读过王安忆小说的人大都会有这样一种感觉，王安忆笔下的男主人公往往裹挟着非常浓郁的女性化色彩，眉清目秀，性情温和，胆量偏小，温文尔雅，还多具恋母情结。或是大户人家子弟，平素管束较严；或是山野少年，没见过什么世面。他们仿佛是孤寂的守望者，从未真正介入生活本身。直到笑明明或"猫儿眼"的出现，才似乎陡然醒悟，身体与心理的步履也才渐次迅疾了起来。在某种程度上，我们完全可以说，饱满而自由的民间女性生命成为他们情窦初开、男性意识成熟的介质。郁子涵从一个羞赧内向的少年转为一个干练多智的小伙子，便是一个典型的范例。而"猫儿眼"跟前那些对她惊诧佩服的小男孩，再次证明了王安忆特有的女性审美的创作主调。其实，不惟《桃之夭夭》如此，细细想来，王安忆的笔下从未出现过孔武有力的男性，倒是女性人物无不出类拔萃，有迷人的容貌，有果敢的行为，更有对抗现实责难的坚韧与睿智。她们似乎成为"宇宙的精华"，世界在她们奔放的生命舞蹈下亮丽一新。《长恨歌》中不也有那样一个怀着崇敬目光的乌镇少年，迷恋着从大上海辗转而来的王绮瑶吗？这种唯女性为上的审美原则，直接取决于王安忆对男权文化的一种弃绝，也是对主流文化中所谓平等观念的强烈悖反，更是男女性别关系重写尤其是女性修辞学重置这一创作心理的必然反映。

颇有意味的是，王安忆在梳理女性的生命历程时，着力描摹的是女性生命本体的自然光芒，以及这种光芒对现实人生的投射。相反，对女性在现实社会中的精神困厄与尴尬遭际极少问津。她总是不厌其详地叙述着这些从底层而来的优秀女子的传奇经历与人性之光，对她们的天生丽质欣赏不已。即使写到她们遗落尘世的孤困，也要让其显示出卓然的风采来，也要申明那是一种不被时代所理喻的美，其间内隐的台词就是时代理性本身的荒谬。由此一来，王安忆的女性书写自然与张洁、张抗抗、舒婷等作家相去甚远。同是理想主义的书写，张洁着力于对女性心中苦涩的宣泄，张抗抗着力于对女性不平等命运的叩问，舒婷则着力于挥抒人格互映的豪迈。王安忆则既不求男性的垂怜，也不作呼天抢地的呐喊，更不是无视现实的浪漫演绎。她直接让男性体格弱化，容貌女性化，精神非自足化，在斑斓多姿的"母系"话语中，以重建女性修辞学的角度将男性叙事解构得体无完肤，绝不是如张洁等希图从"父系"话语中分取一点关爱和理解的"声讨"。正因为此，王安忆的女性意识自然从社会、文化的层面退离了出来，更多的应该是一种自然性的常态意识。少时的自由率真，成熟后的花样年华，初涉社会的一夜成名，婚后的慵懒与坦然。女性生命的自然节奏成为王安忆的叙事节奏，社会演进的历程只不过是对应身心潮汐的外在浮物。如春风秋雨于花一样，无关大碍，花的凋敝恰是根的丰盈，根的孕育又使花如流金，本就是自然的辩证法。难怪王安忆在文末温情脉脉地说道：

> 郁小秋走在妇联所在的林荫道上……她看上去，就像是一个农妇……在她身上，再也找不着"猫眼""工厂间西施"的样子，那都是一种特别活跃的生命力跃出体外，形成鲜明的特质。而如今，这种特质又潜进体内更深刻的部位。就像花，尽力绽放后，花瓣落下，结成果子。外部平息了灿烂的景象，流于平常，内则在充满，充满，充满，再以一种另外的，肉眼不可见的形式，向外散布，惠及她的周围。[①]

---

① 王安忆：《桃之夭夭》，载《收获》2003年第5期，第208页。

二、辅调：以附载体存在的文化意识

从心理学意义上说，艺术是内在心理与现实生活之间紧张关系的文化表征。作为一个以精神书写为使命的作家，其创作本身就含蕴着一种对当下文化现状及文化走向的审度与思考。那么，从这个意义上讲，作家的身份就不仅是现实生活的聚焦者，更应是文化演进过程清醒敏锐的警示者。正如卢梭的"公约说"所表达的主旨一样，作为人类精神状态的书写者，不惟让公民意识到自己本应具有却暂时没有意识到的权利和义务，还应使他们在接受精神产品的同构物——文化的同时，意识到自己应具有的理性与责任。如此一来，文化意识的介入往往成为作家解读生活的一个重要视角。因此，90年代以来的一个很重要的创作趋向就是文化意识的内在渗透，王安忆、张承志、张炜、贾平凹、阿来、红柯的作品可作例证。与其他作家不同的是，同是排遣文化焦虑的主题，张承志等人的文化偏向意识较浓，有非此不可的极限性，同时又时时显露出郁结于胸的复仇主义精神。而王安忆则对业已失落的地域性文化表现出一种低沉隽永的感伤来，大有李易安的词境，红肥绿瘦，浅斟低吟，这也似乎更符合一个女性作家情绪卷舒的规律，也自然回应了其感惋生命流逝的自然观照主调，呈现出女性化的文化景观来。

王安忆是个不太纯粹的上海人，祖辈从他乡移民而来。但这外乡人的身份从不影响她对上海文化全身心的沉浸，何况王安忆本就是从上海开始自己的生命之旅的。尽管王安忆一再说，她是以外乡人的目光来审视上海的变迁，可熟悉王安忆作品的每一个读者，从来就没有发现二者之间有间离体的存在。事实上，王安忆对上海旧事的伤感、对30年代上海风采的迷恋及其对上海文化的认同，早已将所谓的旁观性的超然熔铸为一种慕而思归的契合与交融。同时，国际性大都会的城市定位与上海殖民文化的快速消亡，也为王安忆打捞历史记忆、重述上海文化的文学想象提供了合理的驱动。记忆成为她回叙文化的中介,想象是她平复情感的支点,认同的热烈与孤独的守望是她作品中流淌的主体基调。然而,毕竟上海的繁华已成昨日烟云,加之自己又是在市声如潮的今天以想象来还原梦影,因此,连缀性的文化上海只能被时时鸣镝而起的粗放现实剪割得支离破碎,恍若阳光底下一堆流金铄银的玻璃碎片,片片可人,却终难再用。反映在作品中,玲珑的上海文化或许只能演绎为一个细微的生活场景,一段浪漫的姻缘,一件暗夜中独自疾行的马蹄表,或者一个含义隽永的手势、眼神,仿佛一团"剪不断,理还乱"的愁思虚渺地在字里行间浮升沉落,从而使文本多了一种装饰性的色彩,也使王安忆的女性叙事多了一种文化性的辅助,显得含蕴悠远。《长恨歌》《桃之夭夭》正是这类作品的代表。

王安忆的文化记忆一般多从服饰、器物或情态起笔,女性的生命历程也往往要靠这些琐细的枝节来表征,同时这些枝节又能对应社会潮流的起伏跌宕,也符合王安忆本人的女性视角与话语方式。她对笔下人物的穿着有一种天生而来的敏感,甚至不厌其详地描述与欣赏,当然这种颇含艳羡般的认同常常是弄堂中的底层女子跃入时尚文化之后。请看《桃之夭夭》中笑明明在"文明戏"里当演员时所焕发出的"现代性"色彩:

> 她剪了短发,发梢烫卷了,向里弯。戴一副黑边眼镜,身上穿一件洋装连衣裙,苹果绿的绉纱,泡袖,镶蕾丝,横搭襻的方口黑牛皮鞋。不过,手腕上挂了一个白色的珠包,里边放手绢、粉盒,一只钢笔,一枚骨刻图章,还有一包香烟。[1]

类似的穿着在"猫儿眼"身上也有所反映:

> 暗绿直贡呢短上衣,圆领上滚了边,胸前打裥褶,只领口缀两颗扣子。卡其裤,贴袋,袋口镶红白条纹细边。还有荷叶领的蓬蓬袖白衬衫,格子线呢背带短裙,方口横搭襻皮鞋。[2]

这些细至极致的服饰语言,传达出的是王安忆本人的文化审美心理。

---

[1] 王安忆:《桃之夭夭》,载《收获》2003年第5期,第156页。
[2] 同上,第170页。

《长恨歌》中王绮瑶对器具的珍爱，对饮食节奏、程序的烂熟于心及终生相守，吟唱的依然是王安忆对上海往昔生活习惯与生活方式的追思与向往。这些本属于附载性的元素，已经成为王安忆记忆中最直观同时也是最刻骨的文化本体。

这样便自然引发出另一个问题，即上海文化是显现在烦琐的生活秩序中，又是靠民间女性来引领的。第一重含义较为明确，开埠以来的上海文明本就是物质性的繁华，开放经济的驱动主力是西方功利性十足的实践性文化，"淘金热"已经彰显了上海文化的主题，而"窗口经济"的天然活力必然使城市的消费空前抬升，由此带动了市民的文化趋从心理。市民本就是市场及商品性经济的附属物，是一个在传统经济模式解体之后随着现代性社会的展开应运而生的经济型社会群落，"市民"与"居民"的本质区别就是经济生活与道德生活的对立。因此，上海文化的世俗性主题不言而喻。另一重含义略微有些费解，按照一般逻辑，一个城市的繁华应该是由上层秩序来领引，怎么能由民间女性来领引？事实上，这依然是建立在传统社会结构下的思维模式。上海从19世纪末已经成为通商口岸，片面滋长的畸形经济与日益虚空的传统理念构成其文化的两极，经济的繁盛催生着新市民阶层的出现，并打造着商业神话及经济新贵的诞生。而经济新贵出生底层的非本土性身份，不但建构了上海的移民性质与民间性质，同时也将物欲崇拜展现得淋漓尽致。而女性对物质性文化的趋同心理，便自然成为王安忆书写文化记忆的最佳通道。因为，对民间女性感性生命追求的描述，恰好可以回应上海的物质化发展历程。

王安忆的文化想象往往选择的是二三十年代上海流行的"文明戏"，王绮瑶、笑明明，包括"猫儿眼"，都是在对"文明戏"的介入过程中领略了上海的繁华氤氲，并逐步参与到了文化展示与文化固守的行列。值得思考的是，"文明戏"是否就是王安忆所理解的20世纪初的现代性文化？按照法国权威现代性研究专家伊夫·瓦岱的理论，"现代性"是一种观念性的东西，与"现时性"无关，也与"经济建设的现代化"过程、与"现代型社会的建立"无关,具有"裂变性""革命性""瞬间性""恒动性"①等诸多特征,每个时代都有每个时代的现代性。依照福柯等人的现代性理论,现代性是随现代社会的建立而引发的观念性的变革,是"政治结构""文化结构"及"社会心性结构"的巨变性追求,是与古代、近代而区别的"现时性"的观念。而"文明戏",也称"文明新戏",即话剧的雏形,按照欧阳予倩的说法,应当是指渗透了一些新的思想观念的"进步的新的戏剧"②,是晚清到民国时期中国传统戏剧改良的一种大胆实践。从王安忆笔下的笑明明等从事的"文明戏"介绍中,我们也能得知,流行于当时上海的"文明戏",其实就是我们耳熟能详的传统戏剧,笑明明所擅长的地方曲艺即为范例。由此,结合伊夫·瓦岱的理论不难得出,王安忆所展示的上海文化应该是一种"现代性"的文化,因为它契合了当时民众的普遍精神需求。激烈的市场竞争需要闲适性文化的解压,物质的空前发达也呼唤着消费性文化的出现。但结合福柯等人的现代性理论,我们又感觉到,王安忆展现出的上海文化并不是一种"现代性"的文化,因为现代社会的公民责任在王绮瑶、笑明明等人身上并无体现,另外社会性的要求与公民对这种要求的感知也是明显脱节的。然而,结合上海独特的社会文化现实而言,我以为王安忆尽摄了二三十年代繁华上海的魂魄。商业光环笼罩下的上海,本就是一种融合了传统文化与商业文化的混生性文化。一方面,商业文化甚嚣尘上,另一方面,传统文化尚未完全退离,日益膨胀的物欲崇拜与闲适性的精神诉求共同构成了光怪陆离的上海文化。王安忆的文化想象吻合了上海文化的混生性现实,突出其畸形的运行范式,并在最大程度上还原了上海的文化内涵。那么,从这个意义上说,王安忆通过她的文化想象为我们架通了触摸上海文化的艺术桥梁。

---

① 伊夫·瓦岱:《文学与现代性》,北京大学出版社,2001年,第31—35页。
② 欧阳予倩:《谈文明戏》,见《欧阳予倩戏剧论文集》,上海文艺出版社,1984年,第176页。

三、变调：以形式主义存在的历史意识

　　王安忆的小说基本讲述的都是有关上海的往事，尽管作者力图以女性的生命历程反映20世纪社会的风潮与波动，但创作的中心始终安置在二三十年代这一特殊的时代维度上。二三十年代的上海，似乎已经成为王安忆解读上海历史变迁及上海女性心理变迁的符码，也规定了王安忆上海系列小说的程式化叙事逻辑。这种特定的历史时段往往与女性形象的青春时光相对应，历史的辉煌与生命的光彩在此紧密衔接。伴随着王安忆略带欣赏与叹惋的笔调，二三十年代上海的繁华旧景徐徐拉开，女性的人生梦想漂浮而起。但历史的烟尘变得逐渐淡漠，仿佛只具有时段上的单纯所指性，至于时间背后的意义则了无痕迹。而女性的生命在经历了自然的冲动与释放之后，也变得呆钝无神，机械地随着时光的流逝向前默然滑动。唯有生命记忆中的陡然一亮与难以释然的怀旧情结，使本已凝滞的时间与慵懒的生命焕发出迷人的光影。就像阳光下突然打开的一只旧皮箱，在扑面而来的樟脑味之后，便是令人惊诧的美，那是远离了时间意义的一种美，一种消退了时间有效性之后的令人神摇意夺的腐美。这种历史书写方式似乎与我们以前的历史认知迥然有异，也与80年代中后期文坛风行的新历史主义创作模式相去甚远，它反映了王安忆独具特色的历史体察心理。在某种意义上，我们可以说，对历史形式意义上的处理，已经成为我们审视王安忆作品的审美内涵，继而把握其创作心态的一个切入点。由此，在审视王安忆的意识世界时，一个不容疏漏的话题就是她的历史意识问题。

　　谈到王安忆的历史意识，不能不涉及其历史观。历史观，当然是对历史演进规律的一种基本确认态度。现代时期的"精神界战士"鲁迅以为历史是依照进化的自然规律向前推进的，推动历史的力量就是"那些舍生忘死的人，为民请命的人，鞠躬尽瘁的人"等，他们是改写中国历史的中国的脊梁；30年代抗战爆发及左翼文艺兴起之后，鉴于当时的战时形势，左

翼文学家以为，历史是统治阶级改朝换代的权力变更史，推动历史前行的动力应该是所有不甘于被压迫地位的劳动人民；当无产阶级政权确立及整合性的阶级文化形成之后，从50年代到70年代末，广大创作者认同的历史无疑是工农兵争取阶级解放的斗争史。随着激进时代的结束与政治环境的宽松，80年代后期到90年代，一种消解政治文化直至消解传统历史观的思潮开始涌现，以余华、莫言、苏童、刘震云为代表的新历史主义作家，或以悲愤的姿态分解历史，或以还原的姿态重述历史，体现出当代作家在历史观认同方面的一些变化。

然而，王安忆的历史观却与她的前辈及同行者大有殊异。历史线索及其携带的社会文化内涵从来都是创作者结构营制、形象塑造、意义生发的动力，可在王安忆的作品中，除了上海历史的生长原点——二三十年代尚有一定的意义所指外，40年代、50年代、80年代这些本应是社会风云最为激荡的时段，在她的作品中却仿佛游丝一样，只是贯穿人物生命的一种外在性的陈设，空间场合的大幅营造完全取代了对历史线索本身的梳理与拷问。即使二三十年代——这在王安忆的作品中最具有意义的时间区间内，历史风云的展开也仅仅限定在开埠后的繁华、时尚这两个极为表层的意义单元中。至于现代性都市本身所裹挟的社会问题、意识问题、价值观问题与自我解放问题，从不在王安忆所认定的历史范畴之内。这样一种特有的对历史的认知态度，使上海的历史演进仅仅成为一幅幅光彩夺目却没有实际内涵的画面，只具有形式主义的外观。另一个不容回避的问题就是，王安忆以她透视女性生命的视角给我们展现的是上海文化的演进史，而且通过连篇累牍的服饰、情态、成长的有关女性生活的描述，呈现了一种以女性为主导的、以上海为视域的、以世俗生活为基调的历史观。也就是说，展现上海历史的、推动上海前行的、守持上海文化的不是别人，恰恰是这些从弄堂中走了出来，然后用自己的生命光彩将上海历史渲染得温香软玉的女性形象。

《桃之夭夭》中的笑明明恰就是这样一个展现上海风华历史的艺术形

象。早年，她在大世界文明戏班唱帮腔，因为人长得伶俐小巧，又擅长各种地域的曲艺，声音别具特色，故而博得观众的注意。随着对粉黛生涯的熟悉，青春年华的她开始了对时尚文化的追逐，装饰打扮渐入佳境。抗战时期，香港某演艺部门到上海招收演员，她一曲会稽堂会戏《叉麻将》引起轰动，有幸成为考取永华电影公司的唯一人选。怀着对艺术人生美好的憧憬，被上海滩誉为"小周璇"的笑明明束装前行。谁知到了香港之后，电影公司早已人去楼空。她只好在一个简陋的招待所暂时委曲寄身。但即使在经济拮据的时日，她依然保持上海淑女的矜持，一身风华使寒碜的招待所熠熠生辉。为了生存，无可奈何之下，她只得做了铜锣湾舞厅的舞女。偶然的机缘认识了一个江浙的舞客，对笑明明的曼妙舞姿极为欣赏，也算"他乡遇故知"吧，总之笑明明得以回返上海。太平洋战争爆发，她重操旧业，在经历了生命之劫后，她反倒丰腴洒脱了许多，与一个天生腼腆的小男孩结婚了。没过几天舒心的日子，东窗事发，郁子涵入狱，几乎与上海的繁华旧梦一起结束，笑明明一下子步入成年。新中国成立后，笑明明作为艺术工作者，收入还丰，只是粉底下的那张脸变得憔悴灰暗。只有当她一个人静坐暗室时，那明明灭灭的烟头与幽雅的神态才传递出一种虚渺的情致。"文革"开始后，笑明明被隔离在家，内心的苦闷与寡居的孤独使她时时处于冲动的状态之中，时代的历练又使她的性格发生了强烈的扭曲，从她对女儿"猫儿眼"毫无缘由的责骂中，我们可以体味一个芳华尽去的"上海小姐"，在她所依存的时代滑坠之后洋溢在内心深层的悲凉。由此，后半段的笑明明也一改年少时的风流与率性，渐而变得世故老辣了起来。面对女儿插队远乡的苦楚，她冲冠一怒，继而八面玲珑，演艺场所砥砺的果敢与阅历人生后的豁达奇妙地结合在一起。至于其女儿"猫儿眼"的故事，几乎就是笑明明本人的翻版。出生的蹊跷本就意味着笑明明的少年风流，成长后对文艺的钟情，也是笑明明本人艺术梦想的一种延续。生产后的慵懒，又自然对应着笑明明演艺生涯结束后的空虚与失落。在一定程度上，"猫儿眼"已经成为笑明明的灵魂外化的载体，承担着王安忆对上海历史的复调诠释。

从上面的文本解读中,我们可以清晰地看到王安忆对历史言说的基本模式。"二三十年代""抗战正剧""建国之后""'文革'开始",这些时空单元在《桃之夭夭》中并不具有社会性的内涵,只是伴随女性生命历程的一些外在的语符,相当于传统曲艺中的布景设置,也仿佛春夏秋冬这样一种自然季节的划分一样,其功能只是为空间场景得以延续提供一种形式上的支撑与援助。细细想来,历史的淡出,其实暗合着王安忆自然主义书写的创作精神,也体现了她一直坚守的以展现女性心灵为主旨的创作追求。

当然,在考察一个作家的历史意识时,另外需要思考的问题就是作家对历史本身的价值评判问题。王安忆的小说表现的大都是经历过旧时代的上海女性,其作品中着墨最多的就是二三十年代这一时间维度,至于其他时间段落往往模糊不清。有了这样一种预设的前提,结论自然是明晰的,即王安忆肯定的是"旧上海"这一段历史。那么,"旧上海"在20世纪历史进程中扮演的是一个什么样的角色?王安忆为何对这一段历史诉诸痴情?二三十年代是中国现代社会发展的初期,作为开埠时即以时尚文化领引现代性潮流的上海,更在此时将其物质经济的繁华、兴盛发挥到极致。这是在抗战爆发前上海最辉煌也最令人迷恋的时期,也是上海文化倾情释放的时期。正如一个人在晚年后总对意气风发的青春时光无比感怀一样,在都会林立的当下场景中,面对上海在现代性旅程中导航地位的动摇,以及上海文化的日益远去,王安忆对上海的有关记忆、想象自然从其峰顶开始,然后娓娓而谈。由此可以看出,王安忆对二三十年代的价值确认,其实与王安忆本人的文化心理相关,这才有了女性故事、文化装饰,以及形式化存在的历史观等一系列内在衔接的文本环节,也才有了王安忆琐细精致的描述、斑斓多姿的画面与浅斟低吟的伤感,并继而熔铸了其典雅温婉、追思如水的叙事风格。

原载《江淮论坛》2004年第3期

论农业合作化题材长篇小说的深层结构

——以《创业史》《艳阳天》《金光大道》为例

一般来说，一部文学作品以建立意蕴化的世界为其创作旨归，反映在文本表层的往往是与意识形态特征协调的主意义因素，如主题、情节、环境、矛盾、语言等，它们构成一个体认作家社会认知与美感体验的意义秩序；而反映在文本深层的往往是一些积淀在作家灵魂底部、暗合着人类精神生活追求，以潜意识或无意识展现出来的次意义因素，如民间曲艺审美因子的介入，传统伦理叙事范型的重示，宗教文化结构的内置等，它们又构成了一个运行于文本底层的新的意义秩序，有时对表层的意义秩序起着颠覆、消解、对抗的作用。20世纪50年代到70年代的合作化题材长篇小说，之所以到现在依然没有被人忘怀，与文本深层中绽开的一些艺术元素不无关联。对此，我们尝试着从以下三个方面加以探讨，希望为重新审视这些作品提供一种可能性的路径与方法。

一、传统伦理叙事范型的重示："诱惑"与"抗拒"

在我国传统的叙事文学中，"诱惑"与"抗拒"是一种较为稳定的叙事程式，一个年轻人在走向人生的关键路口遇到一个豆蔻年华的姑娘，这位姑娘大胆地向小伙表露真情，小伙受到来自外部力量与体内滋生力量的共同干扰，由此陷入道德的困境与灵魂的叩问之中。最终，为了完成社会的义务或为了坚守自己的某种人生理念，小伙果敢地拒绝了世俗的尘念，继续追寻生命的意义。在此基础上，还活跃着另一种叙事程式，依旧是小伙与姑娘之间的情爱纠葛，与前者不同的是，这时的小伙个体身份较为确定，大凡为读书人，而且往往是在前途未卜的情形下偶遇佳人，不禁心动神摇，可又无力摆脱世俗的门第观念，到后来只能是劳燕分飞。从前一种叙事程式可知，诱惑产生的前提是对传统伦理的对抗，抗拒诱惑完成了对传统伦理的皈依；从次一种叙事程式可知，诱惑导致了传统伦理的毁坏，悲剧人生恰恰证明了伦理社会自身的整合与重建。不管哪一种程式，诉说的永远是伦理的训诫与情爱关系的不和谐性。

这种叙事程式的建构与传统伦理社会的精神理念息息相关。至于从情爱关系入手采用女性主动的表现方式，不过是为了实现伦理观念的自然介入，从而能够更加稳妥地维护男性的主导地位而已。这种叙事程式一直伴随着中国叙事文学的发展，并日益形成一种稳定的以"诱惑"与"抗拒"为主线的叙事范型，从《西游记》中唐僧对"女儿国"国王的拒斥，到郁达夫《沉沦》中一晌贪欢、举身蹈海的中国留学生，从沉箱而死的杜十娘到捐弃亲情的陈世美，从坐怀不乱的柳下惠到严词训诫潘金莲的武二郎，从孙犁笔下面对小满儿的风情苦咬牙关的"干部"，到路翎《洼地上的"战役"》中的志愿军战士王应洪，乃至于《人生》中负气出走的高加林，《米》中为征服诱惑而被敲掉满口金牙的五龙，等等，有关诱惑与抗拒的内在叙事逻辑可谓亘古不变。在某种程度上，"诱惑"与"抗拒"范型已经成为创作者阐发生活内涵、揭示人性冲突、反映情感矛盾的写作模式与思维定式。而《创业史》《金光大道》《艳阳天》这些长篇小说，只要细加分析，也能看到这一叙事范型的隐性存在。

作为展现农业合作化运动的壮阔历程，揭示运动过程中纷繁复杂的阶级关系的长篇巨著，这三部作品共同的特征是描写出了新中国成立初期农村的阶级形态，以及各形态在时代大潮前的消长关系。其中，作家全力塑造的都是挺立在时代潮头、以无产阶级信念来对抗农村封建残余势力的社会主义时期的共产党员形象，如梁生宝、萧长春、高大泉。因为三者均是党的农业政策的代言人，身上又集中体现着社会主义的价值观与人生观，自然成为当时农村社会中非常引人注目的"新人"形象，也自然受到众多女性，包括年轻貌美的女知识青年的敬仰与崇拜。加之一些别有用心的"阶级敌人"的蛊惑，连同一些风韵犹存的农村少妇也开始想入非非起来。这些作品中有关情爱话题的微妙摄入，当然是为了表征主要形象的道德人格，但不经意中流露出了"诱惑"与"抗拒"的传统叙事范型。或许是因为政治话语的实现，必须依靠民间的某种审美因素来牵引吧。

"诱惑"发生的前提之一，常常是男主人公的体貌、才干、事业暗合了女主人公的审美理想。在合作化题材长篇小说中，这些社会主义新人形象无不具有高尚的人生追求与义无反顾的献身精神，以及深具劳动者美感的肤色、相貌、装饰、神态。前提之二是女性形象大多具有姣好的外貌，且是社会主义价值规范规约下的健康美。另则，女性形象还必须有与男性形象同等的价值追求与理想选择。前提之三是文本中的男性不知是本身"面嫩口拙"，还是因志存高远而不谙俗世，总之每与女性单独相处时，总显得语词零乱，心不在焉。相反，女性人物却往往胆大心细，直言不讳。如《创业史》中，有关梁生宝同徐改霞的感情细节就叙写得异常细致，也特别传神。一个是满脑子装着互助组、爱情上懵懵懂懂的农村带头人，一个是芳心暗动的有文化青年。一个含糊其词，躲躲闪闪；一个咄咄逼人，直奔主题。"诱惑"与"抗拒"的叙事范型就此拉开帷幕。且看下面这一段："梁生宝从桥上贪大步地走过来了！满脸的汗水反射着阳光，因为走热了，手里捏着头巾。看见改霞，生宝的脸刷的红了。"[①]梁生宝的兴致勃勃在遇到徐改霞时马上变得手足无措，是看到了什么，想到了什么，作品语焉不详。其实，只要熟悉前面的情节，我们就可以觉察到其中

---

① 柳青：《创业史》第一部，陕西人民出版社，1978年，第118页。

诱惑性的元素。只不过，柳青把一个男人的正常心理反应交给了情调低下的孙水嘴而已。当然，最有情趣的是梁生宝与徐改霞夏夜田埂上的那场戏。改霞满怀深情，想让心上人为她抉择人生，梁生宝却对改霞建设家乡的志向发生怀疑。结果，一个心潮澎湃，意念大胆，而另一个内心虽有激流涌动，却始终表现得冷若冰霜。

> 于是，生宝和改霞，只有生宝和改霞两人，单独在黑夜无边的关中大平原上了……生宝看来一点也没有夜游的那种悠闲神情……但改霞的心情是兴奋的。她和他并肩走着，她的海昌蓝布衫的窄袖挨着生宝"雁塔牌"白布衫宽袖……好像改霞身体里有一种什么东西，通过她的热情的言词、聪明的表情和那只秀气的手，传到了生宝身体里去了。生宝在这一霎时，似乎想伸开强有力的臂膀，把表示对自己倾心的闺女搂在怀中。改霞等待着，但他并没有这样做……"我这阵没空儿思量咱俩的事……就这样吧！"说毕，生宝坚决地转进田间草路……改霞在路口上站着。夜幕遮盖着可怜的闺女。她用小手帕揩着眼泪。[①]

好一幕"怨女冷男"的民间场景！同样的叙事逻辑在《艳阳天》中也有精彩表现。依然是夏夜的野外，萧长春与焦淑红，"他们谁也没说话，各自想着心事，胸膛里都像有一锅沸腾的开水"[②]。为了体察萧长春的心思，暗恋着萧长春的焦淑红大胆地说："你冲着老头子、小石头也该马上娶个人来呀！"[③]这位东山坞的单身男子心怀大局，正为麦收所可能引发的阶级斗争苦思焦虑，年轻团支部书记的直率之语，反倒是搅扰了萧长春的心境。为了保持革命者的精神追求与道德风范，他只能言不达意地说："有领导，有群众，有咱们大伙的团结，我们一定能够把工作做好。"[④]

---

① 柳青：《创业史》第一部，陕西人民出版社，1978年，第547—550页。
② 浩然：《艳阳天》第一部，华龄出版社，1995年，第331页。
③ 同上，第341页。
④ 同上，第342页。

当焦淑红若有所思地离开后，萧长春的情绪却陡然波动起来："两眼愣愣地望着焦淑红走去的身影渐渐地隐藏在银灰色的夜幕里。他的心反而越跳越厉害了。许久，他没有办法让自己平静下来。"[1]这才是一个鳏居的男子面对青春洋溢的姑娘时的正常心理反应。作品就在这样一些看似包裹得异常严实甚至充满悖论的情境中，让我们触摸到某种人性的底色。

诱惑实现的途径常常是我们所熟悉的"美人计"，诱惑者自然是对情感生活颇为敏感的女性，受动者则是一身正气的孔武男人。《艳阳天》中的"探病"一幕，看似被作者处理成为一个受阶级敌人利用的农村少妇对民兵连长、共产党员的情感表白最终被严词拒绝的过程，表达的是阶级之间水火不容的政治主旨。但从二者道德界限的悍然对峙来看，内里传达的依然是"诱惑"与"抗拒"叙事范型中最本源性的因素。这是一幕非常类似于《水浒传》中潘金莲雪夜勾引武二叔的情景，只不过浩然在诱惑的起源上作了微妙的处理。一个是嘘寒问暖的共产党员，另一个是不明真相、误以为萧长春对她有意有情的马连福的浑家；一个心如止水，一身正气，另一个撒娇作态，惆怅百结。其中，有关"诱惑"的场景描写得特别细腻。依旧是晚上，当萧长春走到院心大声喊叫连福嫂子的名字时，只见"灯光透过窗户纸，照得院子里像落了一片霜……屋里没人应声"，紧接着，"屋里有翻身和抖弄被窝的响声"。面对孙桂英的挑逗，萧长春先是高声宣布立场，然后化被动为主动，顺势来了一场妙趣横生的激情演讲。其间，有打有拉，有训有救。既含政治性宣教，"大嫂，你静下心来想想吧。你过去的三十年，过得不体面，多半是不由自己的，是旧社会硬加给你的，你是受害的人。如今是新社会，跟过去不一样了，怎么走，怎么行，全靠自己安排，你应当走光明大道……改头换面，当一个劳动妇女"；同时又不乏生活性劝导，"你有家，有男人，有孩子；你要安分过，跟着大伙儿出点力气劳动，将来的日子美不美？你过门几年了，

---

[1] 浩然：《艳阳天》第一部，华龄出版社，1995年，第342页。

连福对你好不好？……连福回来，你拿什么脸见他？孩子长大了，你当了婆婆，你拿什么脸去见晚辈人？"①政治话语与传统话语微妙地融合在一起。

在农业合作化题材长篇小说中，"诱惑"与"抗拒"叙事范型的渗入范围，显然不只限于主要人物形象。有时，为了推动情节的发展，表现阶级阵营的集体意志，在一些次要形象中也有所呈现，且实现的途径与艺术表现的特征并无二致。如《创业史》中富农分子姚世杰妹子对农会小组长高增福的挑逗与拉拢，"那个年轻漂亮的三妹子，浓眉大眼，相当动人，竟然跑来用戴戒指的手，拂去落在增福棉袄上的雪花，身子贴身子紧挨高增福走着"。面对姚世杰一家设计好的陷阱，高增福"只感到全身如同针刺一般不舒服……他忍耐不住要呕吐了"。②与高增福对"诱惑"的抗拒相比，《金光大道》中高二林战战兢兢接受富农分子冯少怀小姨子的诱惑，则显得自然得多。最后，夫妻双双弃暗投明，获得救赎。这一幕看似与"抗拒"无关，但足以看出浩然是在借用传统叙事模式的基础上实现了其政治叙事的目的。

二、宗教文化模式的内置："斗法"与"救赎"

从文化史的脉流上来考察，宗教文化始终是人类童年时代文化想象的源头，也是人类精神文化的重要组成部分。为此，创作者在表现现实社会的生存秩序与生存状态时，有时就会以宗教世界的生存秩序与生存状态作为蓝本，以此获取调整现实秩序的动力。如世界名著《浮士德》《神曲》《变形记》，以及现代名剧《雷雨》《原野》等。当作者无力解决现实矛盾时，也会以宗教人物的干预或宗教性情感的介入来平衡现实与理想的巨大落差。甚至在作者难以对现实人性作出价值判断时，宗教理念的介入

---

① 浩然：《艳阳天》第二部，华龄出版社，1995年，第276—279页。
② 柳青：《创业史》第一部，陕西人民出版社，1978年，第195页。

便使作者获得了划分善恶的伦理启迪，如《复活》《约翰·克利斯朵夫》《李慧娘》《白蛇传》《西游记》等。尤其在政治激进主义高涨的时代，因现实社会结构中阶级类型与道德水准的两极对应，民众内心潜在的宗教情结进一步呈现出明朗化的趋势。作为那个时代极具代表性的作品，《金光大道》《艳阳天》几乎就是以农业合作化运动的壮阔历程，重现了宗教文化的秩序层次、力量对抗与整合途径，从而构筑了一个深具民间审美传统又处处印证时代主题与政治主旨的意义世界。

一定意义上，本土的宗教世界无非由天上、地下两界构成，天上聚集了以玉帝为统领的神仙群落，象征着尊严、雍容、正义与和平；地下则集中了以阎王为首的一个妖魔群落，昭示着邪恶、猥琐、阴谋与挑衅。邪恶势力为了满足自己的意愿，常常横生祸端。正义世界为维持秩序的井然，自然要调兵遣将。一番争斗下来，天宇澄明，各归其所。但妖魔的本性难以更改，他们伺机而动，屡犯天庭，众仙于是再度出山，祸乱又平。其中，"神魔斗法"无疑是宗教世界中最令人游目骋怀的片段。一方颐指气使，呼风唤雨，使出浑身解数，看似风雨满楼；一方一声断喝，便"祭起一件法器"，拍天狂澜转眼间烟消云散。随后，臣服者满目颓唐，一脸惊悚；得胜者凝神厉色，庄严训诫。平衡两界秩序的始终是天意与道德的旨归。有意味的是，浩然在《金光大道》《艳阳天》中也给我们展现了一个政治意识形态层面上的两界世界，即以高大泉、萧长春为代表的合作化运动的急先锋群落，以马子悦、张金发为代表的反合作化运动的牛鬼蛇神群落。一方处处代表着贫雇农的利益，体现着社会主义时期的人生价值与道德理想，故战斗在艳阳之下，奋进在工地麦田，聚集于灯火会场，高歌于洪水浊浪，光明性的铺垫是这批社会主义新生力量扬善抑恶的斗争旅途中最壮阔的人生背景。另一方时时维护剥削阶级的利益，表露着封建地主阶级的没落情绪与"变天"欲望，故隐蔽在阴暗的角落，聚会于觥筹交错的饭店酒馆，醉心于改朝换代，月黑风高的灰色环境点染着他们存在的非法性与反道德性。

正如宗教世界中的神魔斗法一样，壁垒森严的双方在合作化运动的每一个阶段无时不上演着两个阶级、两条道路谁胜谁负的激情壮剧。如《艳阳天》中，开场就以东山坞人民公社麦收前夕怎样分麦子拉开了"神魔斗法"的大幕。混入革命阵营的副社长马子悦乘萧长春外出之机四处联络中富农阶层，暗授机宜，蛊惑"弯弯绕""马大炮"等激起"民变"，并采用卑劣手段，拉拢腐蚀革命分子马连福，以马连福在会场上的分裂行径向以萧长春为代表的贫雇农阶层发出公开挑衅。萧长春回乡之后，针对"分麦"风波明察暗访，稳固贫雇农阵线，说服教育中间阶层，揭露反动阶级面目，从而使马连福产生一种情理上的愧疚，回击了马子悦的邪恶意图。这仿佛是《白蛇传》中白娘子与老法海初试锋芒一样。转眼间，双方各自磨刀霍霍，第二回合由此展开。"取消粮食统购"的风声传到乡下，马子悦等不甘失败，再次蠢蠢欲动，而且搬出了乡长李世丹——这个知识分子出身、思想摇摆的靠山替自己鸣锣开道。萧长春沉着应对，静观风云，获得乡党委书记王国忠的支持，再度挫败了马子悦的阴谋，迷失者马连福投入人民怀抱。一波未平，一波又起，马子悦再生毒计，以"手巾"为诱饵，利用孙桂英的弱点，妄图将萧长春彻底搞垮。萧长春明辨真伪，独闯虎穴，使马子悦的龌龊灵魂昭然若揭。同样的"斗法"场景在《金光大道》中也比比皆是，这里不再赘述。

秩序整合不仅反映在两界的"神魔斗法"方面，还体现在"神仙群落"对误入"恶魔群落"的"迷途者"的拯救，以宗教术语指称即为"救赎"。"被救赎者"一般被称为"迷途的羔羊"，有让人垂怜的幼稚相与被动的负罪感，昭示着"天意"的浩荡及上天对失范者的引渡。如《西游记》中那些下界为妖的魔障，最后妖术使尽、无力回天时，便原形毕露。上天对其进行必要的惩戒、训导之后，并不容他人对其使暴雪恨，反而爱怜有加，引回天宫。《金光大道》中便有高二林这种"迷途者"的角色。高二林是高大泉的胞弟，从其阶级归属而言，应该是"根红苗正"的贫雇农阶层，也是社会主义合作化运动的拥护者。但在一次社团活动中巧遇富农阶级的代言人——冯少怀的小姨子,他没有丝毫的阶级警觉,加之受反动分子的利用,先是和大哥"分家",退出革命阵营,到后来混混沌沌成为阶级斗争的牺牲品,直至被冯少怀弃于荒野小店时,才迷途知返。《西游记》中凡属下界为妖者,大多是乘主人外出游访或草堂春睡时私自脱离天庭秩序的,高二林的"失足"也是在高大泉离场的前提下出现的。至于"失范者"最后的归属,自然是在满腔愧疚之后悬崖勒马。浩然在文本中非常细腻地描摹了高二林当时痛不欲生的忏悔心理:

> 昏迷中的高二林,传进来的第一声呼喊他就听到了。这是多么熟悉、亲切的声音哪!这是同胞哥哥的声音,是那个用拱车子拉着他,一步一步从山东逃荒到河北的哥哥……是那个冒着大雨,往天门镇给他取药治病的哥哥……是那个心坎儿上受了创伤,连一句怨言都没有向他说过的哥哥……当高二林的身体触到哥哥那两只热乎乎的大手的时候,他再也忍不住满腹的悲愤,猛地抱住哥哥那粗壮的胳膊,一头扎在哥哥那宽阔的胸怀里,"哇"的一声哭起来了。[①]

在宗教世界的"仙界群落"中,除一身绝技的各路武式神仙外,还有一类面容温和、举止安详的文式神仙,他们一般秉承上天旨意,担负着安抚妖界、平衡两界秩序的重要使命,如《西游记》中的太白金星,在平妖过程中充当着先行者、对话者的角色,从而为两界的神魔斗法提供必要的铺垫。具体的程式则是先传达上天的"宏恩",妖界自然是寸步不让。这样,妖界的反秩序意识昭然若揭,上天对他们的惩罚自成必然。在农业合作化题材长篇小说中,此类形象也是俯拾皆是,如《金光大道》中的老周忠与邓三奶奶,《艳阳天》中的喜老头与福奶奶等。他们是无产阶级意识形态的捍卫者,也是萧长春、高大泉所从事的社会主义合作化运动的保驾护航者,不是烈军属就是五保户。他们经验老到,阅历丰富,面对复杂的

---

① 浩然:《金光大道》第二部,华龄出版社,1995年,第597—598页。

阶级斗争，在领导不在场的情况下，常常能洞晓阶级斗争的新动向，为合作化运动的开展及贫雇农联盟的巩固起着不可替代的作用。可以说，无论是东山坞的"分麦"狂澜，芳草地的"发家热"、"反粮食统购"浪潮，还是蛤蟆滩郭世富引发的"瓦房"风波，这些人始终为社会主义阶段的继续革命提供着最基层的信息与最富有成效的方略。在某种意义上，我们完全可以说，他们就是社会主义麦田的"忠实守望者"。

三、民间曲艺审美因子的介入："丑角"与"莽汉"

小说的起源与民间社会有着不可分割的联系。小说最初的形态是说书人的话语，即说书人将自己的经验、见闻，连同自己所熟知或从其他文本中得来的历史掌故、民间传说、现实热点告知大众，从而拉近现实与历史、地域与外界的距离，所谓街谈巷议、道听途说。这是传统社会文化传导的基本方式，也是明中叶以来新市民阶层的出现所导致的受众变化在艺术形态上的必然反映。另外，说书人在再现现实世界或历史场景时，不能不考虑大众的接受习惯与接受心理，故而在艺术上往往追求玄奇、紧张、繁复的表现方式，从而获得审美共鸣。再次，艺术形式的曲艺化也是早期小说的基本特征，从人物角色的搭配，唱词、韵语的运用，场景的切换，叙述人的辅助性道白等，传统曲艺的程式一直影响并催生着小说艺术的发展。当然，"载道"自是说书人话语传达的重要目的，也是大众社会与意识形态发生关联的有效介质，即所谓说书唱戏、喻世劝人。由此，"日常生活""玄奇情节""曲艺形式""讽喻之理"就构成了早期小说的基本创作范型。在50年代到70年代的农业合作化题材长篇小说中，我们也能发现其中隐藏的民间文化的审美因素。具体而言之，就是民间曲艺中广为承袭的并在现代小说大量存在的"丑角""莽汉"人物组构模式。

在传统曲艺艺术中，在主要人物形象之外，常常活跃着两类角色，一曰"丑角"，一曰"莽汉"。他们作为主流形象的补衬，对情节的延展、矛盾冲突的推进起着重要作用，尤其在民间文化的审美结构中充当着不可或缺的环节。其中，"丑角"又可分为两类，一类是外丑内不丑，鼻上涂着白粉，举止夸张，专事插科打诨，实为调笑逗乐者；另一类为反派角色，面貌丑陋，奸猾歹毒，应属传统伦理的对立面，其艺术功能主要是为矛盾的发生、发展提供源头与动力。而"莽汉"则一般在传统曲艺中隶属于主流阵营，因举止鲁莽，遇事冲动，常常贻误大事，或给对立面以可乘之机，其艺术功能主要是为正面形象的英明决策充当铺垫。这两类角色成为激活传统曲艺审美内涵的核心要素，也是缝合艺术与民众、观念与生活的有效中介。一出戏、一段二人台，抑或一场"道情"，离开了这两类形象，不但观众对曲艺的意义秩序有陌生感，而且剧情的推进、观念的生发也难以畅通。一部优秀的本土化的作品，总是活跃着"丑角"与"莽汉"的角色，如《三国志》中的张飞、许褚之莽，《水浒传》中的鼓上蚤、矮脚虎之丑；如《窦娥冤》中的赛卢医、张驴儿之丑，《负荆》中的李逵、石秀之莽；如《雷雨》中的鲁大海之莽，《小二黑结婚》中的三仙姑、二诸葛之丑；如《茶馆》中的唐铁嘴之丑，《霓虹灯下的哨兵》中的赵大大之莽等。就连"文革"时期盛行的"样板戏"，其主流话语的传达依然要靠这些极富有民间曲艺审美内涵的"丑角"与"莽汉"来实现，如《杜鹃山》中的雷刚之莽，为的是烘托柯湘之细；《沙家浜》中的刁德一之丑，为的是表征郭建光的英姿矫健之美。

当然，传统曲艺的角色原型在中国现当代文学发展的各个阶段，因文学体裁及文学观念的不同，所体认的社会类别自然有所变化，角色负载的社会人文意义也不尽相同。但可以肯定的是，角色的内在审美形态及其结构意义并无多大改变，在某种程度上简直与传统曲艺的表达如出一辙。在农业合作化题材的长篇小说中，就存在着对人物形态稍作修正的"丑角"与"莽汉"的角色原型。

"丑角"在合作化小说中的个人身份不外乎三种类型：一类是摇摆于公私两条道路上的中农阶层（也包含一批贫雇农成员，这在早期合作化题材小说中比较明显），一般家道殷实，勤俭守旧，贪图私利，一遇风吹草动，即生发家欲望，内心世界中始终激荡着小农意识与社会主义观念的搏斗，但最终的结局还是汇入社会主义的大潮中。如《创业史》中梁三老汉、《艳阳天》中的"弯弯绕"、《金光大道》中的秦富等。他们是无产阶级阵营的同盟者，对这一阶层的渲染成为同题材小说的书写焦点。无论对梁三老汉内心世界的展示，还是对"弯弯绕"、秦富等人言谈举止的细腻刻画，还是对他们固执—拒绝—怀疑—投入这一曲折心路的精彩呈现，都成为农业合作化题材小说最为出彩的亮点。只不过，相比之下，"弯弯绕"、秦富比梁三老汉的阶层特质更为明晰而已。值得思考的是这些中间人物所秉承的传统曲艺的"丑角"内涵，即作为"场外人""边缘人"的喜剧性色彩，作为非社会伦理持有者的反讽特征，以及"被训诫者"的小人物本性。也就是说，从梁三老汉身上，我们似乎可以看到《小二黑结婚》中那个因袭着传统农业文化重负的执拗的二诸葛的影子，也能看到为生活目标的实现而痴迷忘我的堂吉诃德或范进的印痕。从秦富、"弯弯绕"身上，我们又能发现传统小说文本中广为塑造的"悭吝人"形象，如为一根灯草而难辞人世的严监生等。尽管这些形象的社会隶属、人生指向与传统曲艺文本的"丑角"有所不同，然其身份的卑微、性格的怯懦、不被他人理解却一意孤行的行为特征，连同身上所负载的价值判断却丝毫没有什么改变。"丑角"的第二类是知识分子阶层，这是当代前二十七年文学中一直贬抑的一个阶层，也是无产阶级意识形态极力整合的一个阶层。从人物在革命阵营中的地位来说，与中农阶层类似，同属不稳定、不坚决的部分。一般出生于封建大地主家庭，在抗日烽火中投身爱国学生运动，而后接受了革命文化的熏陶，新中国成立后成为地方县、乡一级的领导，如《金光大道》中的谷新民、《艳阳天》中的李世丹等。这类形象共同的特征是思想意识方面与封建地主阶级、买办阶级有着千丝万缕的联系，立场容易动摇，与贫苦大众不能打成一片，反而对中富农阶层甚至对地主阶层有一种暧昧的同情。在行为方式上，他们不能清醒地看到阶级斗争的复杂性与严峻性，显现出政治上的幼稚病与狂热性，常常因感情冲动而贻误大事，或者被动陷入坏分子设计的圈套之中。在外貌体态方面，他们一般留意打扮，穿着干净戴眼镜，中分头，有文学才华，却孤芳自赏；有较强的理论知识，但不能结合实际。教条主义惯习与政治意识淡漠是这类"丑角"的通病。第三类"丑角"是暗藏在革命阵营，或者虽已没落却时刻妄图变天的地富反坏阶层，是与无产阶级意识形态格格不入的需要镇压、严惩的阶层，如《创业史》中的姚世杰，《艳阳天》中的马小辫、马子悦、马斋，《金光大道》中的张金发、范克明等。与传统曲艺中的"大丑"角色类似，他们是正义的对立面，是伦理秩序的破坏者，是相对于人性美好、善良的另一极，疯狂反扑、狗急跳墙、破釜沉舟是他们阻挡历史前行的三重奏。但因这类形象"模式化""概念化"偏重，故在艺术表现上往往显得单薄无力。

至于"莽汉"角色，在角色的复杂性方面比"丑角"角色要单一得多，承继的也是传统曲艺中，尤其是宋元话本以来匹夫之勇的程式。此类角色一般徒具勇力，不善计谋，感情浮躁，性格刚烈，容易被人利用。一旦觉醒，随即政治境界提升，阶级意识增强。从价值判断方面看，他们身上的缺陷往往是性格上的缺陷，与"丑角"不可同日而语，他们是正面形象的有力辅佐者。就审美功能而言，他们是平衡叙事、强化正面形象表现力、增强文本民间化色彩的重要力量，如《金光大道》中的朱铁汉、《艳阳天》中的马连福等。这类形象犯错的时机与迷途者差不多，常常在英雄人物不在场的情况下，由于轻信或鲁莽，不能正确判断阶级斗争的形势与方向，或者被敌人的谣言所惑，盲目出击，从而使革命力量遭受损失。浓云密布之下，正当鲁莽者满怀愧疚、贫雇农阶层忧心忡忡、地富反坏杯酌相庆时，外出接受上级指示的领袖人物回来了，针对国际形势与国内形势的新动向，慷慨陈词，提出应对方略。于是群情激昂，彩霞满天。这种人物组构模式在"样板戏"中最为流行，刘闯、雷刚式的莽汉角色与柯湘、方海珍、江水英式的"党代表"角色的绝妙搭配，成为一时的经典范型。

从上面的分析，我们基本可以得出如下结论：在50年代到70年代农业合作化题材长篇小说中，除文本表层的政治意义秩序之外，还存在着另一个意义秩序。这个意义秩序以"诱惑"与"抗拒"的传统叙事范型、"斗法"与"救赎"的宗教文化模式，以及"丑角"与"莽汉"组构的民间曲艺形象原型，潜伏在文本底层，守持着传统小说的艺术魅力。这是此类文学作品之所以到今天依然葆有一定审美元素的重要原因。导致农业合作化题材长篇小说文本复杂性的原因在于：鲜活的民族艺术形式始终是中国小说现代化的主要实现途径，新中国成立之后的文艺纲领及相关的文艺政策，一直把社会主义建设内容与民族化艺术形式相融合，作为繁荣社会主义文学的主要艺术原则；宗教文化作为人类文化想象的模本，已经成为一种渗透在民族精神血脉中的惯性力量，政治激进时期引导下的特殊社会现实，进一步推动了二元对立、秩序分野的世界观与价值观；传统古典小说一直是影响中国本土作家，尤其是工农作家的重要文学资源，传统文学受众的底层性质与新中国成立之后文艺领导者极力推行的以工农兵为主的形象定位与服务对象定位，使传统小说的审美元素与社会主义文学实践的对接成为必然。

原载《文学评论》2005年第2期

梗阻心理·失落意识·苦涩美学：《秦腔》新论

在20世纪的历史视域中，现代性的问题一直是困扰中国现代社会发展走向的迷障，从晚清时期因外力的胁迫而被动地接受，到新中国成立之初立足本土资源与政权性质的建设性构想，到80年代不甘落后的自觉追求，直至90年代后期以来摒弃意识形态拖累的大胆融入，有关现代性在政治、经济、文化等方面的思考从未停止。可以说，中国社会现代性转型的历史流程一直伴随着参与还是抗拒这两种话语的严峻交锋。这种对社会发展形式择其一端的认知模式规约了中国历史前行的轨迹，也影响了20世纪中国文学发展的话语体系与叙写主题。由此，对城市光影的游历欣赏与对衰败农村的深沉体验，对城市文化品格的沉醉与对传统文化精神不断消亡的反思，共同构建了以城市文学与乡土文学为代表的现代中国文学的两大主流。其中，对现代性保持着警惕态度并意在干预和建设的乡土文学，成为直接记录中国现代性转型过程的经典模本。这种文本是历史见证性的文本，以"在场者"形式渗透着对社会历史性变化的感知与体验。这种文本同样也是文化性文本，以"文化守持者"的形式对本土文化性质的转向表示不解与困惑。这种文本更是一种诗意化文本，在对现实社会走向难以扭转的前提下，转而对传统生活方式的失落深表感伤，并有意识地用隐喻的方式表达对乡土社会的眷恋。

贾平凹的新作《秦腔》正是这样一部延续着中国乡土文学的审美维度，立足于"后改革时期"中国乡村社会发生的深刻变化，致力于现代性质疑与文化反思的典型文本。其中，乡土社会的粗糙转型以及转型过程中良莠并举、善恶莫辨的纷杂现实令作者怅然无言，而转型后的纷乱局面与乡村社会的快速退离更令作者忧思难排。于是，一个"精神无乡者"的痛苦言说由此拉开了序幕。它让我们在体味了现代性所带来的种种变化之外，不能不正视社会结构震荡之后文化消亡、精神冻结的严峻现实。

然而，值得我们思考的不仅仅是贾平凹对乡土社会现代性转型的忧思，更在于贾平凹为何要以文化守成者的角色自居，并与现代社会图景一直保持着相当大的距离。这不仅关系到文本内容与叙述视角的合理性，而且关系到作家话语形态的真实性与当代性。也就是说，贾平凹特定的身份角色、对社会结构的特定认知模式，以及在特定的"后改革时期"对乡土社会体察后所形成的心理意识，乃至最后作用于文本叙事的特定美学范型，才是我们打开《秦腔》密实结构与魔幻色彩的一把钥匙，也是我们洞晓贾平凹复杂心态，继而梳理中国现代乡土文学发展历程的重要一环。

一

当我们在考察中国乡土文学的流变历程时，不难发现一种明显的迹象，那就是作家与现实生活之间往往存在着一种难以对话的紧张关系。对话时的自我抗拒与对话过程中自我与现实的自觉疏离，构成了紧张关系的基本内涵。所指与应指的剧烈冲突、实境与期待的强烈落差，确立了艺术化呈现这种紧张关系的思想主题。而伤感与眷恋的主体情绪则赋予了文本叙事在消解紧张关系之余，"再造新的对话关系"的美学追求。事实上，对话的紧张来源于心理的对抗，对现实生活现状及其发展走向的不认同，并执着地固守原有的生活形式，才是对话关系难以建立的主要原因。援用心理学的术语，应该称之为"梗阻心理"。简言之，就是一种对立愤懑的情绪基调与艰涩不畅的情感投射方式。这种"梗阻心理"贯穿于中国乡土文学作家的心史中，并日益形成一种固定的情感模式，成为我们体认中国乡土社会变迁的"心理镜像"。如鲁迅对故乡的难以认同，废名、彭家煌、沈从文对城市文明的唾弃与诟病，赵树理对乡土社会封建霸权的无情揭示等。当然，基于作家所处的社会语境及自身的人生经历、审美体验不同，"梗阻心理"的艺术表现也不尽相同。鲁迅着力于国民精神的现代性改造，他的"梗阻心理"更多体现在对乡民意识世界与精神劣根的强烈批判上，故有故土的凋敝，环境的阴冷，闰土的麻木呆钝，杨二嫂之流的自私偏狭。赵树理着力于对基层民主政权性质的深刻反思，故有金旺兄弟、恒元、李如珍之徒的蛮横势力与强权逻辑。废名、沈从文等则着力于对城市现代性图景的抗争，故有城市人无聊颓废的"阉寺"人格与健朗鲜活的"湘西世界"。

　　在中国乡土文学的链条中，与鲁迅、赵树理不同，出生于陕南的贾平凹时逢20世纪末中国现代社会发生最深刻变革的特殊时期，也是中国社会结构与传统生活方式面临剧烈裂变的时期，更是价值冲突、观念冲突、文化冲突最激烈的时期。作为一个受乡土社会长期濡染的农民作家，势必要在这样一种社会的大转型中面临精神资源被强力清空的挑战，也自然因期待的落空与现实的变化产生一种强烈的"梗阻心理"，以此对现代社会发展模式表示不解与抗争。何况，贾平凹本就沿袭着沈从文一脉的乡民视角与乡土价值评判模式，对城市化现实保持高度警惕，对乡土社会的自足性始终有一种难以言传的依恋，并形成一种坚韧不移的"乡土情结"。这种乡土情结从《满月儿》《小月前本》始，经《腊月·正月》《高老庄》，直至最近新版的长篇小说《秦腔》，几乎伴随了他的创作全程。只不过，在改革开放初期，传统意义上城乡对立的社会区域尚没有打破，乡土社会结构在维持着自身形态的同时，还随着体制的调整呈现出灵动活泛的色彩。如贾平凹尽管在《鸡窝洼的人家》《腊月·正月》《浮躁》等小说中隐隐表露了新旧观念及新旧生活方式的冲撞，但他和改革社会的对话关系，还是在乡土世界得以完整保留的前提下自然而流畅地进行。也就是说，乡土作家普遍具有的"梗阻心理"此时尚处于潜伏状态。贾平凹曾意

味深长地回忆过那段日子:

> 土地承包了,风调雨顺了,粮食够吃了,来人总是给我带新碾出的米,各种煮锅的豆子,甚至是半扇子猪肉……那些年是乡亲们最快活的岁月,他们在重新分来的土地上精心务弄,冬天的月夜下,常常还有人在地里忙活,田堰里放着旱烟匣子和收音机,收音机里声嘶力竭地吼秦腔。①

可随着城市化进程的不断加快,传统乡土社会的生活方式似乎在一夜之间消亡殆尽,贾平凹第一次感到了"对话"的困难与紧张,早期的因观念冲撞引发的社会忧思,转而成为一种对传统衰败、乡土消亡的文化绝望,蛰伏在贾平凹创作中的"梗阻心理"也就自然一跃而出。怡然局外的商南已经不再是他的灵魂托付之地,素来可以涵养精神、解除疲累的棣花街已是明日黄花。石板街,旧式厅房,其乐融融的家族,连同几百年来一直勾连秦地乡民精神血性的秦腔,也在现代社会的滚滚红尘中渐渐远去。代之而起的是聒噪的流行乐,毁坏农田的高速路,浮躁的小商贩,说不清发财缘由的女子,荒草疯长、日益寥落的家园。

面对乡土社会的坍塌和新旧斑驳的当代景观,面对彻底到来却难以预料发展趋势的新乡村,他只能发出这样的诘问:

> 这条老街很快就要消失吗?土地也从此要消失吗?真的是在城市化,而农村能真正地消失吗?如果消失不了,那又该怎么办呢?②

贾平凹传达出来的声音是微弱的,可凝结在内心的抗辩与梗阻是强烈的。正如文学艺术常常成为现实不足的替代物一样,《秦腔》自然也就成为消解作者与现实的对话紧张关系、疏导其梗阻心理的有效载体。所以,贾平凹在梳理了二十年来乡土社会的巨大变迁后,怅然说道:"我决

---

① 贾平凹:《秦腔》,作家出版社,2005年,第501页。
② 同上,第503页。

心为故乡树一块碑子"①。增删四次的《秦腔》就是贾平凹安抚灵魂、祭奠先灵的一块"碑子"。可"碑子"的比照是悲凉的,它预示了故土的远去和拯救的无望。尽管高亢的秦腔依然在耳边轰响,尽管夏天义式的农村能人与夏天智式的乡土儒士在头脑中还是那么鲜活,但万事已成记忆,一切尽归绝响。《秦腔》中邱老师的无奈,门可罗雀的舞台,奔走于丧事呼号的剧团,神经裂变的秦安,连同被泥石流吞没的夏天义等,足以说明乡土世界的消亡已成必然。另外,贾平凹期望与现实建立的所谓新的对话关系,又是通过对将逝者或亡者的祭奠来实现的,只能进一步凸显出作者的绝望。按照贾平凹的说法,《秦腔》是一部告慰乡民的书,这部书还清了他全部的债,言下之意是淘涤了积蓄于内心的所有愤激情绪。需要我们思考的是,对于贾平凹这样一个深具乡土意识的作家而言,"梗阻"远未消失,当故乡彻底从他的视线消失之后,他能与他一直怀有戒备的城市建立一种新的对话关系吗?我想,一种更为深广的"梗阻心理"可能会更加持久地困扰他的写作历程。

二

如果说"梗阻心理"是乡土作家的一种较为普遍的心理范式的话,那么,"梗阻心理"的形成更多地归因于现实生活中的"失落意识"。或许,这种失落意识在出身于农民家庭的作家身上显现得更为明显。这是因为农民的血性与这种血性所携带的文化内涵使他们在步入城市时,很难因身份的改变而获得文化资源的共享,城市的陌生及其特有的文化运行机制也在很大程度上拒绝他们的参与。所以,受到城市冷落的农民作家往往有一种"非法介入者"的身份体验。在与城市的对话关系难以建立时,只能从自己赖以维系的乡土文化资源中寻求力源,并随着对自己所营造的诗意

---

① 贾平凹:《秦腔》,作家出版社,2005年,第504页。

乡村田地的忘我沉浸，逐渐形成一种固定的叙事视角与特有的美学传达方式。沈从文就是一个典型的例子，行伍出身，求学无成，浪迹京城，备受歧视。待在斗室里的他只能以湘西世界的浑朴温馨来对抗城市的冷漠虚伪，或者通过对城市人性异化的诘问来传达对乡土世界的无限憧憬。贾平凹也有类似的情绪反应，从偏僻的陕南来到省城西安，自以为这下把"农民皮剥了"，"可后来，做起城里人了，我才发现，我的本性依旧是农民，如乌鸡一样，那是乌在了骨头里的"。①这种对自身灵魂本质的界定决定了他与城市的对立，也决定了贾平凹以"精神还乡"来对抗现实失落的叙事逻辑。问题是倘若城乡的对立格局不变，城市里受到冷落的贾平凹还是可以有寄存灵魂的芳草之地。可当乡土社会也渐渐成为城市扩张的一部分，并在外力的圈围下不断丧失自己的领地，直至完全消亡时，贾平凹缓冲现代社会焦虑的减压之地也就自然烟消云散。一种双重的失落陡然到来，"精神无乡"的悲苦从此煎熬着书斋里默然独坐的贾平凹。

具体而言，这种失落意识表现为主体优越性的失落与乡土社会的失落。其中，"主体优越性的失落"是指作为创作者的贾平凹互补性身份的失落。反映在故乡人的眼里，他既是一个在大城市工作的"有一笔好字"的干部，又是一个与他们有着相同文化背景与亲缘关系的乡党。于前者言，他们羡慕敬畏；于后者言，他们亲近随意。反映在贾平凹的眼里，一方面农村的封闭贫困让他忧思，可自己又断不是长住之客，城市孕育着他的梦想；另一方面城市的冷漠坚硬让他心寒，可自己还有捂贴灵魂的故土，故土含蕴着他生命的根脉。可能正是基于一种进退自如的心理优势，80年代初中期的贾平凹才利用自己的互补性身份乐此不疲地在西安与商州之间来回穿梭，城乡对立的社会结构模式与"中间游走者"的特殊角色也使贾平凹获得了最大程度上的心理满足。他叫响文坛的一些名作，几乎都是在这样一个特殊的"蜜月期"中完成的。让他始料未及的是，现代社会

---

① 贾平凹：《秦腔》，作家出版社，2005年，第501页。

发展的步履远远超过了他的想象,转眼之间,城乡对立的两极性社会模式戛然而止,城市不断蚕食着农村的田园,大批的农民工涌向城市,一个结构纷乱、色彩缤纷的社会到来了。素以"两栖"见长的贾平凹第一次感觉到"断其一足"的伤痛,也第一次感觉到对故乡现状的陌生与不解,长篇小说《秦腔》正是他主体优越性失落之后独自抚慰、黯然神伤的艺术写照。

乡土社会的失落是直接导致主体优越性失落的前提,主要表现为传统生活方式的失落与乡村结构核心的失落。威廉姆斯曾言"文化是一种特殊的生活方式"[①],传统乡土文化的外在载体就是自足性极强的特殊生活方式。反映在贾平凹笔下,就是他日夜渴慕的秦地日常生活:日出而作,日落而息,家族融合,兄弟怡怡,乡民淳朴敦厚,人人尊老崇智,书画人格,本色性情。可这一切都在社会转型的洪流冲击下荡然无存,为此,《秦腔》以日常生活方式的泼烦结构为我们书写了乡村社会的失落过程:清风镇的两大家族,白家已经败落,夏家空有躯壳,兄弟子嗣之间相互争斗,过年过节都难攒齐。有与外户女人鬼混的庆金,有抛弃家风转营个体的夏雨,有滥用权柄、变卖村业的君亭,还有时刻在外面应酬、冷漠自私的夏风等。尊老传统受到威胁,闹离婚的庆金在夏天义面前的不愠不怒,让这个素来硬朗的老汉一腿窝到了凳子底下。尊智信仰遭到质疑,一向热衷于显摆的夏天智尴尬地遭逢了县长的戏弄,书房里的锦玉中堂与画满了秦腔脸谱的艺术马勺,只能成为自己百无聊赖的自慰品。镇中的年轻人纷纷出走,老人孩子空守村落,商贸中心如火如荼,万顷良田荒草四伏。等到夏天智辞世时,偌大的清风镇竟然选不出几个精壮后生将棺木抬到墓地。一种曾经伴随贾平凹成长的并根植其精神灵魂的乡土社会,就在这些密实的日常叙事中不经意间轰然坍塌了。

乡村结构核心的失落是指结构乡土社会的传统权威人物与传统精神

---

① 雷蒙德·威廉姆斯:《关键词》,伦敦Fontana出版社,1983年,第87页。

支柱的消亡。《秦腔》中的夏天义是贾平凹心目中传统权威人物的典型代表。构成"权威"的几个核心要素就是：足以折服众人的威仪，视土地为根本、视乡民利益为命脉的实干精神，以及豁达畅朗的个性魅力。夏风结婚时，贺喜剧团因名角缺席引起乡民躁动。新任村主任夏君亭和支书秦安难以服众，张引生请来老主任夏天义，顿时风平浪静。我们看夏天义出场时的镜头：

  夏天义是个大个子，黑乎乎站满了堂屋门框，屋里的灯光从身后往外射，黑脸越发看不清眉眼。队长哎哟一声，忙掏了纸烟给他递，他一摆手，说"说事！"……"把褂子拿来，还有眼镜。"眼镜是个大椭块石头镜，夏天义戴上了，褂子没有穿，在脊背上披着。①

好一副村干部的威仪！难怪引生窃语："天义叔，你眼镜一戴像个将军。"威仪象征着乡土社会的绝对整合，同样也隐喻着更具亲和力的人格感召。他心系村民，为了解除旱情，强令站长放水；他情牵土地，为保护农田，带头挡修国道，被迫下马为民。目睹俊德良田荒芜，他心如刀绞，执意代种。为了阻止夏君亭以变卖村业来换取鱼塘的短浅行为，他不顾年纪老迈，矢志不渝地往返于七里沟，运石淤地，直至殒命。此外，他集杀气与豪气于一体，路遇不平，虎视龙盘；兴至极处，语惊四座；饭量惊人，声若轰雷，完整地体现出乡土权威的独特魅力。但就是这样一个深具影响力的夏天义，在与新任村主任夏君亭的对垒中，一次次从阵营中败落下来。个头不大、心胸也并不开阔的夏君亭利用不太正道却屡试不爽的手段，轻易地完成了乡土权威的现代置换，同时也宣布了乡土社会中传统权力结构体系的终结。

有关"秦腔"的寓意，陈晓明曾这样解释："在某种意义上表达了贾平凹对他描写的生活对象和他的作品的命名，那是一种原汁原味的秦地

---

① 贾平凹：《秦腔》，作家出版社，2005年，第12—13页。

生活,那是具有文化意味的秦汉大地,那是中国传统历史在当代中国乡村的全部遗产的象征"[1]。这样的解释有点大而无当。依照我的理解,"秦腔"更多是一种维系秦人生命与精神的文化符码,指称着一种文化成果、文化实践,以及以这种文化成果与文化实践为底色的特殊生活方式。在贾平凹的心目中,"秦腔"就是他梦绕魂牵的精神家园,也是清风镇人与自足性的乡土世界相互应答的文化世界。《秦腔》中,贾平凹不厌其烦地为我们描述了清风镇人对这种传统文化形态的痴迷。但凡婚丧嫁娶,生老病死,起房立碑,劳动农闲,秦腔始终是秦人最直接地表达生活感受的文化通道,也使秦腔成为他们生命与生活的有机组成部分。白雪是清风镇人最敬重的明星,张引生一天到晚哼唱着秦腔,五十多岁的狗剩依然挂牵着二十年前的"拾玉镯"。尤其对退休小学校长夏天智来说,秦腔业已成为他的灵魂,不离左右、一直在高奏秦腔的收音机匣子,书房里摆满的各式各样的脸谱马勺,毕生经营而终于出版的秦腔乐谱,直至临终前只有把脸谱马勺扣在脸上才能安然离世,等等。不容置疑的是,这样一种长久建构着乡民精神领地的秦腔,在现代社会的冲击下不能不呈现出渐渐衰败的迹象。陈明弹唱的流行音乐成为市场经济的新宠,秦腔剧团到处游走,鲜有观众。夏天智引以为豪的儿子夏风对秦腔艺术不屑一顾,把白雪调离剧团是他最大的心愿。精神失语之后的清风镇浮躁之风日盛,乡民在欲望之间粗糙穿行,浅直的现代艺术形式在农贸市场引吭高歌,一种消解了文化润饰的散漫生活如潮水一样席卷而来。《秦腔》就是以如此泼烦的流水生活为我们记录了乡土文化与乡土精神无奈失落的悲怆一幕。

三

正是基于贾平凹对中国乡土社会变迁过程的深痛体验,《秦腔》选择

---

[1] 陈晓明:《乡土叙事的终结和开启》,载《文艺争鸣》2005年第6期。

了与梗阻心理、失落意识具有内在呼应关系的一种特殊的美学追求，即以苦涩为主的美学形态。三者之间的逻辑关系是明显的，一方面，"梗阻"导致了"失落"的萌生，"失落"催生了"苦涩"的传达；另一方面，"苦涩"的意味来自主体精神的"失落"，主体精神的"失落"又源于与现实对话关系的"梗阻"。在作家心理—现实感知—美学形态的关系序列中，我们发现每一区块与现实的关系都是紧张的，而且区块之间的情感底色都是阴暗的。这就构成了一个相互生成与相互解释的意义场域，在回应贾平凹破碎的心路历程的同时，也可以洞悉文本结构、美学传达与作家现实遭际、内在心理之间的共振关系。

需要解释的是"苦涩"，这是现代时期周作人力主躬行的一种审美境界与传达方式。其中，"苦"是一种特殊的人生态度，他认为人生之苦，只能正视，不容回避。只有忍受体验人生之苦才能识得人生之味。而"涩"是一种特殊的美学范畴，指的应该是阅读欣赏过程中因语词、意象、场景的奥涩、梗塞而引发的"陌生化"效应。[①]总体说来，"苦涩"就是指悲苦的美感体验与奥涩的美学传达。对于贾平凹而言，《秦腔》融汇了他多年来对故土难以割舍又被迫诀别的悲苦体验。在动笔之前，他"祭奠了棣花街上近十年二十年的亡人，也为棣花街上未亡的人把一杯杯酒洒在地上，从此我书房当庭摆放的那一个巨大的汉罐里，日日燃香，香烟袅袅，如一根线端端冲上屋顶"[②]。另外，《秦腔》在艺术表现上除叙事视角的频繁变化以外，还大量营造了一些带有深度魔幻性质的事象与场景来烘托悲凉的气氛，造成了阅读过程与阐释过程中的奥涩效应。何况，在文化的源流中，贾平凹与周作人本有着精神血亲意义上的关联，他散淡的文风、朴拙的言辞，宁静而隽永的场景，寻常而奇崛的事象，与周作人所推崇的"本色""平淡自然""趣味""美文"等审美范畴如承一脉。所以，在这个意义上用"苦涩美学"来概括《秦腔》的审美形态具有一定

---

① 温儒敏：《中国现代文学批评史》，北京大学出版社，1993年，第48—50页。
② 贾平凹：《秦腔》，作家出版社，2005年，第504页。

的可行性。

　　《秦腔》的"苦味"表现在文本中衰败的悲凉气氛与浓郁的悲剧色彩。这种"悲凉"以传统优势陡然被现实所剥夺,历史合理性瞬间被异己力量所取代,文化传承的连续性突然被接受者所斩断的残酷现实展现出来,寄予着贾平凹面对乡土社会的远离,只能坐视、毫无作为的悲苦心理。传统社会中的家族势力、血缘亲情,曾经是维系乡土社会结构稳定的主要力源,可在市场经济的驱动之下,亲缘关系脆薄如纸,自私冷酷的个人主义与纷至沓来的功利主义不断侵蚀着家族和谐的大堤。夏天智临终前的惨淡光景,无声地宣告了家族中心向个人中心的快速嬗变。一身正义、浑身霸气的乡村权威夏天义,就因维护乡民利益而走上了不归之路,处世乖巧、精于算计的夏君亭用一种极为下作的手法,完成了传统乡土权威由人格感召向经济诱惑甚至色情诱惑的率直转型。作为一种文化传统与特殊生活方式,与"楚辞"一样,"秦腔"书秦语,作秦声,记秦地,名秦物,淹留至今,芬芳可掬。可急于迈入市民阶层的年轻人,随意地就用标准化制作的流行音乐否定了这种厚重的文化形态。外来青年的一曲弹唱,不但将秦腔留在了历史与老人的惨痛记忆中,而且浅显地实现了传统文化样式向现代消费主义文化样式的粗糙过渡。由此,多层面、多维度的悲凉气氛赋予了整个文本浓烈的悲剧色彩,贾平凹用一种近乎惨烈的手法尽情展露着他对这种悲剧的极限式认定。"死亡",或者说是不同寻常的"奇异死亡"大量出现在《秦腔》中,似乎只有通过这种叙事方式,才能挥抒内心的苦衷与憋屈,才能真正显现历史逻辑被强行扭转之后所带来的阵痛与裂变。狗剩因二百元罚款喝农药自尽,夏天礼倒卖银圆猝死沟渠,老实的秦安遭陷害呆傻而死,夏天义被一场突如其来的泥石流埋在山下,就连尸体也遍寻不得。夏天智风光一世,众人簇拥,死后身旁寥落,连棺木都抬不上山去,就连新落成的坟墓也遭堙没。清风镇的人事物景就在这样沉闷而奇幻的悲剧色彩中完成了历史的蜕变。

　　《秦腔》的"涩意"表现在文本中大量存在着致使阅读产生梗塞效

应的奇异事象，如横空出世的泥石流，夏天义的无字碑，人物头上的光晕，"引生种牙"与"夏天智在院墙下深埋大力补气丸"，尤其是张引生和他的"断根""惑情"行为，白雪孩子的"异残"现象，等等。这些有违常理、有悖常情的事象蹊跷莫辨，奥涩难解，一方面造成了阅读的陌生化效应，另一方面也耐人咀嚼，值得回味，昭示出文本意义生成的多种可能性。

其中，张引生这个形象引起了众多学人的关注，对这一形象叙事功能的认识没有疑义，他只充当一双由作者牵引而不断游走的眼睛而已。正如王鸿生所言："引生的存在有生活和艺术的双重依据……一方面参与故事的构成，另一方面又转述和评论他人的故事，极大地缩短和消解了叙述人和人物之间的距离。"①可关于引生的"断根"行为疑义就甚多。陈晓明认为："引生在小说的一开始就自残阉割。从他的眼睛看到清风街的历史是衰败的历史，一如他的命运遭遇，是被阉割的，是无望的自我阉割的历史。"②我以为这样的理解过为偏狭。"阳根"本是欲望的载体，是人间苦愁的根源，"断根"现象体现了人们对原始欲望追逐、愧疚、清除却终难割弃的矛盾心理，张引生断根后的欲望存留充分说明了"阉割"事实的无意义性。那么，张引生的"断根"就决不是什么历史的阉割，恰恰是贾平凹在伤悼故土衰落的同时，通过对乡民功利主义行为的矛盾权衡，对自己坚守的乡土文化价值的有效性产生怀疑，继而充分不自信的心理象征。在《秦腔》后记中，贾平凹明显流露出对现实不置可否的两难处境："我的写作充满了矛盾与痛苦，我不知道该赞歌现实还是诅咒现实，是为棣花街的父老乡亲庆幸还是为他们悲哀。"③至于张引生的"惑情"行为容易理解，因为他首先是一个癫狂症患者，必须具有一定的癫狂性的行为与心理特征，"惑情"无疑是为了让白雪对他倾心的病理学意义上的狂悖现象

---

① 王鸿生：《反史诗的史诗性写作》，载《上海大学学报》2006年第1期。
② 陈晓明：《乡土叙事的终结和开启》，载《文艺争鸣》2005年第6期。
③ 贾平凹：《秦腔》，作家出版社，2005年，第504页。

而已。

另外，白雪孩子的"异残"现象也令人困惑。出身于清风街上的两大家族，一个是本省的文化名人，一个是享誉乡土的秦腔明星，结果却生了个没有屁眼的异残儿。按照陈晓明的话来说，"它隐喻式地表达了白雪的历史已经终结，民间艺术的纯美只能产生怪胎，不会再有美好的历史的延续"[①]。这样的看法过于武断，因为这孩子是白、夏二人的结合体，不单是纯美如白雪者的精神外化。我的看法是，从生理学的角度讲，孩子的异残事实是"传输通道"的封闭。结合贾平凹的文化心理，以及当事人白雪和夏风对秦腔艺术判然不同的态度来讲，其实这一事象隐喻的是受众的消亡导致了秦腔艺术的真正失落这一文化事实。而且，更值得反思的是，夏风成长于一个深受秦腔文化濡染的传统文化家庭中，其父夏天智酷爱秦腔艺术到了痴迷的地步。那么，从这个角度来分析，秦腔的消亡又是传统文化形态的自我否定，是文化更迭的历史必然。

由此，《秦腔》通过作者切肤的悲苦体验与奥涩梗塞的陌生化事象，建构了一种印证乡土社会现代性转型阵痛的、以"苦涩"为基调的美学形态，为疏通梗阻心理、疏导失落情绪，提供了艺术传达与审美底色的有效支撑。同时，基于贾平凹在生活场景与叙事视角方面的有益探索，《秦腔》无疑也为中国现代乡土叙事建构了一种新的话语模式。

原载《理论与创作》2006年第4期

[①] 陈晓明：《乡土叙事的终结和开启——贾平凹的〈秦腔〉预示的新世纪的美学意义》，载《文艺争鸣》2005年第6期。

文化人类学视野中的《笨花》

铁凝长篇新作《笨花》刊行后，引来不少关注，其中，多数研究者从铁凝与王干在《南方文坛》上的一次对话，将作品的主题理解为"精神世界的烟火展现"[1]，或者单纯基于作品所反映的时代特征，以预设性的话语策略认定铁凝此作含有对"国家民族元叙事"的解构。[2]甚至还有个别论者生硬地用"性别写作原理"来图解文本的意义秩序。按照铁凝本人的说法，则是企图以"笨"与"花"的奇妙结合来昭示半个多世纪以来冀中人民苦难而达观的生命历程，以此来探索长期以来精神负重与情感宣泄的二重关系在中国国民意识深层的隐形关联与自我调适。[3]依我来看，文本的文化向度是明晰的，有关向喜创业及殉难的故事不过是小说得以展开的平台，而20世纪初叶波澜未兴的冀中乡村无疑是铁凝静观文化原态与初民生活的最佳场景。文化人类意识的觉醒，是现代社会意识形态"独语化"原则失语后的必然结果，也是90年代以来多元文化并存在文学创作中的含蓄反映。贾平凹的《高老庄》《秦腔》，莫言的《檀香刑》，李洱的《花腔》以及韩少功的《马桥词典》，阎连科的《日光流年》《受活》等作品，已经流露出这类作品中的人类学视向。与之不同的是，铁凝的《笨

---

[1] 铁凝、王干：《花非花，人是人，小说是小说》，载《南方文坛》2006年第3期。
[2] 闫红：《〈笨花〉：建构21世纪国家民族历史的元叙事》，载《河北学刊》2006年第2期。
[3] 铁凝：《笨花》，载《当代》2006年第1期，第160页。

花》，则在一种广博的人类学视域中展现了冀中文化的独特性与自补性，从而填补了习见文本中动辄以传统文化来遮蔽形形色色的地域文化的缺失，呈现出一种多元共享的大文化观。其中，烂漫多姿的生活形态与文化仪式，成为我们了解并体悟传统文化背景下冀中平原往昔与现实的一扇文化视窗。

一、自然时间观与物物交换

"时间"概念是历史意识的产物。早年的人类并没有明确的时间观念，依照天时来处理生计是一种适应自然的近乎本能的冲动。即使在日晷盛行的封建时代，人类对时间的认识还是停留在以太阳和四季的运行周期为基本参照的天时阶段。直至西方公元纪年观念的出现及现代时间观念的普及，有关时间段落的准确界分才逐步在现代社会形成，并同时成为阶段性考量人类历史行程与文化行程的主要标识。这种标识的意义大大改变了自然时序的漫流性与无意义性，而且给时间的客观性赋予了主观性的内涵，从而形成一种意识形态领域内的时间修辞，也就是时间本身的有效性与时间所指称的历史文化单元的优越性。我们常常言及的"新旧"之分、"史前史后"之分、"野蛮文明"之分、"原始封建"之分、"古代现代"之分，所持逻辑概出于此。在这种现代性话语的影响下，重新建构时间段落之间的关系，成为人类进入现代社会的一种表现特征。反映在文学艺术中，即形成了以人文时间为基本形态的时间叙事模式。如革命历史题材创作中的1927、1935、1937等时间概念，远远超越了这一自然时段本身的意义；农业合作化小说中对"旧社会"与"新社会"的指称，显然不仅仅是客观的时序差异；新时期文学中俯拾皆是的"春天"修辞，对应的更不是周而复始的自然季节。由此可见，在20世纪文学中，"时间"概念的出场很大程度上与意识形态的原则、倾向关联在一起，真正以自然时间观来展现人类生存状态的作品可谓寥寥无几。

欣慰的是，铁凝的近作让我们强烈地感受到了自然时间观念的复活，文本中有关"黄昏景象"的精彩点描，细腻地诉说了20世纪初叶笨花村民自足而颇富情趣的一幕。这里的"黄昏"是一个深具农业社会特征的语词，暗合着"日出而作、日落而息"的农耕生活状态，也在一定程度上牵引着文本审美的流向。的确，一天的劳作结束之后，人类的其他生活样式才刚刚开始。"黄昏"似乎成为一个将人类生活内容自然分割的界点，蕴含着以土地为生身之本的初民依据天理与人性来调适生活的双向维度，所以说"像一台戏，比戏还诡秘"的"黄昏"是"一整个笨花村的黄昏"。更有意味的是，铁凝并没有机械地将"黄昏"的内容杂糅，而是按照线性时序的流动，切分出一个个内在关联又各有特色的等分时段，读来异香顿生，别有韵味。

敲响"黄昏"大吕的便是一匹打滚的牲口，"它们在当街咣当一声放倒自己，滚动着身子，毛皮与地皮狠狠地摩擦着，四只蹄脚也跟着身子的滚动蹬踹起来，有的牲口还会发出一阵阵深沉的呻吟。这时，牲口的主人放松手里的缰绳，尽心地看着牲口的滚动、摔打，和牲口一起享受着自己对自己的虐待与解放，直到牲口们终于获得满足"。打完滚的牲口似乎这才解脱了一日的辛劳，"故意懒散着从地上爬起，步入各自的家门，一头扎进水筲去喝水，它们喝得尽兴，喝得豪迈"①。作为传统农业最重要的役使工具，牲口们理应获得最优先的照顾，它们坦然地解除了负重一日之后的种种乏累之后，便自然牵引出了人的自我释放来。在这里，依照天时规律自在地生活是牲口与人共同的主题。接下来，给"黄昏"添以斑斓色彩的自然就是人了。趁着尚有余晖的天日，依凭着不同的节奏与次序，"换鸡蛋的""卖酥糖烧饼的""卖酥鱼的""打洋油的"应声登场。"家中顶事的女人们"与卖葱老汉之间的你争我夺似乎仅仅具有仪式性的特征，"白饶"下的一点葱叶倒在其次，更多的是一天之中难得的一次闲

---

① 铁凝：《笨花》，载《当代》2006年第1期，第7页。

适。所以，信步之中不无表演性的招摇，这也是农业社会中的特有景致。无怪乎铁凝以温软的语气这样写道："她们攥紧那'白饶'的葱叶，心满意足地往家走，走着，走着，就朝那'白饶'的葱叶咬一口，香甜地嚼着，葱味儿立刻从嘴里喷出来。"①随之跟来的卖烧饼老汉，自然是笨花村民黄昏时分不可或缺的记忆。即使如那个以萝卜条充当酥鱼的不正路小贩，同艾的怨愤也带有一种喜悦的气氛。这不单纯是因为笨花村只有她才有吃鱼的兴趣与口福，更重要的是缺了这样一个环节，笨花村的黄昏就少了一个单元，而同艾的买鱼事象也就成为对自然时间秩序的一种确证行为。随着暮色的降临，买灯油的如约而至，"一提一提"的注入大有卖油翁的风采。逼仄的巷道中，匆匆穿行着专程赴会的"走动儿"，邻里之间那种坦然的期待，元庆、奔儿楼父子心照不宣的相互理解，让我们清晰地聆听到了宗法道德悬置之后人性流淌的自然声浪。卖油老汉的离场是黄昏的最后一个章节，家家户户掌起的灯火宣布了一个自然时间段落的完美落幕。

与素朴的时间观相对应的，是笨花村民依旧保持着远古时代的以物易物风俗，"鸡蛋"和"葱"之间的买卖分明就是"物物交换"的遗响。按照人类学家林惠祥的分析，原始初民的交易一般有"无言的交易""物物交换""馈赠的交易"以及部落之间和村寨之间的"原始贸易"四种形式，其中，"物物交换"是最基本的形式。②雷蒙德也认为"物物交换是前工业社会最通行的方式"③。问题是，"物物交换"原则对所要交换的物种、价值量度是有选择的，所以就催生出了"易中"的交易制度，即每个人都易于接受价格基本等值的东西。但必须坚守的一条就是交易范围的设定，"贝壳饰物只能与其他饰物交换，食品只能与食品交换。同时另有一种鱼或禽蛋与蔬菜之间的重要交易"④。既然如此，同属食品类的"鸡

---

① 铁凝：《笨花》，载《当代》2006年第1期，第7页。
② 林惠祥：《文化人类学》，商务印书馆，1991年，第209页。
③ 雷蒙德·弗思：《人文类型》，商务印书馆，1991年，第63页。
④ 同上，第64页。

蛋"与"葱"之间自然就拥有了交易的可能性。当然,雷蒙德也一再说明"这种没有货币,没有价格结构,以及在很多情况下没有正式市场的交易是混乱的,难以做到公平交易"[1]。根据雷蒙德的论述,再来反观笨花女人与换鸡蛋老头之间那场交易,就自然明了卖葱人左遮右拦的尴尬与笨花女人前叨后抢的张狂:

> 卖葱人谨慎地掂掂鸡蛋的分量,才将鸡蛋小心翼翼地放入荆筐,一个鸡蛋总能换得三五根大小不等的葱。女人们接过葱,却不马上离开,还在打葱车的主意,她们都愿意再揪下一两根车上的葱叶作为"白饶"。卖葱人伸出手推挡着说:"别揪了吧!这卖葱的不容易,这卖葱的不容易。"买葱的女人还是有机会躲过卖葱人的推挡,揪两根葱叶的。[2]

由此可见,铁凝通过"鸡蛋换葱"这样一个场景,不但昭示了笨花村深具自然经济特征的生活一幕,而且与自然天时观一起构筑了笨花村民圆融一体的内外时空。

二、狩猎仪式与植物图腾

一开篇,《笨花》就以西贝小治的"打跑儿"道出了"狩猎"这种最古老的职业在笨花村中的存在。原始初民在行猎时总是对猎物有所选择,并不是一味猎获。笨花村民在行猎时,同样遵守着严格的道德规范,"打'卧儿'不打'跑儿',打'跑儿'不打'卧儿'。这个严格的界限似乎联系着他们的技法表演,也联系着他们的自尊"。而小治就是打"跑儿"的高手,深秋季节,陌野平阔,霜杀百草之后,他"肩荷长筒火枪,腰系火药葫芦和铁沙袋,大踏步地在田野上开始寻找"。发现目标后,他"立时把枪端平",枪声一响,只见"百米之外的猎物猛然跃身一跳栽入黄

---

[1] 雷蒙德·弗思:《人文类型》,商务印书馆,1991年,第65页。
[2] 铁凝:《笨花》,载《当代》2006年第1期,第7页。

土"①，可谓百步穿杨，几无虚发。

  狩猎业的兴起，多出于人类童年时期食物的匮乏，为了生命的自然延续，"迫不得已而与动物争斗的，不意后来竟渐渐制胜了它们"②。客观地说，是环境的特殊性决定了初民生产与生活的方式，如"非洲的矮民族都能用强弓毒箭射击巨象，而爱斯基摩人也能很勇敢地攻袭海马与巨熊。阿兹特克人的水上捕鸭更为传神，安达曼岛人的射鱼技巧让文明人都为之汗颜"③。然而，在耕种业为主的地域中，人类学家同样发现了初民对狩猎行为及狩猎技术的神往。唯一不同的是，狩猎族群将狩猎业作为主业，而耕种族群将其视为副业而已。鉴于主导性生活方式的不同，北方生民自然选择在秋寒地闲、野物毛丰体腴之际行猎。这时的行猎自然就没有了维系生存的直接意义，单纯是一场消弭农闲时精神衰疲的"体验性狂欢"。故而，"季节性"与"仪式性"就成为北方农业族群行猎的基本形态。反映在《笨花》中，便是西贝小治极其洒脱又半含炫耀式的自我表演：

    成功的小治并不急于去捡远处的猎物，他先是点起烟锅抽烟。他一边抽着烟，一边四处张望，他是在研究，四周有没有观赏他表演的人。当小治终于发现有人正站住脚观赏他的枪法，才在枪托上磕掉烟灰，荷起猎枪，带着几分不经意的得意，大步走向已经毙命的猎物。冲着远处的观赏者搭讪两句什么，竭力显出一派轻松与自在。黄昏还家时，枪筒上垂吊的"跑儿"已被野风吹成铁锈色，身子也变得硬挺。④

  我们知道，在狩猎过程中，为了猎获的成功率与便捷性，"助猎"常常成为行猎者不可或缺的环节，助猎的动物最常用者为鹰及狗。⑤由此可以看出，"助猎"的动物可以分为两大类别。一类是以佚者形态出场，

---

① 铁凝：《笨花》，载《当代》2006年第1期，第5页。
② 林惠祥：《文化人类学》，商务印书馆，1991年，第87页。
③ 同上，第87—88页。
④ 铁凝：《笨花》，载《当代》2006年第1期，第5页。
⑤ 林惠祥：《文化人类学》，商务印书馆，1991年，第88页。

一般均为猎物的天然劲敌,如翔鹰之于走兔,如鸬鹚之于游鱼。另一类是以助者样式呈现,一般多为疾驱飞驰之辈,依凭夺人的速度与嗅觉将主人致伤的猎物拎来,如犬之类。"伥者"盛行的部族多为狩猎部族,所有的生活形态都围绕狩猎活动而展开,故"行猎者"强悍,"助猎者"凶野;"助者"盛行的部族多为农耕部族,尤其在传统农业社会中,"狩猎"只是农闲之余的一种自我放松,也是精神上与上古部族对话的一种方式。何况,所助之物已经在长期的生产活动中被规训为家禽,故"行猎者"坦然,"助猎者"温顺。但不可忽视的是,尽管狩猎的本原意义已经消解,但基本的狩猎原则却丝毫不容改变。也就是说,即使"有形的助猎者"缺席,"无形的助猎者"也要务必在场。《笨花》中的大花瓣儿无疑就是为小治提供了这种狩猎冲动的"助猎者"。从名字上我们就可以知晓,这是一个生命绚烂的经验性女性,不但模样俊俏,而且深晓建立在自然原则上的相互依从关系。每天黄昏时分,小治媳妇跃身房顶后雷打不动的叫骂就让我们明白了其中的缘由:"小治应该把多一只兔子带回家的,现在却少了一只,那少了一只的兔子是小治隔墙扔给了那个叫大花瓣儿的寡妇。这寡妇成年吃着小治的兔子"。特别是"和小治靠着""因为她两腿之间抹了香油"等语词,就让我们理解了大花瓣儿的姿色与小治行猎之间的内在关系,也让我们体味了原始部族的原态"助猎"生活怎样在传统农业社会中,由朴素的自然属从关系转化为颇为蹊跷的自然—文化关系,从而来深度体味农耕文明与部族原态生活的内在联系。

铁凝在《笨花》的题记中这样写道:"笨花、洋花都是棉花,笨花产自本土,洋花由域外传来"。尽管"笨花三瓣,绒短,不适于纺织,只适于当絮花,絮在被褥里经蹬踹",可在洋花已经大行于世的时候,"大多数笨花人在种洋花时还是不忘种笨花,放弃笨花就像忘了祖宗一样"。包括笨花的一个别类"紫花",也成为下地男人的钟爱。冬天的墙角下,"笨花人穿着紫花大袄晒太阳,从远处看就看不见人,走近看,先看见几只眼睛在黄土墙根闪烁"①,倒是一幕天人合一、其乐融融的场景。由此可以看出,"花"尤其是"笨花",是笨花人与自然联系的一种有效介质,也是对其自足性农耕生活的最佳确证。难怪在种花的整个过程中,一种异样的"艰辛和乐趣"始终伴随着土生土长的笨花人:

> 春天枣树发了新芽,他们站在当街喊:"种花呀!"夏天,枣树上的青枣有扣子大了,他们站在当街喊:"掐花尖打花杈呀!"处暑节气一过,遍地白花花,他们站在当街喊:"摘花呀!"霜降节气一过,花叶打了蔫,他们站在当街喊:"拾花呀!"②

随之,演绎出很多发生在"拾花地"里的满含着生活野趣的故事。如拾花女将花坦然地藏于自己的隐秘之处,大方地与向桂开着各种各样本属于床帷私室的玩笑,并毫无挂碍地点破花与身子之间的象征性事实,读来令人心醉。从时代镜像而言,笨花人对"花"的喜爱,来自生民对生活的朴素追求,尤其在现代文明尚没有完全普照的20世纪初叶,小农社会的"物质性"主题决定了笨花人的生命诉求方式;从地域文化而言,冀中原野广袤,土地丰饶,本为衣食肥美之地,种植棉花自不必说。加之燕赵豪气怀揣心头,人性朴拙奔放,那么棉花地里的故事也就顺理成章。

问题是,笨花人对棉花的特殊情结非一般民俗文化所能完全解释,他们对棉花的敬畏心理根植在一种令人难言的潜宗教意识之中,甚至带有原始族群"献祭"仪式的元素。如"看花地里"的"钻窝棚"情节,这是铁凝在本部小说中极力渲染的部分。夜半时分,花地里窝棚林立,看花人在窝棚中守护着白天下叶的棉花瓣。一阵急促的脚步声过后,窝棚的草帘被轻轻挑起,精心打扮的年轻女人喜笑盈盈地钻了进来,甚至包括远从邻县辗转而来的"下处"小妮子。双方都深刻地会意这样一个时刻对各自所具有的特殊含义,无论是生客之间的"草草办事",还是熟人之间的"细睡慢品",目的只有一个,即以身子来换取一点棉花。更为奇妙的是,本

---

① 铁凝:《笨花》,载《当代》2006年第1期,第27页。
② 同上,第28页。

是两人之间的一种暗中交易，竟然演化为有公共参与效果的集体仪式，引来了专做"窝棚生意"的"糖担"。糖担的轻车熟路与"屋棚人"在糖担面前的毫不避讳，甚至是公然狎亵，完全消除了这种行为本身的私密性，大有群体性狂欢的意味，如："糖担掀开了向桂的草帘。灯光把窝棚照得赤裸裸的，原来向桂正在与大花瓣儿在被窝里闹。向桂一看是糖担就骂：'狗日的，早不来，晚不来。'向桂骂着，只用被角捂住大花瓣儿的肩膀子。大花瓣说：'不用捂我，给他看个热闹，吃他两梨不给他花。'糖担就说：'平时想看热闹还看不见呢，梨，敞开吃，哪儿还赚不了两梨。'说着，就把凉梨滚入他俩的热被窝里，就势摸了一把大花瓣儿的胸脯子，说：'敢情这儿还有两热梨啊！'大花瓣儿也不恼，光吃吃笑。"①

从这一段我们就可以看出"窝棚"故事中以"肉体献祭"为基本范型的"仪式性"与"群体性"。其内在的原因应该归结为原始部族的"植物图腾"。弗雷泽认为："图腾是一种类的自然物，初民认为每个人都与它有着密切而特殊的关系。"②置于文本表现的语境中，这种与祖先的关系其实就是能为人造福、能为人所用的现实功利关系。只不过初民内心中虔诚的"植物的精灵"意识在此转化为"棉花"的生计意识而已，至于内在的"类意识"丝毫没有改变。而且，在弗雷泽看来，"图腾制含有许多特征，以图腾的动植物为部族名就是一个典型的标志"。而笨花村以"笨花"名之，就可见"笨花"的图腾性特征。另外，窝棚里所发生的与现代社会道德规范有所悖逆的行为，也是符合原始道德律的。马雷特曾言："由道德上言之，原始部族的一个特征是其道德不是理智的，而是印象式的。"③如此说来，基于生存原因而长期形成的民俗民风，便自然成为冀中生民口授心传的某种"印象"或"常识"，故而才能在今人看来多少有些乖谬的场景中心照不宣，自得其乐。

---

① 铁凝：《笨花》，载《当代》2006年第1期，第31页。
② 弗雷泽：《金枝》，中国民间文艺出版社，1987年，第345页。
③ 雷蒙德·弗思：《人文类型》，商务印书馆，1991年，第76页。

三、鬼魂崇拜与巫觋僵死

《笨花》中有这样一幕，夕阳西下，做完一天豆腐脑生意的向喜正在路经的乱坟岗上歇息，一位老者向他走来。"老头鹤发童颜，两眼有神"，不但突兀地问向喜索要吃食，而且对笨花村的向家家世了如指掌，并引来一大群乡亲大快朵颐。一阵风卷残云之后，老者与众人"将一文文大钱小钱，咣啷啷扔进向喜的钱柜，旋即消失在暮色中"。回到家中的向喜感觉事情有点蹊跷，月光之下与妻子一起打开钱柜，原来"是一摞纸钱，就是活人为死人送葬时烧的纸钱"。①这样的情节在传统的叙事功能上只能有两重效用：其一，借虚渺的老者之口道出向家习武传统与曾有的辉煌，为向喜后来弃农从戎、官拜第十三混成旅步兵团长及混成旅旅长，直至陆军少将的赫赫战功做好铺垫。老者的娓娓而谈类似于《红楼梦》中警幻仙子或冷子兴的叙事角色。其二，借老者所求食物之事，显现向喜宽厚仁义的本性，从而为向喜忠勇立身、朴拙为本的个性埋伏隐线，也为他最终的人生结局提供合乎个性逻辑的支持。至于老者的无礼与轻慢，颇类似于《史记·留侯列传》中那个闲坐桥头、刻意刁难张良的"弃履者"。

可从《笨花》整体的文化取向而言，即从"自然时间观""物物交换""狩猎仪式"和"植物崇拜"等多重关涉人类学的意义秩序而言，乱坟岗上陡然出现的老者及众人其实与其他意义单元有着深刻的关联。简言之，就是在远古时期形成，直至今天仍有深远影响力的"鬼魂崇拜"意识。林惠祥就说："我们祖先的这种畏惧鬼魂的感情至今尚存于我们现代人的心里，一遇机会便发露了。"②针对"鬼魂观念发生的原因……据斯宾塞等人的研究，大抵由于下述的原因……第一，是以活动的能力为准，所以常把无生物当做有生命。其次，是物体变化的观念（metamorphosis），例如云的集散，

---

① 铁凝：《笨花》，载《当代》2006年第1期，第7页。
② 林惠祥：《文化人类学》，商务印书馆，1991年，第242页。

日月星的出没……又如植物的生长与枯萎，卵变为雏……蛹变为蛾……凡此种种证据都可使原始民族信为物体能自己变化……第三个观念，即'复身'（the double）或'双重人格'（double personality）的观念……复身便是所谓'灵魂'（soul），人类死后的灵魂别称为'鬼魂'（ghost）"[1]。由此看出，"鬼魂崇拜"出现的内在原因是原始初民对自然本身的恐惧。罗马的卢克莱修就认为："恐惧造就了最初的神。"[2]至于鬼魂的去处，一是杂居人世，"大都滞留于其生时所住地的近处，或尸体所在的地方"。二是"到别个世界"，即阴间去，"那边的生活犹如人世"。[3]我们看到的"老者"也正是在那个存有石人石马的官宦坟茔旁现身的。另外，由于害怕鬼魂来阳间作祟，民间于是流行"阴祀"的仪式，即把死者的衣物在坟前烧毁以断其复归尘世的念想，或在各个节令焚烧纸钱、上香沽酒等，以劝其安心阴间，不要妄为等。《笨花》中向喜将钱柜中发现的纸钱并没有焚烧，而是"扔进猪圈，又抄起把铁锨，往猪圈里盖了两锨土"。因为"老者"并不是他的亲人，所以"不是自家人的物件，不能烧"。其中唯恐伤及自身的禳治因素非常明显。在这个意义上，我们也可以把向喜以别样方式来处理"鬼魂"物件的行为，看作是一种非亲缘关系之间的"阴祀"行为。

除尊崇万物有灵的"鬼魂崇拜"外，守持着自然生活状态的笨花人还有一种利用"魔术"以实现其超自然目的的现象。"魔术"的根据有两条定律，一为"类似律"或"象征律"，由此律产生的巫术，称作模仿的艺术，即"凡相类似而互为象征的事物，能够在冥冥之中相互影响"；二为"接触律"或"传染律"，由此产生的巫术，称作传染的艺术，"其意以为形象既与真人类似，形象如遭毁损，真人自然在无形中受到伤害"。前者如我国民间盛行的风水勘测，后者如东汉时期遍及宫内的"巫蛊偶像"[4]。这类事象

---

[1] 林惠祥：《文化人类学》，商务印书馆，1991年，第242—243页。
[2] 雷蒙德·弗思：《人文类型》，商务印书馆，1991年，第79页。
[3] 林惠祥：《文化人类学》，商务印书馆，1991年，第244页。
[4] 同上，第245页。

的出现,归结于蒙昧初民的一种臆测心理。既然有了魔术,就必然有了施行魔术的奇特人物,巫觋就是在原始族群包括文明社会中运用魔术的"通神秘之奥者"。"通"的途径就是"神灵附体"现象,也就是我们耳熟能详的"降神"或"僵死"。林惠祥曾经详细地记录了斐济巫觋降神的景象:

> 其时众声齐息,寂静如死,神巫正在深思默想中,众目都不瞬地齐向他注视。在几分钟后他的全身便渐颤动,面皮稍稍扭动,手足渐起痉挛,这种状态渐加剧烈,直至全身抽搐战栗,犹如病人发热一般。……最后神巫叫声"我去了",同时突然倒地,或用棒摔击地面。①

在《笨花》中,我们惊奇地发现在"雷公下雹子"的神话背后,也存有一个专门配合雷公工作的"活牺角"形象。每逢下雹子时,"雷公便命活牺角手执一个葫芦瓢,把雹子一瓢一瓢地往下扬,直至一车雹子散尽"。这位"活牺角"与一般的巫觋有点类似,也是身兼二任,平日下地与常人无异,"只待雷电交加的雹子天,活牺角就会昏死在炕上任人也唤不醒。一场雹子过后,活牺角会自动苏醒过来……喊着使得慌,哼哧嗨哟显得格外疲劳"。②由此可见,"僵死"或"附体"是巫觋取得与神秘世界应答资格的特殊方式,其中暗含的逻辑就是只有在梦魇状态下,人与幽奥之灵的时空界限才能打破,灵魂才得以出壳,这自然是缘于人在非正常状态下的一种幻觉。加之,原始初民对"复身"观念的信服,便促成了专司魔术、荷负"双重人格"的巫觋形象的出现。故而,从本质而言,《笨花》中的"活牺角"无疑是部族"精灵意识"的复现或转化而已。

不容忽视的是,《笨花》中的"活牺角"因某次没有给笨花村带来好运,让笨花村遭受重灾,所以在村民的眼中由"神人"变为"灾星",甚至被赶出了笨花村,由此又可以看出部族宗教文化的实用性与自利性特征。其实,原始宗教认为神圣之物本来就是要为族民谋取幸福的,偶像如

---

① 林惠祥:《文化人类学》,商务印书馆,1991年,第265页。
② 铁凝:《笨花》,载《当代》2006年第1期,第53页。

不能回应崇拜者的希望，责罚与质疑便是自然而然的事。如"奥斯加克人出猎不获时也击打他们的神灵。我国也曾把偶像抬放泥中，直至所请如愿方才为他洗濯及镀金"。这样理解的话，笨花村对待"活牺角"的世故与冷酷，本身就是原始灵物崇拜总仪式中的一部分，并无脱轨离辙之嫌。

至于铁凝为何以冀中笨花村来作为透视民族文化传统的一扇视窗，我想不外乎以下几个方面的原因：其一，河北是中国北方最典型的农耕文化的始发地，历史传统悠久绵长，民俗文化斑斓多姿，袁学俊盛赞的耿村"故事会"，冯骥才倾心的"武强年画"，包括遍及河北各地的"管乐会"及"老鼠成亲"戏，都为《笨花》的创作提供了文化倾向方面的充足支持。其二，从文中得知，铁凝笔下的笨花村隶属于冀中名城正定县。正定历史悠久，自北齐以来经历两千二百多年，一直是各个朝代郡府州县的治所，曾以真定府之名与北京顺天府、保定府并称"北方三雄镇"。尤其是当地的各种农事习俗，如六月六敬谷神习俗，五月十三送羊习俗，以及每逢民间庙会时都要上演的扇鼓舞等敬神舞蹈，为《笨花》的文化书写提供了丰富的田野内容。其三，作为一个河北籍作家，"乡土情结"与"代言意识"也对铁凝的地域文化认同助力不少。

综上所述，我以为，铁凝的《笨花》是一部蕴含着浓郁的文化人类学质素与倾向的长篇小说。笨花村自足性的生产生活样式，决定了笨花村民与原始部族之间的精神对接与潜在关联。无论是单纯的"自然时间观"和"物物交换"定律，还是淳朴的"狩猎仪式"与"植物图腾"，还是表征着原始宗教意识的"鬼魂崇拜"或"巫觋僵死"，都在一定程度上揭示了中国特定地域的文化形态与文化内涵。在现代性运动日益高涨的当代语境下，《笨花》从文化自信的高度，为民族历史文化的保护发出了悠长的呼唤，体现出文化性书写与干预性书写的双重自觉。

原载《延安大学学报》（社会科学版）2007年第6期

（本文系与余敏合作）

"不畏浮云遮望眼"

——池莉论

一

在当代文学史上，可能暂时还没有一个作家能如池莉一样赢得批评家与读者的持续性关注。作为一个并没有受过专业的文学训练，完全靠个人禀赋及对生活独特的体验而踏上文学之路的作家，从1987年始，池莉创造了太多属于个人也属于文学史的奇观。1995年，发行量极大的《女友》杂志，将池莉列为最受欢迎的十位作家的榜首，1995年江苏文艺出版社出版的《池莉文集》八年里发行近八十万册，1998年作家出版社出版的《来来往往》一年发行三十万册，2002年华艺出版社出版的《水与火的缠绵》首印十五万册，人民文学出版社再版五万册并一直加印到现在。2000年的《生活秀》、2003年的《有了快感你就喊》，同样引发了读者的阅读热情。2007年人民文学出版社出版的《所以》，首印二十万册并一再加印。与此同时，法国A.S出版社自1996年开始翻译出版池莉的小说，一直持续至今，累计出版十八本书，发行近三十万册，使池莉拥有了一批忠实的法国读者，改变了大陆作品仅在海外华人圈里少量流布的窘境。至于其最受瞩目的"生存三部曲"，更是谈到池莉必然要言及的代表性作品。也许，读者的口味并不能完全昭示一个作家在文学创作方面的建树。但不容置疑的是，池莉的作品切中了20世纪80年代末期以来中国民众的文化心理症候，并以其独有的美学形式阐释了历史变迁过程中的种种社会现实与心理现实。唯此，才有可能获得读者感同身受的认同。

几乎与市场的热潮同步，池莉在文学史上一直被视为新写实小说的领军人物。早在1987年，《上海文学》杂志将其名作《烦恼人生》隆重推出，并特意配发主编卷首推荐。主编周介人首次以《烦恼人生》为范文提出了"新写实"的概念，指认了其小说的艺术特征及彰显出的新的美学风范。随后，雷达、陈晓明、张颐武等评论家更是将其称为一种"后现实主义"的小说创作思潮。接着，在1988年10月，《文学评论》与《钟山》杂志在太湖联合召开"现实主义与先锋文学研讨会"，多位批评家针对这种颇含新质的现实主义思潮进行了激烈的话语争锋。尽管在研讨会上始终伴随着质疑的声音，但池莉及新写实小说业已激发起文学史书写的澎湃热情。而且，这种热情在获得理论方面的强力支撑之后，更是频繁闪现在金汉、王庆生、陈思和、洪子诚、孟繁华等文学史大家的视野之中，并以不断升级的气势闪现在各级各类的研究论著之中。可以说，二十年来，新写实小说已经成为当代文学史中具有历史伸延性的话题，池莉本人也成为兼具大众效应与文学史效应的双重作家。而有关池莉"'在圈子里'反应平平，在'圈子外'呼声特别高"[1]的评论难免显得有些单薄无力。

当我们重新审度池莉的作品，尤其是将其置于20世纪文学史的长河中来估察其文本意义与美学追求时，一个个难以被现有理论所能解答的问题接踵而至。这既涉及对新写实小说思潮的理性认定，也不可避免地牵连到对池莉创作的评价。事实上，从池莉出道写作直抵当下，批评的步履一直没有止步，但庆幸的是，这样的质疑也足以让我们在更广阔的层面上理解池莉。如刘川鄂所言，池莉小说"只表现了'真实的生活'而没有表现'真正的生活'"，"它不能唤起我们对人性的深层体验，它不能给我们

---

[1] 刘川鄂：《"池莉热"反思》，载《文艺争鸣》2002年第1期。

一种超越性的美的享受"。如吴炫所言,"池莉没有在世界观、生命状态上、人格上建立自己的价值评判尺度,这是一种明显的缺陷"[1]。如张韧所言,池莉在"精神探索的中途停顿下来,将一切烦恼全部归因到工资、交通、住房等物质的层面"[2]。这是几种最具代表性的声音,在立论方面自有其逻辑上的自洽性。问题是,这样的评论虽看起来言之凿凿,却实在经不起考量。正如南帆所言,"什么叫真实的生活"[3],池莉在书写生存的无奈之余有没有隐匿着同样执着的价值判断?池莉对世俗人性的现实扫描有没有触及灵魂的深层褶皱?或者说,这些基于理论预设的认定与评价是否建立在整体观的视野之下?由此延展至新写实小说的艺术特征,其新的美学意义更使现有理论在解读作品时尴尬不已。也就是说,"凡俗人物""流水账叙事""零度情感"等艺术特征,能否涵盖或者说能否准确解读池莉的创作内蕴?池莉的作品在多大程度上,以及在什么限度上,与本质化的现实主义创作拉开距离?池莉的作品在80年代的理想化叙事到90年代以来的生活化叙事的特定历史空间中,到底充当了一种什么样的上承下启的审美中介?这种审美中介在完成了其社会意义建构的同时,有没有关涉到中国现代化进程中必然触及的一些历史性的困惑?凡此种种,无不在提醒我们,重写文学史的涛声远未歇息,文学史上几成定性的作家池莉也亟须重新考量。

二

谈到池莉,不能不谈到新写实小说,也不能不论及新写实小说思潮与现实主义思潮的关系问题。我们知道,现实主义是指西方18世纪涌现出

---

[1] 吴炫:《新时期文学热点作品讲演录》,广西师范大学出版社,2004年,第138页。
[2] 张韧:《生存本相的勘探与失落——新写实小说得失论》,载《文艺报》1989年5月27日。
[3] 李兆忠:《旋转的文坛——"现实主义与先锋派文学"研讨会纪要》,载《文学评论》1989年第1期。

来的直接与浪漫主义形成反拨关系的一种思潮，主指以巴尔扎克、狄更斯等人为代表的，注重对生活进行客观描摹的，体现在群体作家创作中的一种精神取向。这种思潮一经出现便以其直面现实社会的锋锐，展现出一种历史行进过程中的真实性。需要说明的是，现实主义思潮在自身衍化过程中，形成了思想上互为呼应、内涵上又有一定差异的三个分支。其一，是19世纪勃兴于俄国的批判现实主义，其创作往往诉诸广阔的社会生活，体现较为强烈的干预精神，以小人物的悲剧展现社会的不平与矛盾。其二，是19世纪发轫的自然主义，其创作龟缩在个体的精神领地，以"科学性""生物性""客观性"为叙事中心。其三，是20世纪30年代苏联所推出的饱含着主流意识形态倾向的社会主义现实主义，其创作以"本质论"与"真实论"为核心，以明确的政治理念整合了传统现实主义与浪漫主义两种思潮的艺术表现特征。20世纪中国现实主义文学的步履就是在这样宏阔的精神背景下启程的，又是在特定的民族现代化的路向中不断选择的。基于民族存亡的深刻体验，基于中苏之间政治联姻关系的牢固铸立，从30年代中期起，苏联的社会主义现实主义思潮就开始涌入中国，并因战时环境与无产阶级文艺建设的需要，历史性地转变为一种简易而教条的创作原则，对当代文学的发展路向产生了极其深远的影响。纵观50年代到70年代的文学史，不论是革命斗争题材，还是农业合作化题材，可以说，火热的斗争生活、激昂的政治情绪、乐观的革命前景，构成了中国式现实主义的主体风格。70年代末到80年代初，随着社会历史的变迁，当代文学自觉地汲取了批判现实主义的人文主义情怀，同时又保持着社会主义现实主义的理想化品格，对扑面而来的现代化图景寄予了深情的期许。遗憾的是，伴随着现代化步履的不断加快，这些对"现实"抑或"明天"的深情期许，丝毫经受不起严峻现实的考量。随后，掺杂着现实主义变体意味的新潮小说，以及一味图解西方现代主义文学的先锋小说，又因对抽象精神领域及形式技巧的过度迷恋，根本无法承担允诺现实的重任，更无法体察在一种整体性的生活方式急剧改写之后，闪现在国民精神心理的那种莫名的欣悦、细碎的隐痛与难以释怀的茫然。就在这样的情境下，新写实小说暗香浮动，应运而生。

由此可知，新写实小说思潮的理论资源仍然是现实主义，它以80年代特定的社会现实为依托，以体验者的身份合理汲取了批判现实主义思潮中的"小人物叙事"与人文精神，并以某种自然主义的技法逼真地展现了丰富的现实生活。同时，新写实小说在遵循生活纹理的前提下，并不排斥对生活前景的含蓄展望，也不回避现代化初期民众的物质困窘与精神暗伤，体现出对传统现实主义精神资源的历史性悖反，且带有一定的理性自觉。客观而言，新写实小说的出现改写了当代文学后三十年的发展流程，不但在生活观、真实观、形象观层面上为当代文学的发展提供了崭新的视野，而且在艺术经验方面为90年代以来的文学走势提供了直接的美学支撑。

在必要的理论清理之后，接着需要探讨的就是池莉在新写实小说思潮中的定位问题。一般教材编写者及批评家常常鉴于《钟山》杂志的栏目设置，将池莉、刘震云、方方、余华、苏童、刘恒等人一并称为新写实小说家。以我看来，似有不妥。

其一，生活化叙事固然是新写实小说的典型特征，但池莉、刘震云的生活化叙事与方方等人明显迥异。前者执着于改革开放后被现实生活所困的小人物，后者则更多借助于先锋文学的策略，假借历史而言现实，寓言成分颇浓。何况，生活化叙事本身也非新写实所独有，是所有文学叙事的总体原则。

其二，池莉的小说一直延续着一种相对固定的言说方式，指认现实图景、追踪现实变迁的意味很浓，而刘震云则大多跃横在新写实与新历史之间，缺乏对现实生活中社会心理的长久关注与深度考量。如刘震云的《单位》《新兵连》可称为新写实，但其《故乡天下流传》《故乡面和花朵》则似乎更多是对历史本身的主观性组构，除过其中对历史的幻想与拆解不论，总体而言还是臆想大于写实，猜度多于正视。

其三，池莉的小说尽管叙写的都是俗众的生存烦恼，但始终能坚守现实主义的"冷峻"与"温情",并没有无视他们对生活困惑的自我调适,真切展现出生活与个体之间互为因果的应答关系。而刘震云、刘恒等作家显然在一种更为率性的姿态下放弃了现实主义精神所必备的温润色彩,无论是小林的随波逐流,还是大瘪袋的悲惨离世,还是古旧染坊的欲望性掠夺,都在揭露历史贫瘠及人性病象之余,缺少对现实生活本身的整体性观瞻。在此,我还要特别说明一下我对现实主义中"亮色"的理解。曾几何时,"亮色"一直与社会主义现实主义的某种浪漫前景同日而语。80年代以来,尤其是新潮小说出现之后,这种残存着理想主义光影的叙事方式一直遭到新派理论的穷追猛打。其实,对"亮色"也要理性对待。50年代到70年代的"亮色"固然有其虚浮的成分,但也不应该完全忽略其中所可能葆有的历史的合理性要求。80年代前期文学中的"亮色"尽管有其稚嫩的因素,但也在一定程度上表征着当时特定历史语境下的社会集体情绪。先锋文学的快速离场与其对人性的片面解读有很大关系。文学从来都是对整体生活方式与整体人性结构的言说,作为生活内涵之一的"甜蜜"与人性内在元素的"温情",不应该成为"现实"的对立面。

其四,池莉的真实观既是一种地域的真实,又是一种生活的真实,同时又是能超越生活与地域之上的文学的真实,与刘恒、刘震云、苏童等剪裁了历史的边角就想还原历史全貌的局部真实大相径庭。池莉曾说:"我用汉字在稿子上重建仿真的想象空间。"[①]"仿真",就是艺术的真实。王干曾因"还原生活本相"几个字受尽批评界的讥讽,还诱发了学界关于到底有没有生活真实的争鸣。依我看来,生活真实与"阐释的生活真实"当然是有距离的。真实只能是相对的,但并不能排除艺术有在一定程度上还原局部生活、把握生活主流样态的能力。池莉的小说以武汉市民生活为题材,却又远远超越了武汉这一地域所能涵盖的现实空间。池莉的小说写尽市民的现实苦累,这些苦累尽管不能完全包容民众所有的生活空

---

① 池莉:《写作的意义》,见《池莉文集》第4卷,江苏文艺出版社,1995年,第244页。

间,却又是所有生活在80年代末期的中国都市平民,在现代化的物质性触角脱颖而出时,能时刻伸手触及同时又心神焦虑的核心内容。池莉的小说看起来在市民的生活流程中彳亍跋涉,然而通过人物的命运,抖开了在传统与现代交织的现实社会中,有关观念、信仰、价值相互缠绕、扭结的丝丝缕缕,描绘出近二十年来民众精神心理版图的斑斓色彩。单就这一点而言,池莉都无愧于一个大作家的名分。对此,曾卓曾经热情洋溢地说道:

> 她的题材几乎都是取自武汉。我惊异于她是如此熟悉这座大城,它的特有的格局和习俗;熟悉这座大城的市民们,他们的生活状况,他们的气质、心态,他们的语言……她力图真实地将芸芸众生的生活实相呈现在读者面前,他们的喜怒哀乐,他们卑微的向往和希望……没有故事的铺展,没有技巧的卖弄,没有浅薄的乐观主义,然而却有吸引读者、感染读者的力量。[①]

如此看来,池莉应该是新写实小说思潮中最典型的也是最能领悟现实主义精神内核的,并对现实主义精神传统付诸现代性理解的,抑或对现实生活的阐释最接近生活内质的一位代表性作家。

三

令人疑惑的是,当池莉携《烦恼人生》等相关作品登上文坛时,有关新写实小说的艺术创作特征已以一种不需求证的方式脱颖而出,这一方面归因于《钟山》杂志的理论先行,也与批评家对思潮概念本身的偏狭理解有关。按照学术思维的惯常逻辑,思潮通常是指一种群体性的精神取向,也就是对作品内容、叙事策略、美学元素大致相同的作家的一种理性归类。这种归类有其相对的合理性,但也会造成以面遮点的缺陷,一定程

[①] 曾卓:《跋》,见《太阳出世》,长江文艺出版社,1992年,第325—326页。

度上可能忽略了个体作家的独异性与丰富性。记得"朦胧诗"刚出现时，批评家接连抛出"三个崛起"，并在意象的选择、意蕴的阐发及扑朔迷离的诗学风格上给予热情的阐释，继而形成某种先验性的判断，渗透在当代诗歌的接受史与评价史当中。其实，只要细加甄别，"朦胧诗"众成员的风格差异很大。北岛以其硬朗与决不妥协的骨力取胜，舒婷以其女性意识的温情展露为主，梁小斌重在感伤"文革"暴力话语对孩子精神家园的洗劫，江河、杨炼又偏重于对历史文化意象的钩沉与生发。蹊跷的是，意蕴上最不朦胧、感情上最不激越、风格上与现代诗歌传统最能保持内在衔接关系的舒婷，却成为"朦胧诗"的首将。这不能不说是一种理智的偏颇，背后的原因无疑是批评家及文学史家对整合行为的热衷远远超越了对整合意义的探寻。同样的情形隐存于新写实小说的诠释之中。诸如"凡俗人物""流水账叙事""零度情感"等等，这些带有高度统领性的美学特征到底能否涵盖池莉小说的艺术空间，并没有人结合文本来作细致的清理。在重述文学史的呼声日益强烈，并有大量研究成果表征着这种重述的意义时，新写实小说却被孤独地悬置在这种话语的涛声之外，这让人不能不对"重述"行为的逼仄视野，包括对其中可能隐匿的某种认识价值的悖谬心生疑惑。其实，所谓新写实小说的艺术特征，只是在一定程度上概括了80年代后期现实主义小说的某种新变，也在不同方面触及这类小说的审美新质，但至少不能完全解答归属在这一思潮当中的所有作家的艺术差别性。与"朦胧诗"中的舒婷相类似，新写实小说中的池莉也在很长一段时间内被虚缈高蹈的理论所误读，误读带来的结果就是日趋平面化地观瞻池莉及其作品。事实上，当我们自觉地放弃了对既定理论模式的仰望，专注于作品本身的意义世界时，我们可以发现，新写实小说的艺术特征往往在池莉的作品面前显得那样空洞阔大又难以及物。

如"凡俗人物"。从表层上看，池莉的小说的确塑造了林林总总的小人物，展现了他们在商品经济初兴之时囿于生存的种种烦恼。如整天为生计所迫疲于奔命的产业工人印家厚，苦于经营婚姻却屡屡难以释怀的医生庄建非，因女儿出生遍尝生活各种甘苦的赵胜天，火炉城市里艰难度日的普通职工猫子、燕华，在社会中快速成长的待业青年温泉，跨越新旧时代、遍历人生沉浮的康伟业，包括一系列为世俗传统所滋养、深谙处世之道的老辈市民等，面目形色各异，风味气度迥然，读来令人神往。可整体而言，池莉笔下的人物又分明汇聚成一个与现代化历史同步，体认着时代的各种阵痛，且覆盖了二十年来各种人生世相的大社会图景。其中人物的闲适与粗拙、苦痛与奋争、彷徨与梦想、心悸与震颤，乃至疯狂与落拓，不惟是个别者的人生体验，反倒是一部投影社会、解剖人性的群体史。只不过池莉的小说大多从某类特定的人物入手，难免造成了批评家对池莉的漠视。客观而言，能从万千世相入手，艺术化地再现社会整体卷幅上的重重褶皱，并以从容心态来审视生活的硬度与人性的张力，且不幽怨的作家，池莉的表现算是非常好的。

  至于写"凡俗人物"是否一定与作家个人有关，我看也不尽然。从中国叙事传统而言，本就是市民叙事，"三言""二拍"哪个不是对勾栏瓦肆之地、引车卖浆之徒的描述？即便是现代文学以来，鲁迅笔下多的是洋车夫、祥林嫂、闰土、四嫂等普通民众，张恨水、张爱玲对生活化叙事也一直情有独钟，老舍更在市民世界的书写中独占鳌头。即使在当代前期，凡俗人物依然活跃在各类文学创作中，80年代前期的伤痕文学、反思文学、改革文学，包括新潮小说中，凡俗人物屡屡显现且渐成主流。由此来看，文学对凡俗人物的选择本就是文学的题中之义。当然，不同时代的文学作品中凡俗人物所承担的审美功用是不同的，这与具体的历史情境、创作者的使命担当及意识形态的诉求有关。当现代化扑面而来，理想化的生活被物质性的生存无情击碎，社会的主体结构开始松散，民众的心理重心渐渐偏移时，能够鲜活见证这一历史性震荡的唯有俗世群落。池莉曾有这样的感慨，至今读来也有其奇警之处，"哈姆莱特的悲哀在中国几个人有？我的悲哀，我那邻居老太婆的悲哀，我的许多熟人朋友同学同事的悲哀却遍及全中国。这悲哀犹如一声轻微的叹息，在茫茫苍穹里缓缓流动，那么虚幻又那么实在"①。从这个意义上而言,池莉对凡俗人物的偏爱乃至沉浸,乃是作家的使命与变化中的现实历史性遇合的结果。池莉以其女性所特有的敏感叩准了时代的脉搏,不但适时地重温了传统小说的俗世精神,而且使文学对社会声讯的及时应答成为可能。有批评家认为池莉是通俗作家或"市民作家",池莉本人也对这种依照题材内容来为作家界分层次的说法颇为反感。我认为这是秉持着主题至上论的政治文学观的现实遗响,池莉大可不必为此焦虑甚至耿耿于怀。文学的审美意义本不在于反映了什么样的生活,恰恰在于怎么反映生活、反映得准确不准确。如果仅以内容论高下的话,唐时白居易的《卖炭翁》岂不是远逊于杨士奇的"应制诗"？倘可成理,当代文学也可作如是观。

再者,"流水账"叙事也与池莉小说的结构明显错位。所谓"流水账",意谓完全依据时空本身的节奏刻板行文,既没有材料的取舍,也没有内容的剪裁,写作主体的主动性因素完全消匿。以此来度量池莉的小说结构时,不难发现,尽管池莉为了真切展现现实生活的客观图景,采取了以生活节奏为行文节奏的方式,但其中对叙事元素的提炼、叙事单元的编织及其在此基础上对叙事意义的表达,显然是深有用意的,绝不能以"流水账"等轻描淡写的语词简单概括。如其名作《烦恼人生》,开篇第一句话"早晨是从半夜开始的",言极精深,意味醇厚。时空单元的叠置,不仅启示了一个即将展开的故事所可能涉及的生活层面,也在微妙地暗示主人公印家厚一天中狼狈而尴尬的人生经历。接下来的叙事完全可以看作"生存困惑"这一现代性焦虑主题的缓缓绽开。从儿子下床起夜,勾连出住房的窄小、工作的繁忙等问题。等到印家厚领着儿子在上班的人流中行进时,真有一种欲语还休且不乏壮烈的色彩。"头也不回"四个字,写尽了普通民众难以把握时代节奏但又勇敢参与的心态。这个场景无疑是家庭单元中的印家厚,从上班出发始,社会单元与工作单元中的印家厚便浮升

---

① 池莉:《我写〈烦恼人生〉》,载《小说选刊》1988年第2期。

而出。在这两个单元中，池莉依然从最能彰显产业工人的世俗性场景入手，以挤车的窍门、轮渡的闲谈、送孩子入托、跨进大门等细节极写生活的苦累，又以上班迟到、奖金扣罚、菜虫风波、给岳父买礼品的拮据及无可奈何的随礼等细节，呈现了生活对人的种种挤压。第四个单元在印家厚回家的路途中，与第一个单元自然缝合，贴切有致地为其一天的经历画上了一个憾恨交织的句号。同时，又不无警示地提醒读者，太阳照常升起，印家厚明天的命运将一如既往，了无终点。

值得思考的是，池莉在《烦恼人生》中，并没有一味为印家厚的人生图版点染灰色，她时常能在主人公最难以直面现实的关头加以诗意的处理。如徒弟雅丽对他的大胆表白，如他在幼儿园阿姨面前的一度恍惚，甚至是晚归时坐在车上的一己冥想等。显然，这些作为主体结构的补衬单元，不惟作为单个的场景所存在，相反和谐地融入文本的总体情绪当中，更重要的是揭示了民众在现实规矩下自我调适生活色彩，持续激发内在活力的一种心灵韧性。而这种韧性，可能正是现代化进程中都市平民之所以有理由、有勇气顽强生存下去的一种精神抗体。由此可知，池莉的小说并非无选择地实录生活，她能娴熟地撷取最富有生活质感同时又最能昭示生存现状的场景，以一种深解生活纹理的意象为起点，以伞状的半开阔式结构全面辐射开来，从而形成以半冷峭、半温暖的情绪加以调和与收尾的特殊结构。这种结构最大限度铺开了生活的层面，又不乏对生活本身的漶漫因素加以理性的整合。在"松"与"紧"、"散"与"聚"、"弛"与"张"的结构设计方面，应该说，池莉体现出高度的自觉。

第三，所谓的"零度情感"，是从巴特的语言学"零度"理论化用而来，后延伸至风格、情感的一种叙事学概念，主要指作家在写作过程当中，严格区分叙述者与作者的间离关系，采用一种不含丝毫情感的冷酷叙事态度，以客观还原生活原生样态，甚至不惜展现现实的粗鄙性。在某种程度上，与布莱希特的戏剧理论有吻合之处。这一概念范畴的提出，其实针对的是政治文学中刻意外露的思想倾向性，以及作家迫不及待对社会问题进行言说评价的文本现象。"零度情感"的提出乃至在写作实践中的运用，无疑是小说现代性品质的一种彰显。问题是，当我们说方方、刘恒的小说具有某种零度情感的叙事效果时，能否在池莉小说中也同样找到与理论的对接点？事实上，池莉的小说尽管叙及凡人俗世的种种境况，也有重现生活原貌的创作冲动，但并没有刻意隐蔽自己的情感，甚至在主人公遭尽现实挤对的时候，时常给予温性的指导，并通过形象本身的自我调适潜在地展露作者对生活现状及其前景的认知。换句话说，琐碎繁复的生活细节之间，无时不显露着作家对各种生活事项的理解与判断。如《不谈爱情》中，开头就是池莉式的"意象"启示，"庄建非最为着迷的便是体育运动"。平庸的生活漫无边际，只有赛场上的激烈搏击，才能使男子在另一个世界中意识到自己的英武雄宏。池莉的这番言说不仅开启了庄建非与吉玲婚姻风波的帷幕，也把作者对生活的体验和判断呈现出来。又如小说对花楼街与珞珈山小楼的描摹，依然延续着池莉式的温情，其间既有对吉玲母亲粗俗人性的精彩叙写，也有对庄建非父母及妹妹淡薄人情的淋漓讥讽。但池莉远没有在此驻足，吉玲母亲也能在瞬间变得光鲜无比，甚至有"若是男方家豪办阔娶，女方绝不会让人看笑话的"的惊人之论；庄建非母亲也能在离婚之事可能危及儿子出国大计时，陡然束裹起高傲的姿态，款步走进花楼街。这是两种生活样态的交锋，池莉在此显示了对生活肌理的高度熟稔，同时也流露出作者对物质性关联的现实社会一种异常复杂的情感：人与人的相处，家庭与家庭的共存，可能本就在利益的层面上才有对话关系。这种对话关系因成长背景的不同既产生了阶层的隔阂，也引发出自我弥合的强力，生活的经纬或许就在这种仰望与鄙视、委屈与欣喜、懦怯与强悍、冷酷与亲昵的对立和谐中，显示出其芜杂难辨的面目。同样的情形不断闪现在池莉的小说中，又如《烦恼人生》中印家厚大步迈入人流时池莉的自语："这就是他的老婆。你遗憾老婆为什么不鲜亮一点吗？然而这世界上就只她一个人在送你和等你回来。"[1]

---

[1] 池莉：《烦恼人生》，见《太阳出世》，长江文艺出版社，1992年，第122页。

面对形色诱惑的世界，两性婚姻关系自然显示出其无比脆弱的一面，但池莉关注到作为柔性因素的夫妻之情，在化解可能到来的婚姻危机时所具有的强悍势能，并对普通民众的现实焦虑赋予明确的解答。这种回应自然是有价值性的、人文性的，同时又是扬弃了单纯日常伦理的现代性的解答。

四

有评论家曾经在一篇文章中这样说道："就其艺术和生活准备而言，池莉是一个既无'传统'之根又无'现代'之境只会感知'当下'的作家。"[①]我不知道这样的话语从何说起。窃以为，如果说创作者只有对中国传统文化有充分的认识，或者只有在经历了某种学科式的专业教育后，才能进行写作的话，岂不是如胡风批评当代文艺政策的某种教条一样不值一驳？如果说只有在文本中展现现代主义的写作技巧，才能称为一个严格意义上的小说家的话，那么，对西方文学经典亦步亦趋，直至抽离了生活本身的纯技巧表演的作品，为什么又遭到读者的冷遇直至匆匆离场？传统、现代与当下，在一个作家的心灵世界中到底意味着什么？以我看来，传统首先是一种整体性的历史性的生活方式，投射着特定历史空间中人的情感、态度与信仰。传统绝不是一个凝滞的概念，正如甘阳曾言"我们理解着传统并参与在传统的进程当中"。至于"现代"，本是与"古代"相对应的一个时间维度，在启蒙主义的词典中被预设性地赋予了先进、崭新等意义内涵。其实，这个语词融汇着三种不同的话语层面。其一是现代性，即一种能与古代的、陈旧的社会历史文化结构区别开来的品格或特性，这种特性以断裂为契机，以毫不停歇的追求与反思为运行特征。其二是现代化，即现代性展开的过程。其三即现代主义，则是对现代化进程的描述与阐释。照此理解，池莉的小说热切聚焦着现代化播撒在市民群落中

---

① 刘川鄂：《"池莉热"反思》，载《文艺争鸣》2002年第1期。

的斑驳光影,以凡俗人物在现实生活中的命运遭际,来反观传统与当下、物质世界与精神领域的激烈矛盾,以此来抒写中国特定现代化场景中因袭与突围、茫然与解脱的坎坷历程,又何来"既无'传统'之根又无'现代'之境"之说?至于"只会感知'当下'"的说辞更属大而无当。当下从何而来?又往何处而去?尤其在整体社会结构及民族文化心理发生剧烈震荡的80年代,历史与现实、传统与现代的纠结从未像这一时代一样令人困惑。能够揭示变化中的现实,能够展现历史行进中的阵痛,本身就既是传统的,也是现代的,更是当下的。或者从另一个角度而言,连接三者的中介是整体性的生活方式,倘能以一个民族整体生活方式的更迭来反观现代化的艰难步履,这种视角无疑是最能衔接传统,又最能直面现代,更是最能询唤当下的。对一个作家而言,我们应当追问的不是写了什么,而应该是写得怎样。这才是衡量一个作家成功与否的标准,否则极易堕入"体裁决定论"的泥淖之中。

池莉是一个生活型的作家,她一直对生活二字有着较为深刻的理解。

其一,她始终坚持生活是写作的唯一土壤,并对浮泛的先锋写作保持高度的警惕。面对批评家的质疑,她曾说:"匠气已经毒害了中国的文学艺术,我们不屑我们身边无所不在的生活。皮之不存,毛将焉附?我们的深刻我们的精神我们的现代意识生长在哪里?难道除了生活,除了切切实实每个中国人都能感受到的生活之外,还另有土壤?"[①]这样的声明是意味深长的。但值得思考的是,当一种朴素的写作常识竟然成为一种庄重的宣示时,这样的文学生态就难免让人感怀不已。从古代的"文章合为时而著"到50年代的"扎根生活",从车尔尼雪夫斯基的"美是生活"到张闻天"生活的理想就是为了理想而生活",有关生活与写作的关系我们耳熟能详。评论界对生活本身的漠视,显然不只是对作家池莉的一种忽略,更是对文学精神的轻慢。

---

① 池莉:《写作的意义》,见《池莉文集》第4卷,江苏文艺出版社,1995年,第243页。

其二，她一直认为只有深入体察现实生活的纹理，才能真正展现历史的真实与人性的真实。她说："生活把什么没有展示出来？爱情，忠诚，欺诈，陷害，天灾人祸，大喜大悲，柴米油盐，家长里短。我终于醒悟，我们今天的生活不是文学名著中的生活，我开始努力使用我崭新的眼睛，把贴在新生活上的旧标签逐一剥离"①，并不惜用"撕裂"来表征"新我"与"旧我"的断裂。我想，这是池莉基于创作的真切感受，也是对文坛病象的自觉匡正。在80年代的历史空间中，凡俗人物、家长里短之所以成为最让民众兴奋的话题，并引发他们在价值、观念、理想方面的种种困惑，无不是历史规定的结果。在此，我十分欣赏王安忆的一段话：

> 以往，我是很崇拜高仓健这样的男性的，高大，坚毅，从来不笑，似乎承担着一个世界的苦难与责任。可是渐渐地，我对男性的理想越来越平凡了，我希望他能够体谅女人，为女人负担哪怕是洗一只碗的渺小的劳动。需要男人到虎穴龙潭抢救女人的机会似乎很少，生活越来越被渺小的琐事充满……事实上，佩剑的时代已经过去了。②

我想，王安忆的这段话完全可以为池莉的叙事内容充当注解。

其三，池莉的生活书写是颇含温情与暖意的，这与池莉的成长经历有关，也与心理学意义上的补偿效应有关。从自述中得知，她从小就被寄送在外婆家，常常渴望舅舅归来时的幸福相拥，或者在家闷头涂写以对抗邻居孩子的敌视与奚落，对生活的敏感与向往又自觉不自觉地赋予她在琐碎的生活中寻找温情的动力。另外，这种暖意也取决于一个女性作家的细腻与温婉。试想，这样一个为了女儿的盛开情愿"腐朽在女儿根下"的饱含母性情怀的作家，你能让她以一副冷峻的姿态大写特写人间的种种险恶与阴冷吗？或许，这也是一个对生活始终不放弃关怀的作家才可能流淌出来

---

① 池莉：《写作的意义》，见《池莉文集》第4卷，江苏文艺出版社，1995年，第240页。
② 王安忆：《关于家务》，见蔡清富主编《闲情小品》，百花文艺出版社，1995年，第130页。

的一种情思与诗意。所以，反映在文本中，才有《太阳出世》收尾时赵胜天夫妇面对狼藉小屋的相视一笑，也有《冷也好热也好活着就好》中公交司机燕华在竹床间的轻轻穿行，包括《烦恼人生》中印家厚对妻子交织着辛酸与感激的盈盈一握……

至于有评论家认为池莉对现实生活的态度是无奈多于认同，对此，我持有别解。在一个多种价值观风行激荡、多种生活方式获得普遍认可的现实世界中，盲目的领引或者难中肯綮的解答反不如展现生活实体更为切实。何况，池莉并没有完全隐匿自己对生活世相的判断，尽管这一判断在琐杂的现实场景中有所弱化。总体而言，在80年代的文学史中，我倒认为池莉是一个"像天才一样思考"又如"说话一样朴素"的大作家。

原载《中国作家》2011年第1期

"柳青传统"还是"柳青范式"

近年来,随着学界对当前写作病象的高度警惕,以及学科反思意识的不断自觉,当代著名作家柳青重新受到了现当代文学研究界的普遍关注,并由此提出了很多颇有意味的话题,"柳青传统"即为一例。初看起来,这种提法似乎并无不妥之处。作为跨越了现当代两个历史时期,并以一部厚重的《创业史》全景式地观照了农业合作化运动展开过程的重要作家,柳青的文学史地位、柳青文学创作的独特美学价值毋庸多言,对其作品的重读,对其创作经验的概括,包括对其精神立场的珍视,也是学界整体性研究视野和特色性研究意识的显性表现,更是学术研究边界不断纵深与开阔的逻辑性映射。但细想开来,这种提法总让人感到有点圈地封户的味道,似乎与研究过程中本应持有的理性态度与开放心态有所龃龉。

按我的理解,"传统"是一种体现在文化传承脉络中的共通性的精神取向与价值取向,如蚕茧抽丝一般,绵延相连,少有阻梗断裂。对于文学创作而言,自然也有不断承传的写作传统,或者可以称为"文学经验"。这种文学经验每以近似的审美视角、叙事母题、结构范型与价值模式体现出来,并深刻影响了同期或后代的写作,直至成为一种作为民族文化结构性环节的美学图式。但这种文学经验并不是一个作家所独有的,不是一块地域所独存的,也不是一种区域性的文化形态所能独立呈现的。也就是说,作为一种精神趋向的写作传统必然是历史性的、共通性的、大文化的。如果此论可以成立,我们不妨细推一下,看"柳青传统"的说法能否成立。

其一，柳青有"六十年一个单元"的说法，言下之意，文学创作是"愚人"事业，阅尽寒暑，经年坐冷，始能有所成就，体现出一位作家对建造人类精神大厦这个巨大工程的由衷敬畏。但我们同时知道，持有这种态度并积极践行者非柳青一人，而是一个有良知、有担当的作家的必有心理，也是历代文人薪火相传的精神基因。否则我们何以理解"天将降大任于斯人"的感慨，如何理解贾岛"一吟双泪流"的艰辛，又如何理解曹雪芹虽绳床瓦灶却躬耕不辍的苦痛？即使在"十七年时期"，像柳青一样呼应时代的召唤，放弃京城的优越条件，潜心扎根生活，直至路人不识者也大有人在，周立波创作《山乡巨变》便可为证。即使在"文革"期间，那些被极左政治理性高度约束的作家也是如此，如浩然之于《艳阳天》，如郭先红之于《征途》，如李云德之于《沸腾的群山》等。这样看来，单纯从某个作家的一种值得敬仰的创作态度入手，继而放大为一种带有明显文化断裂性的"传统"，而忽略了这种创作态度的文化渊源与特定历史场景下的时代诉求，我想并不是一种理性而客观的姿态。

其二，柳青是一位人民作家，一生为乡土中国的农民命运浩叹不已，为历史大变迁面前农民的崭新出路而兴奋描摹，直至溘然长逝。对这样一位心忧天下、魂牵底层的作家，能否把他作为"人民文艺"谱系中的新传统来看待？我想，这个问题也需商榷。首先，如何认知"人民文艺"？如果说"人民文艺"是关注底层人民生活状态的文艺，那么，杜甫关切民众疾苦的诗歌算不算人民文艺？现代时期鲁迅的乡土题材小说、张恨水的市民小说算不算人民文艺？如果说"人民文艺"是《在延安文艺座谈会上的讲话》（以下简称《讲话》）发表之后，在以延安为中心的广大解放区所兴起的展现新民主主义文化内涵与新质的文艺，那么，如柳青一样在这个文化谱系中生长起来的作家很多，孙犁、赵树理怎么办？是不是也应该有"孙犁传统"，或者是"赵树理传统"？再者说，"十七年时期"包括新时期之后，"人民母题"的书写在当代文学史上相当醒目，这一母题又往往和"母亲"的文化意涵联系在一起,如冯德英《苦菜花》中的母亲,那是抗战时期所有不甘于身心屈辱的根据地人民的象征。但这一母题与"人民文艺"的内在肌理是否完全吻合?张承志笔下的"人民之歌",诸如额吉奶奶的丰富文化蕴含,能否以"人民文艺"简单概括?张贤亮、王蒙笔下的落难知识分子,他们内心时刻充盈的对西北人民的感怀与超越,又能否以"人民文艺"来简单阐释?如此来看,将柳青的创作视为《讲话》之后新"人民文艺"谱系中的一环或一种形态当然是可行的,但把柳青单独作为一种"人民文艺"中的新传统,则无疑有些勉强。因为这种定位松弛了"人民文艺"的内在张力,消弭了柳青与同时期作家之间的内在差异,甚至还有强树标杆、生造同质化特征的嫌疑。

其三,在当代前期农村题材小说创作中,柳青无疑是一个须仰视才见的高峰,但是不是就可以说柳青开创了当代农村题材写作的新传统呢?我想,这个结论有点粗疏。20世纪70年代末期到80年代以来,柳青的创作的确对当代农村生活叙事影响深远,陈登科、浩然的农村题材创作都有柳青的深刻烙印,路遥、陈忠实、贾平凹等陕西作家的创作更是如此。但同时也要清醒地看到,新时期农村题材创作的版图是多元的,色彩是丰富的,艺术格局与艺术表现方式也是摇曳多姿的。更重要的是,1985年之后随着现代主义思潮的勃兴,现代性的观照视野与强烈的反思意识成为当代农村题材创作的重要元素,在一定程度上,文学创作的审美维度已经远远突破了柳青当年的精神扇面。如张炜的《古船》中的隋抱朴与隋见素,虽和蛤蟆滩头的梁氏父子一起从那个火热的年代走来,但你能说他们就是梁生宝或梁三老汉的文学投影吗?张炜在文本中流淌的晦暗、焦灼甚至愤懑的气息,又能否和《创业史》中折射的一片春光合辙?再如高晓声的"陈焕生系列",不管是漏斗户主,还是上城、包产与转业,与鲁迅国民性批判的内在精神倒有些接近,但与柳青的创作则相距甚远。即使如路遥者,他的农村题材创作在接受了"十七年文学"的丰厚滋养外,也融入了新时期文学的诸多价值元素,更融入了深厚的历史变迁体验、个体生命体验与地域文化体验。路遥的创作也仅仅在史诗意识、写作使命与精神立场方面与柳青颇为相近，但在艺术呈现方面迥然有异。故而，在重新观照柳青创作时，我们既要看到他对当代农村题材创作的烛照，又要对这种烛照的可见性有审慎的考量，切不可以线性思维来统摄文学史上的相关文学现象，更不能以传统的名义人为搬移作家依存的历史环境。因为任何作家作品只有镶嵌在特定的历史橱窗中，才可见其独特而丰饶的艺术魅力。

那么，我们在文学经验的承传谱系中又该如何定位柳青呢？我想，应该把柳青置于"十七年文学"的农村题材小说架构内，才能掘发其重要的文学史意义。首先，柳青的长篇巨著《创业史》以历史和美学的双向维度，以城市、乡村相互交叉的巨大社会幅面，以政治大潮到来时各阶层的不同运动关系，宏阔而富有力度地开创了农业合作化小说的叙述模式。这一模式的特有结构形态及象征意涵，不但使其与略早的赵树理《三里湾》、孙犁《风云初记》拉开距离，而且深刻影响了如浩然《艳阳天》《金光大道》及陈登科《风雷》等同期农业合作化长篇小说的基本美学呈现方式，甚至在新时期以来的农村题材小说创作中也有不同程度的显现。其次，在当时政治一体化的文学生态环境下，柳青以自己对生活的热忱投入，以及对农村社会结构的深度体察，很大程度上突破了既有的叙事规定性，拓展了文学反映的艺术空间，并使作家的创作自主性与文学写作规范之间的关系以一种相对和谐的方式运行。他所塑造的三起三落的梁三老汉，始终是当代文学早期形象画廊中最富有生气的形象，这一形象也成为我们省思"十七年文学"美学价值的重要佐证。由此看来，柳青的文学经验更多体现在与同期作家的承传关系范畴内，也体现在与同题材叙事的结构关系范畴内，表征着一种具有经验观照性与历史引领性的叙事范式。故而，如果我们要重新观照柳青文学的映射意义，并以此来梳理当代农村题材小说的流变轨迹，不妨将其称为"柳青范式"，可能比"柳青传统"更为贴切，也更为合理。

原载《粤海风》2016年第1期

《繁花》阐释的三度空间

在第九届茅盾文学奖的获奖作品中,金宇澄的《繁花》是一部颇具精神独异性的长篇小说。其繁密重叠的叙事场景,不断震颤的叙事铰链,漫不经心地打开与收拢的叙事线条,以及掩映在琐碎生活空间中的那条时隐时现的垂直的叙事暗轴,在读者面前简直洞开了一片烂漫的叙事花海,花朵竞放,姿色各殊。在传统的文学写作经验范畴内,似乎很难用某种既定的批评方法来对此清晰阐释。可如果细加梳理,我们还是能够寻觅到小说展开的基本美学向度。如果从小说的叙事内容来看,《繁花》具备了为生活造像的现实主义精神内质。如果就小说的艺术传达而言,《繁花》与中国古典小说的审美传统又有着紧密的内在关联。如果从代际文学的角度切入,《繁花》可谓海派小说的自然延伸。如果从地域文化的角度透视,《繁花》又是苏语文学的当代呈现。那么,面对如此多的解读切口,我们又该如何保证解释的有效性呢?更何况,内蕴丰富的《繁花》兼具"可读式作品"的单线意义编码与"可写式作品"的多元意义编码的双重症候,其固定的意义内核又在哪里?这些问题处处考量着文学阐释的可靠性,但也时时昭示着文学阐释的可能性。因为,《繁花》毕竟是一部叙事性的作品。既然是叙事性作品,它的叙事线条即使再多重芜杂,也总有在延展过程中相对关联的情节序列,也总有在情节序列上构成整体呼应关系的叙事层次,也总有在思想内蕴上彼此共振的叙事内核。这样来看的话,对小说叙事内在肌理的深入辨析,应该是我们进入《繁花》意义世界的有效通道。

当然，在解读《繁花》之前，我们丝毫不能忽略作者的存在，以及作者在叙事中所寄予的"含义"。我们也应像赫施一样坚守着"保卫作者"的态度和立场，即"如果本文含义不是由作者所决定的话，那么，就没有一种解释能够说出本文的含义。因为，这样，本文就根本没有确定的或可确定的含义"[①]。在小说的"跋"中，金宇澄就曾这样说道："中式叙事，习染不同，吃中国饭，面对是一张圆台，十多双筷子，一桌酒，人多且杂，一并在背景里流过去，注重调动，编织人物关系；西餐为狭长桌面，相对独立，中心聚焦——其实《繁花》这一桌菜，已经免不了西式调味，然而中西之比，仍有人种，水土，价值观念的差异。"[②] 在此，作者的提醒分明预示了《繁花》中西混合叙事秩序中的民族化主调。那么，以西方叙事学的原理来透视《繁花》的叙事内容与叙事结构，在叙事内容与叙事结构中谨慎辨识中国古典小说传统的雪泥鸿爪，继而在开放的阐释空间中尽量触摸小说的意义内核，无疑是保证解释的有效性且不使文本意义增值、简化的可行性路径。

一、"文化逼真"中的反思光芒

韦恩·布斯曾强调真正的小说必须是写实的[③]，言下之意就是，现实主义品格是小说意义实现的重要质素。为了达成这个目标，小说创作者必须在文本中通过各意义单元的有效组合营造出一种文化在场或文化重现的场景，以显示其叙事的真实性。正因如此，卡勒将小说创作的第二个意义范畴称为"文化逼真"，并"将其定义为一系列文化定型或公认知识"。他与热奈特都曾指出："'文化逼真'在18世纪和19世纪早期被作为检验叙事的真实性的标准：如果人物符合当时普遍接受的类型和准则，读者就

[①] 赫施：《解释的有效性》，王才勇译，生活·读书·新知三联书店，1991年，第14页。
[②] 金宇澄：《繁花》，上海文艺出版社，2013年，第443页。
[③] 参见韦恩·布斯：《小说修辞学》，付礼军译，广西人民出版社，1987年。

感到它是可信的。"①若以此来考量小说叙事特征的话,不难发现,金宇澄的《繁花》便是一部具备了写实性要素,并以对应性的生活书写营造了"文化逼真"效果的长篇小说。

首先,《繁花》有着清晰可辨的时代演进线索,展现了从新中国成立初期到20世纪90年代中后期上海经历的历史性变迁,这种变迁既在上海特有的文化意味中展开,同时也是当代社会艰难前行的历史缩影。不管是50年代初的安逸生活,还是1958年之后"大跃进"期间的"激情四射",不管是"破四旧"运动,还是70年代的下乡招工,抑或80年代改革开放与90年代市场经济的汹涌涛声,在小说中都成为鲜明的时代标识,并成为直接推动小说叙事的主导链条。其次,《繁花》精心选择了政治激进时期五个具有特定身份特征的人物作为贯穿小说始终的主要形象,如工人家庭的小毛、民族资产阶级家庭的阿宝、军队家庭的沪生、知识分子家庭的蓓蒂,以及市民家庭的姝华,以此来体验时代猝然划过的光影,以及这种光影在他们各自身心的独特映射。这些最富有历史见证权力和言说权力的代表性个体的命运流转,无疑锻造了《繁花》不放弃历史问责与俗世关切的现实主义情怀。再次,《繁花》对历史风云的记录采取了一种极为巧妙的书写方式,以影像式的美学效果疏淡而又逼真地刻绘出时代的表情,且赋予这种表情以动态的力度感与丰富性。如在50年代初期,以姝华的感伤、小毛的尚武以及看到生理插图时的惶恐一幕,尽写懵懂少年的莫名愁怨和人性花蕾的灿烂绽放,这些青春具象使50年代初期社会生活的内在逻辑得以真切显影。又如以阿婆祖坟被平一事来对应当时的文化暴力,以沪生招工之后在火车上狂拆信封的百无聊赖来折射特定历史时期青年人的精神贫困。最有情趣的当推金宇澄对时代画面的精彩点描,如70年代年轻人追求时髦的方式:蓬松的火钳卷发,军装,雪白田径鞋、鞋舌翻进鞋里,明黄袜子,女初中生的"小翻领"与"大翻领",军队家庭中用硬纸板撑起来的

---

① 华莱士·马丁:《当代叙事学》,伍晓明译,北京大学出版社,1990年,第72—73页。

军帽。①更有年轻姑娘大街上对男青年的撩拨与80年代之后在大陆风行的弹力衫、牛仔裤等,这些生活事项在叙事的湖水中绵延相续,如不断涌泛的涟漪一样询唤起同代人的青春念想与文化记忆。另外,为了保证小说叙事与现实的对应性,《繁花》还附载了作者亲手绘制的多幅插图。这些插图不仅具有辅助叙事的功能,且有明确的指向,与传统小说中的表现性插图大有区别。或是对主要人物居住地址的精确定位,或是对沿边商场、市场、街道、里弄的皴染细描,从而使整个文本在文化地理学意义上呈现出叙事还原与图画还原的双重逼真效果。米勒曾对小说叙事中的插图有过这样的看法:"譬如萨克雷为自己的小说所做的插图……它们都是通过另一种媒介表达的对文本的阐释。"②尽管米勒在认同插图的文本阐释功能的同时,也对插图是否维护与打断了叙事线条的连续性表达了自己的困惑。但就《繁花》而言,这些插图与叙事线条之间并没有构成意义的冲撞,相反成为意义实现与传达的同构性的美学符号。

  需要指出的是,不少评论者认为《繁花》专注于日常生活书写,对时代背景有意淡化,似乎缺乏现实主义的精神风骨。其实,这样的说法显然建立在对《繁花》浅读与误读的基础之上。只要细读文本,不难发现,《繁花》对历史的重述不仅体现在还原维度上的"文化逼真",更在于在此基础上深度体现的"镜像"意识。这种"镜像"意识以强烈的反思光芒克服了小说叙事的日常生活陷阱,也克服了同类书写中简单的历史考量与个人命运悼怀,在看似默然的平静中回旋出历史内在搅动的尖锐声响,以及这种声响滑过普通民众身心时所激起的道道寒光。最典型的莫过于"破四旧"期间,青年学生凌辱"香港小姐"这段。此女在旧社会曾做舞女,新中国成立之后仍保持着素有的旧派装饰,长发过耳,旗袍裹身,更有当时在市民阶层的目光中颇为招摇的高跟鞋和玻璃丝袜。本来这种装扮充其量只能是内心古旧的显现,但在当时的话语系统中,便自然成为身份罪

---

① 金宇澄:《繁花》,上海文艺出版社,2013年,第198页。
② J.希利斯·米勒:《解读叙事》,申丹译,北京大学出版社,2002年,第110页。

恶、情调颓败的鲜明象征。因而，一些被革命烈焰和青春热情双向蒸腾的年轻人开始对她强行改造，"撕开，再剪，再扯，大腿上荡几条破布，旁边两只奶罩"[1]，有同学说："我已经闷了好几年了，最受不了有人骂我穷瘪三……这只死女人，过去骂我，也就算了，到现在还敢骂。"[2]这一幕场景很容易让我们联想到意大利电影《西西里的美丽传说》，这里的"香港小姐"不再是简单的"四旧"载体，而恰恰成为革命暴力下私欲宣泄的对象，或者是植根于贫穷的自卑情绪得以排遣的替代品。其中，人性释放名义下的"反人性"悖论令人战栗。再看小说对"工人阶级"这一革命阵营中"铁杆庄稼"的书写，住在这里的工人阶级远没有其本应有的昂扬姿态与坚定立场，不但有两万多户居民的曹杨新村的厕所中处处隐藏着秘密小孔，而且工人住户"专门到楼下马桶间里大便，真自私，讲起来工人阶级"[3]。更有抄家之后直接睡在资本家的高级眠床上乐不思蜀的纺织女工，面对质问，尚振振有词地说道："展览为啥呢，现在我的体会，太深了，我住'滚地龙'，困木板床，背后一直硬邦邦，这一夜不困，有体会吧……资本家小老婆可以穿，可以困，我为啥不可以，阶级立场有吧。"[4]看来，抄家的真正目的绝不仅仅是对革命话语的热切呼应，来自内心深处的平衡心理与随之而生发的移位意识，才是这场政治运动得以高度深入的内在动因，女工的直白诉说与阿Q魂牵梦绕的秀才娘子、宁式床有异曲同工之妙。更有路边中年男人难以忍受尊严的践踏，以头抢地，路遗孤目。还有拳头师傅面对社会乱象的幡然醒悟："我是看透了，讲起来，是斗阶级，其实跟过去的帮会，党派搞罢工差不多，是斗人。"[5]难怪罗兰夫人临终痛言："呜呼！自由自由！天下古今几多之罪恶，假汝之

---

[1] 金宇澄：《繁花》，上海文艺出版社，2013年，第116页。
[2] 同上，第139页。
[3] 同上，第146页。
[4] 同上，第147页。
[5] 同上，第171页。

名以行。"①由此可知《繁花》在生活叙事的罅隙中所隐伏的反思意识，以及作者掀开沉重的历史大幕时的冷峻目光。

二、叙事织毯上的市井花朵

纵观《繁花》的情节线条，恍如密织的彩毯一般，图案交错，烂若锦绣。凝目细赏，则会发现织毯上的花形朵朵绽开，各自独立，而经纬往复的织线则将单个花朵与整体彩毯的图案勾连起来，形成一种在重复中运动、在运动中重复的编织规律。对这种以繁密见长的叙事方式，詹姆斯曾用"作为花朵的图案"来隐喻，以形容"用'现实主义'的手法描述出来的人物及其关系所构成的结构图案，它囊括所涉及的心理的和社会的丰富细节"，因为"人物尽管各有特性，但他们本身是詹姆斯用于创造故事整体图案的素材，犹如地毯中不断重复的花样，人物故事就是这个图案的隐喻"。②米勒对詹姆斯花朵隐喻的阐释，点明了小说叙事很大程度上都具有重复性的结构特征，而且这种重复性的结构特征往往是现实主义创作中人物关系得以建构与展开的有效路径。那么对同样具有织毯叙事效果的《繁花》，如何寻找叙事的纤小针孔，如何沿着针孔的延续来寻找刺绣的花朵，继而在花朵的重复叠加中找到具有内在统一性的整体图案，便是我们进一步阐释《繁花》深层肌理需要思考的问题。

显然，在《繁花》的叙事秩序中，叙事针孔指向烟火人间的市井生活。金宇澄从小毛、沪生、阿宝等几个上海小人物的成长入手，让叙事的针孔在时代演进的铿锵步履中穿梭于俗世的吃饭穿衣、里巷弄堂之中，并以他们的识见与遭际将簌簌跃动的针脚连成一条条深具历史特征与生活气息的叙事线条。这种叙事方式既有现实主义的波痕，又深具中国传统小说叙事的神韵。林纾就从狄更斯的小说中看到了近代现实主义小说这种"专

---

① 梁启超：《梁启超全集》第3卷，北京出版社，1999年，第858页。
② J.希利斯·米勒：《解读叙事》，申丹译，北京大学出版社，2002年，第92页。

写下等社会家常之事"①的特点。至于中国传统小说，更以"谐于里耳"为创作要旨，李渔就曾这样言说中国小说戏剧的表现特征，即在"饮食居处之内，布帛菽粟之间，尽有事之极奇，情之极艳，询诸耳目，则为习见习闻，考诸诗词，实为罕听罕睹，以此为新，方是词内之新"②。看来，对俗世生活人情世态的叙写，本就是中国小说美学的主要基调。

那么，这些由小人物插入的叙事针孔所连缀而成的市井叙事线条之间的内在关系又如何呢？《繁花》对此进行了特殊处理，它以情事、性事这些极富人性本真的彩线，为市井叙事线条镶上了暧昧而粉色的花边，使叙事的针孔、线条与图案不仅在某一编织单元，甚至在整个叙事织毯中都呈现出内在本质的一致性，从而达到了喧哗而重复的叙事效果。翻开《繁花》的小序，开篇便是"古罗马诗人有言，不亵则不能使人欢笑"的提醒，这一小序已经道出了作品流连于市井情事、性事的创作初衷。再看文中的情节线索，更是对不同历史场景下情事、性事的各种描写。如拳头师傅与徒弟金妹之间的暧昧，海德媳妇银凤对小毛的挑逗，理发店里暗藏的特殊服务，心理阴暗、偷窥成瘾的爷叔，五室阿姨与黄毛白天在车间里大行苟且之事，年轻人在公交车上欲仙欲死。又如90年代的马路边菜场上小摊贩之间张力十足的隐秘暗号，潘静对陶陶的舍身诱惑，汪小姐对徐总的打情骂俏，梅瑞与康总之间的投怀送抱，以及李李和阿宝的款款私情，小琴对陶陶的重重围堵等。更有拳头师傅吃饭时讲述的各种带色的故事，老板之间聚会时津津谈论的男女之道等。这些情事与性事在文本中密集堆砌，彼此缠绕，从而使饮食男女成为《繁花》浓墨重彩的叙事图案，同时也是对某种生活常态与市井逻辑的确认。

值得注意的是，《繁花》在写这些情事、性事时，用笔相当克制，从不粗放为之。这一方面体现了《繁花》作者内心隐伏的以调弄为主的旧

---

① 叶朗：《中国小说美学》，北京大学出版社，1982年，第266页。
② 李渔：《窥词管见》，见唐圭璋编《词话丛编》第1册，中华书局，1986年，第551—552页。

派文人情致，另一方面也在提醒读者，作者如此安排必然另有他图。那么，这些由缤纷驳杂的性事、情事所组构而成的重复性的叙事图案，是为了揭示什么样的文本含义？或者说，这些叙事图案最终在叙事织毯上呈现出什么样的叙事色调？金宇澄在作品中的题记，以及在作品中借姝华之口不断吟诵的穆旦诗歌，为我们提供了透视这些图案的棱镜。一句"上帝不响，像一切全由我定"，已经揭示了终生劳于私欲的人类自身的悲哀。而穆旦《诗八章》中"那窒息着我们的／是甜蜜的未生即死的言语／它底幽灵笼罩，使我们游离／游进混乱的爱底自由和美丽"[①]，无疑昭示了被情爱迷途的人类最终面对的必然是毫无所依的精神困境。对应到《繁花》的题目，则有深沉的宗教情怀和浓重的悲剧性质，在自然天理面前，人性之花无论如何绚烂，仅在倏忽之间，季节一到，自然各自飘零，终归泥土。正如穆旦诗云："而赐生我们的巨树永青／它对我们的不仁的嘲弄／（和哭泣）在合一的老根里化为平静。"[②]

　　当然，在解读《繁花》时，我们不能无视这部作品与中国古典小说叙事传统的内在契合。事实上，金宇澄也流露出小说创作对民族精神资源的自觉传承。但问题是哪部作品与《繁花》具有同源关系？这自然需要我们谨慎考量。这种考量不仅要在同质化的叙事规则下进行，而且要在同样的上海地域、同样繁复的叙事场景、同样的方言对话体形式、同样的情事线索与同样悲剧性的文本意蕴等这些具有叙事血亲关系的意义质素中完成。我想，具备这些意义质素的莫过于晚清韩邦庆所著的《海上花列传》。首先，六十四回的《海上花列传》是一部专写妓家的长篇艳情说部，以乡村青年赵朴斋闯入洋场为线索，引出洪善卿、王莲生、罗子富、朱淑人、陶云甫等一干商贾公子，以及黄翠凤、陆秀宝、周双玉、沈小红、张蕙贞、赵二宝等一批青楼倌人。全书市井味道浓郁，开埠后十里洋场的日常生活如在目前。为此，张爱玲才称此书填补了中国古典小说中缺乏的"通常的

---

① 穆旦：《穆旦诗集》，人民文学出版社，2000年，第50页。
② 同上，第52页。

人生的回声"①。其次,《海上花列传》专写商贾公子与青楼倌人的情爱生活,如王莲生与张蕙贞、沈小红,罗子富与黄翠凤,朱淑人与周双玉,陶云甫与李漱芳等,千丝万缕,莺语燕喃,怎一个情字了得?再次,《海上花列传》叙事繁密重复,场景变换甚少,动辄到堂子里叫局请妓,推杯换盏,接着便是猜拳行令,吸烟晚眠,几无他事,然"绝无半个淫亵秽污字样"②。另外,《海上花列传》全书以对话为主,除叙述语言采用官话外,对话完全采用苏语,虽诘屈难解,但栩栩如生,故胡适称"《海上花》的胜利不单是作者私人的胜利,乃是吴语文学运动的胜利"③。还有,《海上花列传》塑造了众多个性鲜明、情感丰富的倌人形象,不管是沈小红的急躁刚烈,还是卫霞仙的勇毅从容,不管是李浣芳的率真清纯,还是黄翠凤的凛然难犯,真如作者所言"写照传神,属辞比事,点缀渲染,跃跃如生"④。为此,鲁迅先生才称其为"平淡而近自然者"⑤。《繁花》中也有类似形象,如芳妹就类似心直口快的沈小红,小琴也仿佛对男人拿捏到位、游刃有余的周双玉。即使如《海上花列传》中陶云甫与李漱芳这对可歌可泣的情侣,在《繁花》中依然有其清晰的回声,如小毛与春香的脉脉深情。最后,《海上花列传》的悲剧性主题与《繁花》之间也有显性的映照关系。来上海寻兄的赵二宝最终在公子远遁、嫁人未得的惨景下再次沦为娼妓,依旧懵然不醒。其他倌人或亡或走,从良凤愿终成幻影。但洋场笙歌未断,情缘时系,花开花落,梦迷梦醒,最终自然免不了劳燕分飞、化身为灰的宿命,可见其"警觉提撕之旨"⑥与《繁花》的悲

---

① 参见张爱玲:《国语本〈海上花〉译后记》,见张爱玲译注《海上花落》,哈尔滨出版社,2003年。
② 韩邦庆:《海上花列传》,人民文学出版社,1982年,第1页。
③ 胡适:《〈海上花列传〉序》,见张爱玲译注《海上花开》,哈尔滨出版社,2003年,第13页。
④ 韩邦庆:《海上花列传》,人民文学出版社,1982年,第1页。
⑤ 鲁迅:《中国小说史略》,上海古籍出版社,2006年,第177页。
⑥ 韩邦庆:《海上花列传》,人民文学出版社,1982年,第1页。

剧性蕴含也有着深度的契合。正是在这个意义上，我们称《海上花列传》在叙事上是与《繁花》有着血亲关系的文本。

三、白描氤染下的"跛行结构"与"中间叙述"

阅读《繁花》时，我们会发现其叙事结构有一种明显的起伏迹象，这种起伏并非来自叙事线条本身的膨胀或收缩，而是作者特意将叙事内容设置在不同的空间维度中，以此造成文本结构的延宕与震颤。具体而言，即纵向展开的叙事结构与横向展开的叙事结构各自运行，但又因主要人物的相互贯穿，使不同方向运动的两条叙事线索彼此呼应，相互映衬，构成一种历史与现实的互证关系。有意味的是，作者将20世纪50年代到80年代的历史叙事内容置于叙事纵轴上，而将90年代之后的现实叙事内容置于叙事横轴上。其中的深意不难理解，一是为叙事的展开提供必要的历史背景支撑，二是在现实与历史的对照中揭示人物的生命流转，三是内蕴着从成长到沉沦的人生隐喻。至于历史叙事中历史节点的相对明晰与现实叙事中现实社会内容的相对模糊，则无非昭示了历史本体自身的运动规律。即在一体化社会中，不断调整的历史刻度深刻影响了世俗人生的走向，故在写作过程中必须将各历史阶段的不同历史特征——描摹，进而形成了相对明确的历史叙事内容。而到90年代之后，多元化社会开始形成，现实社会的节点与刻度模糊难辨，加之商业大潮兴起，个体人生的世俗化倾向成为主流，为此，作品对现实生活的叙事内容采取了平行叙事与重叠叙事的艺术处理。但不管怎样，正是这种叙事时序的纵向与横向、跳跃与失常造成了《繁花》特有的跛行结构。巴特曾对这种可导致不同阅读向度的跛行结构范式有精彩的言说："如同不断变化的势能那样，叙事作品从其高低不一的起伏中获得'活力'或能量……叙事作品的结构靠这两个方向的协同努力，得以枝节横生，扩展开去，展现出来——以及节制自己。"[1]事实上

---

[1] 罗兰·巴特：《符号学美学》，董学文、王葵译，辽宁人民出版社，1987年，第143页。

《繁花》对跛行叙事结构的借用，也的确显示出叙述的活力，并直接造就了叙事线条的多重性。问题是，跛行结构仅是现代小说的一种结构模式，叙事的有效展开关键还在于"故事膨胀开来的能力和将无法预见的扩展纳入这些畸变的能力"[1]。抛开前者不论，就后者而言，可能是鉴于对人生本悲主题的阐发。但《繁花》显然对叙事过程中的"畸变"处理匆促，无论是小毛的病逝，还是小琴的突亡，抑或汪小姐、梅瑞的人生变故，总让人感到在叙事进速及叙事合理性的处理方面有些勉强。

作为小说叙事结构的重要单元，叙事起点，即"开头"常常是文学阐释不可回避的话题。米勒称："开头涉及一个悖论：既然是开头，就必须有当时在场和事先存在的事件，由其构成故事生成的源泉或支配力，为故事的发展奠定基础。这一事先存在的基础自身需要先前的基础作为依托，这样就会没完没了地回退……'从中间开始叙述'这一传统的权宜之计只能暂时延缓必不可少的扼要重述。"[2]《繁花》自然也采用了"中间叙述"的叙事手法，即以陶陶的出场将市井万象及其他出场人物一一牵连出来。但为什么首先出场的不是小毛、沪生或阿宝？这个问题同样值得辨析，因为"一个故事序列之初始、人生之新的起点，往往不会让人感到是个开头。它总是为经验流程所吞噬，事件一个接一个地出现，又一个接一个地被永远遗忘，在我们的记忆中不留痕迹"[3]。我想，金宇澄选择陶陶开篇出场有两方面的原因。一是受中国古典小说叙事传统的影响，即以一个具有叙事节点意义的小人物为引线，抽丝剥茧，往复游走，进而廓开叙事空间，《儒林外史》《红楼梦》《海上花列传》都是如此。二是出于陶陶的特殊身份。陶陶本就出身于市民阶层，90年代后尽管涉足商海，也不过是个卖大闸蟹的小商贩，与已成气候的豪客阿宝不同，与律师行业的沪生、苦于生计的小毛也不同。他既有平民情怀，又有

---

[1] 罗兰·巴特：《符号学美学》，董学文、王葵译，辽宁人民出版社，1987年，第139页。
[2] J.希利斯·米勒：《解读叙事》，申丹译，北京大学出版社，2002年，第54页。
[3] 同上，第150页。

不同领域的各路朋友，加之天性好情色，且敏于发现捕捉，对社会世相了然于胸。故而，《繁花》开篇即陶陶招呼沪生看风景，引出了小摊儿男女的世俗艳情。如果这样的推论成立，我们就能理解小说叙事中"一些事件才被挑选出来作为故事线条的开头……这些事件由此获得了新的意义"[①]。

当然，与叙事起点相对应的是叙事终结。米勒称："真正具有结束功能的结尾必须同时具有两种面目：一方面，它看起来是一个齐整的结，将所有的线条都收拢在一起，所有的人物都得到了交代；同时，它看起来又是解结，将缠结在一起的叙事线条梳理整齐，使它们清晰可辨，根根闪亮。"[②]如果对照米勒对结尾的认知，《繁花》或在叙事线条"收拢"方面差强人意，但在叙事线条的重新"梳理"方面则难说清晰。除了对小毛、小琴、李李的归宿有所交代外，其他人物如阿宝、沪生、汪小姐、梅瑞、康总等，通通不论。而且文末黄安那首《新鸳鸯蝴蝶梦》歌曲所传达的及时行乐的世俗逻辑，也与穆旦《诗八章》所昭示的宗教情怀有着强烈的冲撞，一定程度上使结尾呈现出一种尽管开放但漫漶松散的混沌之势。

尽管《繁花》的跛行结构与"中间叙述"有将西法和中式小说笔法杂糅的痕迹，并在叙述过程的具体展开时也有一些揉捏不到、把握不准的遗憾。但可以确定的是，《繁花》对叙事针脚的洇染技法则完全是传统的，尤其是具体场景中白描手法的运用和环境描写的补衬，真有花摇柳摆、水退石露之势。如宣纸上随笔锋移转而洇染的墨色一样，渐渐荡开，若续若离，从而使人物隐藏在行为背后的微妙心理跃然而出，余响不绝。如汪小姐与丈夫宏庆约康总、梅瑞出行一幕。在旅游的四人之中，除宏庆之外，其他三人的心里都对这次出行充满了邂逅艳情的期待，但在外表与行为上，则表现得平静如水。到了目的地之后，当不谙详情的表舅错以为

---

① J.希利斯·米勒：《解读叙事》，申丹译，北京大学出版社，2002年，第151页。
② 同上，第51页。

他们是两对夫妻,并准备了两间房子后,"有两个人手里的调羹,哐啷一响落到碗里"[1]。在此,我们没必要解读是谁的调羹落到碗里,但足见其中有惊慌者,也有窃喜者,还有激动者与坦然者。玄妙的是,即使如惊慌者也没有挺身而出,以说明真相。相反,四人却在一种莫名的等待和命运的判断中翻牌来决定晚上的归宿,结果并不如意,汪小姐和梅瑞抽在了一起,另外两位也自然对结果兴味索然。于是"四个人讪讪立起来"[2],决定明日一早就回上海。短短的一幕场景,几乎没有惯有的叙事波折,但中年男女的隐秘心理便通过"哐啷"的声响与"讪讪"的表情这如此简约的白描,蓬勃生动地表现了出来。再如香港男人对李李的袭腰一幕。李李新开了"至真园饭店",朋友前去祝贺,阿宝突然看见陪李李进来敬酒的香港男人的手,"此刻伸到李李后腰一搭,搭紧,滑到腰下三寸,同样搭紧"[3]。这"一搭""搭紧""滑到""同样搭紧"四个动作片段,毫无赘语,然环环紧扣,要义突出,香港男人内心的欲望波澜朵朵能数,声声可闻。另如潘静和陶陶之间的"钥匙"一幕,也是"生机盎然"。陶陶家有悍妇,潘静心无所依,一次两人幽会,偶遇大火,陶陶携之狂奔,终脱险境。感念于此,潘静把家门钥匙塞给陶陶,且"用力一揿,泫然泪下"[4]。这"一揿""泫然"真有千言万语不及之效,潘静内心之孤苦、感怀,以及托付之坚定、渴望如在目前。这一段白描手法与《海上花列传》中王莲生片段有同样的意味,沈小红因姘戏子遭王莲生厌弃,但当王莲生目睹旧物时,依然余情未了,凄清一片,"巧囡送上水烟筒,莲生接在手中,自吸一口,无端吊下两点眼泪"[5]。

除白描技法外,环境的补衬、烘托也是《繁花》深具传统叙事特征的显性表现。其中最精彩者莫过于梅瑞与康总的幽会片段。当康总陪梅瑞查

---

[1] 金宇澄:《繁花》,上海文艺出版社,2013年,第31页。
[2] 同上,第33页。
[3] 同上,第60页。
[4] 同上,第83页。
[5] 韩邦庆:《海上花列传》,人民文学出版社,1982年,第486页。

看装修完的房子时，两个素怀念想的男女自然而然地贴合在一起，"康总逐渐靠近，拉过梅瑞的手，梅瑞身体微抖，慢慢抽开了……偶然来小风，几盆花叶动一动"；当康总揽梅瑞入怀，梅瑞依顺而来，但又渐渐避让时，"康总放弃。梅瑞笑笑说，康总，不要这样……外面有风，花动了一动"；当康总再次启动，梅瑞也深吻康总面颊后，"梅瑞说，不好意思，我现在不可以，不便当……外面小天井里，阳光耀眼，花动了一动"。[①]三个情爱表现的片段，对应着梅瑞和康总两人各自三次不同的心理，初始的扭捏与亢奋，中间的试探与避让，后期的拒绝与放弃。这些同一单元不同时间节点上的情绪，微妙地对应着外面的风力与花朵的摇曳，神韵十足地传达出他们情绪舒展与收缩的全程，真有烘云托月之妙。这种写法在中国古典小说中并不少见，金圣叹评《水浒传》时就称："谓一段大文字后，不好寂然便住，更做余波演漾之。"[②]如"血溅鸳鸯楼后，写城壕边月色等"，有"浪后波纹，雨后霢霂之妙"。[③]因此《繁花》中的这段描写看似闲笔，其实用意颇深，意在用点缀、穿插之法打破叙事的单一性，从而使不同的叙事节奏与叙事氛围相互交织，进而营造出一种有意味、有回声的审美情境。

综上所述，金宇澄的长篇小说《繁花》以现实主义叙事视角较为宏阔地展现了20世纪50—90年代间上海的历史变迁与市民命运，并以冷峻的目光对历史运行过程中的边角与暗影进行了深沉反思。小说叙事线条多重，结构纵横互映，针脚细密，景象交叠，表层看起来闲适放浪，内里蕴藏着万千关切。即使狭邪之处，也时见温暖之心，哀怨之声。更有民族传统小说叙事神韵与现代小说叙事技法之间的并行不悖，以及对吴方言的适度改造，这些都使《繁花》成为在坚守民族文学风格基础上适当追求文学现

---

① 金宇澄：《繁花》，上海文艺出版社，2013年，第132—133页。
② 金圣叹：《读第五才子书法》，见《金圣叹全集》第1卷，曹方人、周锡山标点，江苏古籍出版社，1985年，第23页。
③ 叶朗：《中国小说美学》，北京大学出版社，1982年，第147页。

代性的典型文本。即使叙事过程中存在着叙事线条延展不畅、收拢不齐、解结不清的硬伤，也无损其在小说叙事艺术方面的成功探索。从这个意义上而言，我倒认为《繁花》为中国当代文学的民族化探索开启了一个崭新局面。

原载《中国文学批评》2017年第3期

《山花》现象与《山花》作家群

20世纪70年代初期,一本由延川县文化人创作编辑的工农兵诗歌集《延安山花》,由陕西人民出版社正式出版。这一事件引起了当时主流媒体《人民日报》的关注,并作为群众性革命文艺的重要成果,向全国进行推广宣传。一时间,延川县成为"当时全国出版诗歌专集的第二个县(第一家为上海川沙县)"[①]。随后,一份八开的油印文艺小报《山花》在延川县正式创刊。自此,偏僻的陕北小县延川陡然成为陕西省的文化典型县,延川诗歌也与紫阳民歌、合阳故事、户县农民画并驾齐驱,以文化新秀的身份闯入了陕西群众文艺的展示橱窗。但类似的震动远未结束,且有将这一现象的边界不断外扩的势头。20世纪七八十年代,曾集结在《山花》周围的路遥、陶正相继获得全国优秀小说大奖,他们都在记述中对《山花》报以真诚的眷念。这种知名作家对练笔阶段的回眸一瞥,本身就含蕴着丰富的意味。同时,受路遥成功的影响,持续出版的《山花》更为自觉地肩负起文学母土的使命,将延川县心怀梦想的各路文学青年,不断地输送到新时期文坛的前沿。于是,一个看似偶然的文学事件,逐渐就转化为一种值得回味的文学现象与颇为壮观的地域文学景观。

遗憾的是,目前学界对《山花》现象的研究,基本停留在简单阐释、单向还原与逻辑逆推的层面上。所谓简单阐释,即从狭隘的意识形态角度

---

① 白军民:《让文曲星永远照耀延川》,载《山花》2005年第3期。

入手,着力强调《山花》诞生的历史背景与政治色彩,忽略了《山花》作品中蕴含的"特殊性",如马佳娜的硕士学位论文《国家的神话:〈山花〉作品中的意识形态叙述》;所谓单向还原,即从影响《山花》的诸多文化形态入手,片面放大陕北民间文化对《山花》作品的塑形作用,忽略了《山花》现象与历史语境之间的互动关系,如林娜的硕士学位论文《陕北高原上的独特文学风景——延川"山花作家群"研究》;所谓逻辑逆推,即从一种后置性思维入手,以"结果"建构"缘起",刻意强化《山花》的精神独异性,忽略了《山花》作家群成长的内在复杂性,如曹谷溪、海波、闻频等人对《山花》的相关追述。

由此看来,《山花》现象的学术研究并未充分展开,仅有的两篇硕士学位论文和部分回忆性文章,都未能深入《山花》产生的历史现场与《山花》作家群的文学活动当中,整体上缺乏对《山花》现象的细心梳理与理性审视。事实上,《山花》现象是70年代文艺政策调整的历史背景与延川几个文化人偶然对撞的产物,又是从40年代展开并一直延续到70年代的群众性革命文艺的特殊果实。

一、文艺出版政策调整时的"偶然"产物

"文革"开始后,全国期刊出版数量逐年锐减。据方厚枢统计,"到1966年底,全国出版的期刊总数,从'文革'前1965年的790种,骤降到191种。后一年又猛降到27种,到1969年,只剩下《红旗》、《新华月报》、《人民画报》和外文版的《人民中国》、《北京周报》、《中国文学》等20种"[①]。在各地新华书店中,出版物的种类更是单一到令人惊诧的地步,"除有各种毛主席著作、像、语录和少量马列著作外,在一般书籍中,政治读物大部分是'中央两报一刊'社论、'革命大批判'报刊文章

---

① 方厚枢:《"文革"十年的期刊》,载《编辑学刊》1998年第3期。

汇编；文艺读物中，'革命样板戏'的剧本（包括综合本、简谱本、总谱本等）和据以改编的各种演唱材料；科技类读物中，数量较多的是《赤脚医生手册》、《中草药手册》和一些介绍农业生产经验的小册子"[1]。可以说，这是中国现代历史展开以来文艺生产和文艺消费最为单一的时代，这种极不正常的状况随之引起了上层的密切关注。

"1970年下半年，周总理针对这几年严重缺书的状况，开始亲自关怀和过问出版工作，要当时的出版口拟定一个1971年的出版计划，计划送给总理看了之后，总理很不满意……总理说，青年人没有革命的文艺读物，怎么行呀！一些学校连字典都没有，连地图都没有……1971年再不出书，不像话了。"[2]1971年2月27日，周恩来亲自签发特级电报，以中央名义通知各省市自治区革委会派代表参加全国出版工作座谈会。1971年3月15日，为期四个月的全国出版工作会议在北京召开。1971年8月13日，中央正式下发《关于出版工作座谈会的报告》。该报告在文件的第二部分特别强调："根据需要和可能，逐步恢复和创办一些理论、文学艺术、科学技术、学术研究、文教卫生、体育等期刊，首先要注意恢复和创办工农兵、青少年迫切需要的期刊。"[3]

面对上层力量的干预和敦促，出版界很快做出了明确的回应，从当时期刊出版数量的变化就可见一斑。1971年，国内期刊数量由1970年的21种，上升为72种，1973年迅速抬升至194种。其中，各省地县的文艺期刊首先感应到出版政策的微妙变化，部分期刊的复刊、试刊与创刊工作相继启动。1971年，《黑龙江艺术》《吉林文艺》《淮安文艺》《工农兵文艺》复刊。1972年5月，《解放军文艺》复刊。同年，《湘江文艺》《湖南画报》创刊，《北京文艺》《河北文艺》《山东文艺》《广东文艺》试刊。

---

[1] 方厚枢：《"文革"十年的期刊》，载《编辑学刊》1998年第3期。
[2] 张惠卿：《如烟往事文存》，上海人民出版社，2012年，第233页。
[3] 方厚枢：《"文革"十年的期刊》，载《编辑学刊》1998年第3期。

1973年，文艺类期刊的"正式创刊取代试刊成为主导倾向"[1]，并呈现出逐年增多的趋势。值得注意的是，《诗刊》《人民文学》等主流期刊没有受到这次全国出版工作会议的影响，依然停刊，且迟迟未能复刊。

随着出版界的逐步回暖，文艺政策的调整也紧随其后。1972年7月30日，毛泽东接见上海京剧团演员、现代京剧《龙江颂》女主角的饰演者李炳淑时说："现在剧太少，只有几个京剧，话剧也没有，歌剧也没有。"[2]1973年元旦，周恩来和中央政治局其他成员接见了部分电影、戏剧和音乐工作者，周恩来称："文化组要把电影工作大抓一下。"[3]1975年7月14日，毛泽东专门就文艺问题说："党的文艺政策应该调整一下，一年、两年、三年，逐步扩大文艺节目。缺少诗歌，缺少小说，缺少散文，缺少文艺评论。"[4]看来，从1972年开始，中共领导人在文艺政策方面的相应调整，才是地方文艺期刊不断复苏的深层动力。

需要指出的是，这一时期复苏的地方文艺刊物，其意义更多是一种地方出版权力的获得与地方写作群体的介入。至于话语模式与审美风格，显然与"两报一刊"保持着高度的一致。如1972年第2期的《湘江文艺》发表了一篇报告文学《中伙铺》，讲述了知青姑娘才到农村时，"跟贫下中农滚不到一堆"，后来，看到贫下中农在三大革命中"密锣紧鼓往前赶"，她的心从此"老是跟着他们的脚步跳"。[5]另如同年《河北文艺》上发表的尧山壁的诗歌《大寨路》："走过大寨一条路，带回一双铁脚板，为了大上快变，还怕什么狼窝掌虎头山。一条金光大道，永远铺在心坎。"[6]

---

[1] 王冬梅：《"文革"后期文艺刊物的历史考察》，载《扬子江评论》2013年第4期。
[2] 逄先知、冯蕙主编：《毛泽东年谱（1949—1976）》第6卷，中央文献出版社，2013年，第444页。
[3] 陈晋：《文人毛泽东》，上海人民出版社，1997年，第613—614页。
[4] 中央文献研究室编：《建国以来毛泽东文稿》第13册，中央文献出版社，1998年，第446—447页。
[5] 江正楚：《品艺录》，湖南人民出版社，2015年，第180页。
[6] 尧山壁、王洪涛、聪聪：《山水新歌》，天津人民出版社，1976年，第8页。

由上所述，我们可以聆听到历史潮汐卷来时的几种基本声讯。其一，1971年初，党的出版政策有所松动，文艺政策随后开始了缓慢但有效的调整。其二，这一时期相继复刊与创刊的省地市县文艺期刊，成为感知文艺冰河缓缓解冻的春鸭。其三，主流期刊《人民文学》《诗刊》等迟迟未能复刊，与其作为主流意识形态的话语载体有很大关系。地方刊物相对而言没有这种显在的政治负重，从而呈现出见风行雨的灵活性。其四，受当时历史语境的影响，复刊与创刊的地方文艺期刊依然镌刻着浓重的政治话语印痕，其性质不可能偏离同期工农兵革命文艺的基本范畴。

为此，我们应该把诗集《延安山花》的诞生镶嵌在特定的历史场域中，而不应该将其视为一个孤立的文学事件。这部地方诗集的缘起和出版，是因为延川几个文化人对另一个文学事件的偶然知会。据延安插队知青丁爱迪回忆："一个偶然的机会，时任县革委会宣传组副组长的谷溪得到了一本《延安儿女歌唱毛主席》的诗集。谷溪从头至尾读一遍后对大家说：'这些诗中标语口号多，咱编一本肯定要比这个好。'于是他们几个人就一起编辑了一本《工农兵定弦我唱歌》的诗集。1971年在县内油印，1972年5月将其更名为《延安山花》，由陕西人民出版社出版，一版再版，国内外发行28万册。"[①]

这种辐射效应不但提振了曹谷溪、白军民等主要编写者的信心，而且也使一批深受影响的文学爱好者更热情地投入创作当中。正如晓雷所言："这部诗集的火苗把一群热血青年的心头燃烧起来，就使得这个不安宁的县城更加不安宁了。他们组织诗歌朗诵会，和电影唱对台戏……硬是把拖着板凳看露天电影的婆姨女子、老汉娃娃引诱到剧场里。"其中，"谷溪与路遥合作的一首诗《当年八路延安来》，更是让没当过八路的听众也

[①] 曲光：《从〈延安山花〉到〈山花朵朵〉》，载《当代》2015年第3期。这里所说的《延安儿女歌唱毛主席》是一本工农兵诗集，1971年6月由陕西人民出版社出版，诗集共收录了五十首诗歌。

像当了一回八路一样的豪情满怀"①。而且,曹谷溪还鼓励、安排路遥等去尝试大型歌剧的创演。为此,路遥和陶正合写了一部大型歌剧《蟠龙坝》,又与闻频合写了一部大型歌剧《九支队》。

随着延川县文学创作活动的不断展开,曹谷溪所在的县革委会的18号窑洞,自然成为这些文学青年借书还书、谈天说地的特殊场所,也成为路遥、陶正等步入文学长河前的歇脚码头。这个话题带有多种味道、成员来自不同背景的"农民沙龙",尽管以曹谷溪的笑话串讲和诗歌朗诵为主,但也夹杂着时政议论的内容,"拓宽着一群热血青年的视野和胸怀,也是一块磨刀石,砥砺着他们的思想和目光"②。曹谷溪及"他的这些十二月党人的重要干将路遥、陶正、闻频"③的一系列文学活动,在延川县引发了强烈的震动与反响。于是,一份既能代表延川文化人的创作实绩,又能展示延川工农兵文艺创作成果的小报《山花》,便在这样的情形下应运而生。

"1972年,由曹谷溪牵头,组织白军民、路遥、闻频、陶正等人成立了业余文艺小团体——延川县工农兵文艺创作组……创作组成立后,还拨了专款,让创作组办个铅印小报。1972年9月1日,由延川县工农兵文艺创作组创办的一份小型文艺报纸——《山花》诞生了"④。蹊跷的是,本来属于组织行为且充满延川文人自觉意识的《山花》小报,却在后来相关人士的追忆、评述中渐渐与事实本身发生了有意味的偏离。这种具有塑形意义的偏离,从两个方面对《山花》现象进行了重构。一是将《延安山花》诗集与《山花》小报融为一体,统称《山花》;二是将《山花》现象作为一种偶然性的文学事件来看待,以此体现《山花》存在的独特性。如作为《山花》引领者的曹谷溪,在回望《山花》的创刊时,以豪迈的心情赋予

---

① 晓雷:《男儿有泪——路遥与谷溪》,见曹培文、静书编《诗人谷溪的故事》,陕西人民出版社,2015年,第48页。
② 同上,第60—61页。
③ 同上,第61页。
④ 张艳茜:《平凡世界里的路遥》,陕西人民出版社,2013年,第123—124页。

了这一县级小报诞生的特定背景与文学意义:"那时正是极左文艺思潮统治中国最为猖獗的年代,是文艺界百花凋零的早春岁月。当时,全国的文艺刊物,我的印象中只有《解放军文艺》……延川地处偏僻,虽然也受到了极左思潮的冲击,然而,这块土地毕竟有着深厚的民族文化积淀,毕竟是毛泽东同志倡导的革命文艺的发祥地。《山花》就是在这黄河畔,向阳的山圪崂里悄悄地绽放了。"①李若冰也称:"《山花》打破了文艺界长期沉默的局面,其影响波及全国和海外。"②后来,曹谷溪和李若冰的这两段话成为《山花》现象研究者的必引文献,也成为《山花》在当时具有精神独异性的显证,并在一定程度上显现了《山花》背后的历史文化传统是其与当时主流文学相对抗的重要因素。

"问题"就在这里凸显了出来。70年代初期,文艺政策的调整带来了群众性文艺出版物的勃兴。当时,比《山花》出现更早的还有1971年复刊的县级期刊《灵山文艺》《淮安文艺》及省级期刊《黑龙江艺术》《吉林文艺》等,为什么曹谷溪等人没有提及?原因不难理解。首先,作为延安周边的一个小县,延川的确偏僻落后,当时所有的消息来源无非是广播与文件传达。所以,即使如文化人曹谷溪等也仅知道复刊的《解放军文艺》,而不知其他刊物,客观上造成了对自己所编辑的小报《山花》的珍爱。其次,诗集《延安山花》的出版使延川县被树立为陕西的文化典型县,这一深具政治影响与文化影响的名头,使随后出现的小报《山花》自然与其建立了意义上的关联。那么,如何把当时的《山花》塑造为一种具有异质意义的文学存在,便成为"文革"结束之后,尤其是路遥等人冲击文坛成功之后,当年的主创者极力彰显《山花》诞生的合理性与必然性的重要建构策略。其三,至于《山花》与民族文化积淀、革命文艺发祥地的对接,不过是为了凸显延安的特殊政治地位。这种与过去及当时都能产生积极联系的革命文艺传统,是《延安山花》诗集能在70年代后期获得

---

① 曹谷溪:《关于〈山花〉的回忆》,载《山花》2005年第3期。
② 李若冰:《延川是个藏龙卧虎的地方》,载《山花》2005年第3期。

认同、《山花》小报能持续出版的重要依托。至于曹谷溪提及的民族文化积淀，只是虚辞而已。倘说是受陕北地域文化的影响，或许更为切实一些。

这样看来，诗集《延安山花》并非一个纯粹偶然的文学事件，不过是借文艺出版政策调整之力，在延川县偶然催开的一朵文学小花。而《山花》小报的出现并不偶然，是《延安山花》出版后自然延伸的文化现象，与其他地域零星的但在不断开放的文学花朵一起，表征着70年代初期文学缓缓复苏的迹象。至于后来出现的将二者糅合重叠的《山花》现象，则是研究者寻求文学事件之间意义链接的一种表达方式而已。

二、群众性革命文艺运动的"特殊"果实

抗战爆发后，以农村剧运为代表的文艺大众化运动在中共领导的解放区蓬勃展开。20世纪40年代初期，鉴于进步青年奔赴延安后普遍存在着"三不熟"的现象（不熟悉农民、不熟悉农民生活、不熟悉农民语言），毛泽东于1942年整风期间召开了延安文艺座谈会，并作了影响深远的《在延安文艺座谈会上的讲话》。《讲话》发表之后，伴随着"普及与提高"的政治诉求，群众性的革命文艺运动势头更盛。新中国成立后，大规模、有组织的群众性革命文艺运动一直在延续，直至"文革"结束。总体来看，从30年代末到70年代中期，群众性革命文艺运动主要经历了三个阶段。而《山花》现象，便是70年代初期群众性革命文艺运动中结出的特殊果实。

第一个阶段是1938年到1945年抗战时期的群众性文艺运动，主要体现在农村剧团的广泛兴起。当时，延川县就有活跃在陕甘宁边区的抗战剧团，团长杨醉乡召集了一批热爱戏剧的普通群众，既宣传抗战、激励生产，又普及戏剧常识、培植新人，在当地影响很大。当然，更具影响力的还属华北地区的农村剧运，"到了一九四○年已发展到具有群众性的规

模，仅冀中一带一九四二年前，即成立了一千七百个农村剧团；北岳地区建有一千四百多个剧团和秧歌队"①。其中，最典型的莫过于当时晋察冀边区行唐县的东杨庄村剧团。这个剧团的演职成员最初由村中几个稍有戏剧表演特长的积极分子担当，"过了一段时间，由于全村群众都对剧团甚感兴趣，所以便可以在村民中任挑演员"②。至于剧本写作问题，多采用集体协商的模式，"先把任务向大家讲清楚，然后一起安排故事，确定人物，分出场次，创作台词"③。此外，这种农村剧团的演出效果也不容小觑，"无论多么复杂的问题……一经编剧演出，台上的角色就立刻被人们认清记熟了……也就即刻知道了啥对啥错，谁好谁坏"④。看来，这种渗透了创作与演出全程的群众性文艺运动，不但培育出一批能编能演的农村艺人，而且以群众喜闻乐见的生动形式强化了文艺演出的政治效果。

　　第二个阶段即50年代末"大跃进"时期的"新民歌运动"。对这场以农民为写作主体的群众性革命文艺运动，李新宇称："它以铺天盖地之势迅速填补了反右派运动给文坛留下的荒芜空间，并象征性地宣告：即便没有那些自以为是的知识分子，文学艺术照样可以繁荣。"⑤且不说，这些诗作是否经过了知识分子的润色与改造，也不说这些诗作怎样粉饰和浮夸了现实，单就其遍及全国城乡的浩大声势而言，就让人感到群众性的革命文艺也是一种不容忽略的写作力量。以吉林省的白城专区为例，当时"就有20多万人动笔，辉南县、海龙县、农安的巴吉公社，长铁列车段养路工区等地方，真是'一夜春风诗满城'，处处都有新民歌"⑥。据长春市文

---

① 冯光廉等编：《中国现代文学史教程》上册，山东教育出版社，1984年，第159页。
② 孙瑛：《春雨过后百花开——介绍东杨庄村剧团》，见河北省文化厅文化志编辑办公室编《晋察冀晋冀鲁豫乡村文艺运动史料》，1991年，第288页。
③ 同上，第288页。
④ 同上，第285—286页。
⑤ 李新宇：《1958："文艺大跃进"的战略》，载《文艺理论研究》2000年第5期。
⑥ 冯聚中、李文瑞、大海：《群众文艺创作的伟大胜利》，见长春文学月刊编辑部编《群众文艺创作运动的胜利》，吉林人民出版社，1960年，第55页。

联统计,"在大跃进中出现的群众诗歌创作约计达560万篇左右,没有参与民歌活动或受新民歌感染的人是很少的"①。另外,在民歌写作过程中,基层农村常常"组织有创作经验的人帮助没有经验的人,下放干部帮助农民,培养了骨干,不会写的能写了,会写的质量提高了"②。可见,在一定程度上,政治强力推行的文艺"普及"也可以带来群众写作能力的相应"提高"。

20世纪60年代以后,群众性革命文艺运动的涛声并未平息,"为了集中展示群众性文艺运动的成果,《人民文学》的头条作品中经常集中刊发工农兵的业余创作。从1964年第1期到1966年第5期中,各有三期推出'新花集'和'故事会'小辑,有三期杂志在头条位置发表'大写社会主义新英雄'的征文作品"③。但相比起1958年的"新民歌运动",这一时期的群众性革命文艺运动暂时处于涓滴成溪的状态。这种状态既宣示了文艺普及运动的长期性,但也预示着另一场大规模的群众性革命文艺运动即将来临。

第三个阶段即20世纪60年代后期到70年代初期的"革命样板戏"学唱、学演运动与工农兵文艺创作热潮。1967年5月,京剧革命的成果《智取威虎山》《海港》等剧作被《红旗》杂志正式冠以"革命样板戏"的称谓,并在全国范围内开始了多层次、高密度的传播与普及运动。这种"普及"一则通过"样板团"的巡演示范、地方文化团体的观摩移植,以及影像化的现代传媒手段体现出来;二则通过社会民众普遍学唱"样板戏"的经典唱段体现出来。尤其是后者,可谓声势喧天。主流意识形态授权各城乡、各基层单位的毛泽东思想宣传队,负责包干本地区或本单位的"样板戏"学唱任务,通过学唱、学演"样板戏"座谈会、讲用会或专场演出等形式,总结推广群众性普及"样板戏"的经验。但实际上,在学唱、学演

---

① 李树谦、孙中田:《群众文艺创作运动万岁》,见长春文学月刊编辑部编《群众文艺创作运动的胜利》,吉林人民出版社,1960年,第51页。
② 张川、宋觉、石铭夫:《诗歌遍山岗,稻花十里香》,载《群众艺术》1958年第8期。
③ 黄发有:《中国当代文学传媒研究》,人民文学出版社,2014年,第68页。

"样板戏"运动中,因表演技术与物质条件的限制,"样板戏"的普及常常面临难以复原的困境,甚至面临被戏谑演绎的尴尬。如来陕北插队的北京知青陶正就饶有兴味地回忆了自己的一段经历:"我却真是有意抹黑——用锅底黑把晒不黑的白脸儿抹成李玉和的英雄本色……再用马粪纸糊大壳帽,帽檐上缀个酒瓶盖儿,再用烟盒里的锡纸包上扣子,再拧下手电筒的底盖权当怀表,再把吊井水用的足有十几斤的铁链子挂在脖子上,便哗啦哗啦地上了场。"[1]原因很简单,当"样板戏"一旦成为一种不容有丝毫变化的机械程式时,其内在生命力已经处于不断被耗损的状态,民众的抵触与戏仿也就自可理解。

1972年5月23日,《人民日报》刊发社论文章《坚持毛主席革命路线就是胜利——纪念毛主席〈在延安文艺座谈会上的讲话〉发表30周年》,文章称:"要正确发挥专业和业余文艺工作者的社会主义积极性,在斗争实践中发展和壮大无产阶级文艺队伍。"[2]《人民日报》的社论,微妙传达出群众性文艺创作运动的亟须展开。这样一来,全国各地市县的工农兵文艺创作便开始纷纷活跃起来。值得思考的是,这种群众性的革命文艺在本质上与"样板戏"并无区别,但它传达出一种期待文艺解冻的朴素声音,即群众希望以自己熟悉的方式来表达政治情绪,而不是被动地接受文化成品的强行灌输。

20世纪70年代初,与全国其他地方一样,延川县群众性诗歌创作的热情同样高涨。尤其是《延安山花》诗集出版以后,作为延川县革命委员会宣传组副组长的曹谷溪,顺势搭建起一个工农兵创作班子,"骨干分子有延川县文化馆的负责人白军民,插队延川的北京知青陶正,大学毕业后分配在延川永坪中学当教师,后成为延川县革命委员会毛泽东文艺宣传队编

---

[1] 陶正:《自由的土地》,见中共延川县委宣传部、山花杂志社编《山花现象研究资料汇编》,2017年,第45页。

[2] 《人民日报社论全集》编写组编:《人民日报社论全集:"文化大革命"时期(1966年5月—1976年10月)》,人民日报出版社,2013年,第778页。

剧的闻频，以及返乡知青路遥等人"①。随后，便有了《山花》小报这颗群众性革命文艺的特殊果实。既然我们把《山花》界定为20世纪70年代初群众性革命文艺的特殊果实，那么，接下来应该追问的就是这种"特殊性"的呈现方式，以及这种特殊性与群众性文艺的契合程度。

首先看这个"工农兵文艺创作组"的成员构成类型。由曹谷溪领衔的《山花》写作群体虽然名之为"工农兵文艺创作组"，其实，这个写作群体的"工农兵"味道并不醇厚。从身份上看，除路遥权且算得上一个农民、荆竹算得上一个战士外，其他成员都是有一定创作条件的"文化人"。这种组合方式有两方面的优势，一则可以为《山花》的顺利创刊奠定政治基础，二则在一定程度上保证了这种群众性文艺创作的质量。当然，围绕《山花》形成的这个多元构成的写作群体，也传达出两种别样的意味：一是普及运动中产生的"工农兵文艺"在基层推进时，往往借着"工农兵"的名头，实际参与者多是有创作实力的文学青年。二是离开了不同身份的乡村知识分子的参与，群众性革命文艺运动的开展与普及其实无从谈起。

再看《山花》的"创刊词"与作品之间的关联度。《山花》创刊词这样写道："《山花》是不定期的文艺小报。它的使命是使之成为工农兵业余作者交流的场所，丰富革命群众的文艺生活，进一步发挥使人民群众团结起来、教育人民、打击敌人、消灭敌人的战斗作用。"②尽管《山花》刊发的诗歌与小说带有特定时期的政治文学印痕，但实际上"战斗性"并不强烈，还没有完全沦入口号文学的泥淖，个别作品甚至还表现出一些难得的抒情意味和生活色彩。如路遥和曹谷溪合写的作品《灯》："天上千颗星，地上万盏灯，哪一颗星最亮？哪一盏灯最明？千颗星啊万颗星，亮不过熠熠北斗星；千盏灯啊万盏灯，明不过杨家岭小油灯！"③其重沓

---

① 张艳茜：《平凡世界里的路遥》，陕西人民出版社，2013年，第118页。
② 同上，第124页。
③ 延川县革命委员会政工组编：《延安山花》，陕西人民出版社，1972年，第3页。

复唱的咏叹，显然比"老汉唱了跃进歌，丢掉拐拐上山坡；老婆唱了跃进歌，怀抱孙孙手做活"①的"大跃进"诗歌更有味道。又如闻频的诗歌《大娘的话》："夜已深，月西斜，支书开完会，路过大娘家，只听窑里叮咚响，油灯映窗花。"②以民歌体的形式抒发出一种淡雅的诗意。另如路遥的短篇小说《代理队长》，其主要人物赵万山并没有多少特别之处，作为点缀人物存在的赵万山的妻子，对丈夫迟迟不回家吃饭时的又恼又爱、又怨又喜，反倒是显出一丝乡土的温情。

由此可见，群众性革命文艺运动中产生的《山花》尽管难移其工农兵文艺的本质，但还是有它自身的特殊性。对此，张艳茜曾说："乡土化的东西，始终是《山花》的特色。"③曹谷溪也称："《山花》在创办之初，假大空的东西就很少，大部分作品具有很强的文学意识和浓郁的乡土特色。"④在此，亲历者与研究者的评价虽有主观放大的成分，但还是触及了《山花》不同于当时其他地方刊物的迥异之处，即《山花》在统一的政治叙事规范内较为难得地葆有了一些必要的文学色彩和生活气息。这些并没有充分表现出来的文学色彩和生活气息，使《山花》现象成为20世纪70年代群众性革命文艺运动中催生的一颗特殊果实。

三、影响《山花》作家群成长的"复杂"元素

毋庸置疑，《山花》小报的创刊为延川文学青年提供了难得的创作平台，这个平台成为他们成长道路上的重要阶梯。成名后的路遥这样回忆："《山花》仍然是那样一张八开的小报，在当今报刊如林的世界里是不为世人所挂齿。但我对它永远怀有一种深深的尊敬。正如一个人不管怎样壮

---

① 中共陕西省委宣传部编：《陕西新民歌三百首》，东风文艺出版社，1958年，第3页。
② 延川县革命委员会政工组编：《延安山花》，陕西人民出版社，1972年，第41页。
③ 张艳茜：《平凡世界里的路遥》，陕西人民出版社，2013年，第125页。
④ 同上，第118页。

大起来，也会对自己衰老的母亲永远怀有爱戴和敬意一样。"①曹谷溪说得更为坦率："路遥现在是全国的知名作家，当时他的作品很幼稚。"②而且，曹谷溪还专门就当时对诗作的编辑修改作了更为详细的说明："那时，《山花》发稿编辑修改的成分是很大的，因业余作者水平差，有些作品就是硬往出改。今天在座的海波同志……他在《山花》上发的第一首诗歌几乎就是我们几个编辑'做出来'的。"③这些话语似乎都指向了一个既定的事实：《山花》滋养、培育了路遥、海波等一批文学青年。但问题是，无论是诗集《延安山花》，还是《山花》小报，对路遥、海波的创作影响到底体现在哪里？又在多大程度上推动了他们的文学成长？这些问题的答案往往隐匿在有限的史料当中，不经过细心的梳理难以洞悉。

首先，《山花》作家群的成长离不开曹谷溪此人。曹谷溪是这个县级文学小团体的核心人物，他对文学创作的相关认识及对文学所具有的特殊社会功能的清醒判断，使他同时具有文学启蒙者与社会活动者的双重身份。这种复杂身份自然在偏僻的延川县城具有较大的召唤力，所以，他所组织的文学创作群体及随之展开的文学活动，不但改变了这些文学青年的生存境遇，而且强烈拨动了他们自我奋斗的心弦，继而在地域文化传统的影响下，借着"榜样效应"，将《山花》小报由一个文学事件转化为一种文学现象，直至延伸为一幅地域文学景观。从这个角度而言，《山花》作家群的成长背后无疑含蕴着多重的元素，这些元素的束结与糅合，直接影响了《山花》作家群的成长轨迹与精神面向。其中，路遥的成长最为典型。

路遥投身文学的直接冲动，显然与当时困厄的生存状态有关。1970年夏季，路遥刚刚经受了仕途和爱情的双重打击，蛰居在乡下小学。曹谷溪知道他内心的伤痛，更明白"在那个时代他的文学水平、艺术素养，

---

① 曹谷溪：《关于〈山花〉的回忆》，载《山花》2005年第3期。
② 同上。
③ 同上。

还是有底子的"①。抱着爱才惜人的心理，他一方面以兄长的身份劝慰路遥："用自己的舌头舔干伤口上的血迹，然后到人面前去，依然是一条汉子。"②另一方面，他又以县委通讯组的名义，"把发着陕北土音教玻颇莫佛普通话的小学教师路遥"③，抽调到通讯组进行培训。从此，"农民身份的路遥参加各种会议和学习班，不光不交伙食费，每天还有六毛钱的误工补贴"。同时，"他'读万卷书，行万里路'的愿望也在逐步实现"，只要是能抓到手的书，"就马上装进他那从不离身的、半新半旧的、印有'红军不怕远征难'的黄帆布挂包"④。随后，曹谷溪又把路遥正式调入延川县文艺宣传队。闻频回忆："没过几个月，路遥突然到我们宣传队上班来了。职务：创作员；身份：民工；月薪：十八元。"⑤此时，尽管路遥的农民身份尚未改变，但曹谷溪的一系列举措已经使路遥成为一个具有半公家人性质的城里人。

进入文艺宣传队之后，曹谷溪随之开始指导路遥的读书与创作。他领着路遥去乡下采访，"两人骑着一个破自行车，没铃，没闸，没后衣架"⑥。当读完路遥采访后写成的诗歌《塞上柳》时，曹谷溪欣喜不已。他一边说："我在文学路上摸了十年，走了许多弯路，你的聪明才智在我之上。"一边又对路遥单独辅导："诗不应该是泛泛之作，应该有形

---

① 谷溪：《关于路遥的谈话》，见申晓编《守望路遥》，太白文艺出版社，2007年，第133页。
② 同上，第132页。
③ 晓雷：《男儿有泪——路遥与谷溪》，见曹培文、静书编《诗人谷溪的故事》，陕西人民出版社，2015年，第18页。
④ 高歌：《困难的日子纪事——上大学前的路遥》，见李建军编《路遥十五年祭》，新世界出版社，2007年，第48—49页。
⑤ 闻频：《回忆路遥》，见李建军编《路遥十五年祭》，新世界出版社，2007年，第60—61页。
⑥ 晓雷：《男儿有泪——路遥与谷溪》，见曹培文、静书编《诗人谷溪的故事》，陕西人民出版社，2015年，第39页。

象思维。"①当时，这可能是曹谷溪唯一知道的诗歌理论范畴。但就是那并不严格合辙的陕北韵脚②，以及曹谷溪自己也未必完全明了的"形象思维"，对路遥完成了文学的启蒙。同时，他们两人这种亦师亦友的关系，又使曹谷溪对路遥的影响远远超越了文学启蒙本身，更具有社会、人生启蒙的特殊意义。《山花》创刊后，由于"白军民在文教局，杂事很多，陶正在关庄公社插队，很少进城，我在乐队，要排练、演出，《山花》主要由谷溪和路遥来编"③。从1972年到1973年，路遥在《山花》上发表了《老汉一辈子爱唱歌》《桦树皮书包》等诗歌及《优胜红旗》《基石》等小说，不但成为《山花》的主要创作者，而且成为延川县的知名人物。

当然，路遥此时的活动绝不限于文学领域。他利用编辑《山花》的便利条件，不断扩展着自己的社会文化视野，从另一个层面夯实着文学创作的基础。闻频曾这样说："路遥平时话不多，也不爱与人交谈。但他爱和北京知青交往，他在那里获益匪浅。"④闻频的说法揭示了北京知青对路遥及《山花》作家群精神成长的重要影响。正是陶正、孙立哲等这些在特殊年代中被迫辗转至陕北的北京知青，以远远迥异于本地人的见识与思考打开了路遥等乡村文学青年的心灵视窗，强化了他们本就葆有的自我奋斗意识，并使他们从狭小的生活空间中果断挣脱出来，渐渐具有走出陕北、面向全国的勇气。

但"路遥的名气越大，与他文化素质偏低的反差越发明显，得让他系统地上学深造，成了所有关心他的人们的共识"⑤。在时任县委书记申

---

① 晓雷：《男儿有泪——路遥与谷溪》，见曹培文、静书编《诗人谷溪的故事》，陕西人民出版社，2015年，第19—20页。
② 同上，第31页。
③ 闻频：《回忆路遥》，见李建军编《路遥十五年祭》，新世界出版社，2007年，第61页。
④ 同上，第61页。
⑤ 高歌：《困难的日子纪事——上大学前的路遥》，见李建军编《路遥十五年祭》，新世界出版社，2007年，第49—50页。

易的艰苦努力下，1973年，路遥终于以工农兵学员的身份入读延安大学中文系。进校不久，路遥"就把自己全身心地投入到文学刊物和著作的海洋"①。这个阶段，"是他人生道路上的转折点，也是他文学创作上洞察生活、丰富阅历、积累情感的阶段"②。路遥后来也这样说道："我在中国文学史和世界文学史的指导下，比较系统地阅读了中外名著。"③这样看来，路遥由一个工农兵文艺创作员转变为一个真正作家，与入读大学后受到的系统文学教育有关。对此，海波有清醒的判断："如果把文学创作比作豆腐的话，《山花》没有能力给路遥豆腐，给的只是石膏——能把豆浆'点化'成豆腐的石膏；如果把文学创作比作快乐歌声的话，《山花》没有能力给路遥创作的方法，却给了他歌唱的热情。"④但从另一角度讲，没有《山花》小报的创作历练，没有与北京知青的深度交往，没有他自己"翻烂了三本"《创业史》的勤勉，没有上大学后的自我提升，路遥的文学活动很可能仅仅围绕《山花》而展开，充其量只是一个有一定功底的县城文化人，而不可能成长为一个有深远影响的重要作家。由此，我们也就可以深度体会到路遥成长的复杂性，以及这种复杂性所凝聚的关乎时代、社会、个人的多重合力。

相对路遥而言，海波的成长则显得较为单纯，但无疑概括了《山花》作家群其他成员的文学道路。海波说："我最初在延川的《山花》上发表的两首诗，都有别人给的'东西'：第一首叫《祝福祖国永远年轻》，全诗近二十行，只有我的两行，其余都是路遥改上去的；另一首叫《开路

---

① 白正明：《路遥的大学生活》，见李建军编《路遥十五年祭》，新世界出版社，2007年，第51页。
② 同上，第52页。
③ 路遥：《在延川各界座谈会上的讲话》，见《早晨从中午开始》，北京十月文艺出版社，2013年，第256页。
④ 海波：《难得〈山花〉培育情》，见中共延川县委宣传部、山花杂志社编《山花现象研究资料汇编》，2017年，第82页。

人》，好长，三十行。其中没有我的几句，都是曹谷溪让陶正改的。"①面对海波这样当时底子较差的文学青年，曹谷溪一方面在创作上对他提供指导，另一方面又处处为他提供抛头露面的机会，"县里无论开什么先进会，只要曹谷溪、白军民去，海波就特邀参加，有时竟然出现在主席台上。这其中除过私人感情外，更重要的是战略考虑。《山花》想通过海波为此地青年人指一条道：努力创作，前途无量"②。这里所说的战略，其实是曹谷溪对《山花》作家群的一种特殊的锻造方式，即海波所言的"开开门吹捧，关住门教训"。就在这种特殊模式的培养之下，海波跃然成为延川县的名人，"李世旺（海波原名）行，我怎不行？于是乎，阳波、远村、厚夫等又一批青年作者蜂拥而起。《山花》更红盛了"③。

其实，成名后的路遥早已成为延川文学青年的楷模，"活得像路遥一样，已不自觉地成为他们的人生理想，也使延川这个弹丸之地，放射出极强的文化磁力"④。而海波的成名对当地年轻人的影响，不过是路遥"榜样效应"的继续。这种榜样效应，不仅促使了延川县的文学青年以向心的姿态快速成长，而且通过路遥与海波，微妙地诠释了一条特殊的成功捷径，即文学具有改变个人命运的可能性。

《山花》作家群的众多作家就在这种非常直接的生存诉求下踏上了文学之路，"阳波恐怕是延川县最后一位靠创作而改变自己穷苦命运的作者了。他原为农民，因作品丰收而成为民办教师，进而走进宽敞明亮的县教育局办公室，老婆孩子也因此吃上了皇粮"⑤。对此，海波说得很客观："驱动他们舞文弄墨的直接动机是改变生存环境，想以此架一条横跨城乡

---

① 海波：《我所认识的路遥》，长江文艺出版社，2014年，第125页。
② 海波：《山花·路遥·曹谷溪——为〈山花〉送行》，见曹培文、静书编《诗人谷溪的故事》，陕西人民出版社，2015年，第220—221页。
③ 同上，第221页。
④ 耿翔：《文化源头的生态保护》，载《山花》2005年第3期。
⑤ 海波：《山花·路遥·曹谷溪——为〈山花〉送行》，见曹培文、静书编《诗人谷溪的故事》，陕西人民出版社，2015年，第221页。

之间、工农之间深鏊的悬索。尽管每个人都伴称自己是在繁荣社会主义文艺创作,但实质上都掺杂着'自我奋斗'的因素。"①

值得思考的是,海波的这句话在强调"个人奋斗"的同时,忽略了地域文化因素对《山花》作家群的深刻影响。陕北群山连绵,封闭偏僻。与其他地方相比,这里的生存环境更为苦寒,但同时崇文之风更浓,出走之心更切。特别是延川县,在民国时就"文风之盛,甲于一郡"②。因此地崇文之风浓,故一旦发现文学新苗便执手栽培,如曹谷溪之于路遥;便可举全县之力来推举深造,如延川县委之于路遥;便可因一人成名而全县共荣,如延川人所称"我们的路遥"。对此,王安忆曾困惑不解:"想不到一个作家跟他生活的土地上的人民有如此深的交情:即使鲁迅在世,浙人也不会说我们的鲁迅。"③因此地生民出走之心重,年轻人便把文学创作视为改变命运的重要途径。何况,路遥因文学创作而彻底改变人生,这种榜样的光芒让延川县一批渴望出人头地的年轻人心向往之。于是,海波、远村、厚夫等一批作家与诗人,便自觉围拢在《山花》周围,在"普及"的花圃里自我蓄积着"提高"的力量,直至成为有着精神共通性的地域文学景观。

此外,陕北地域文化一直处于本土文化与外来植入性文化交融互映的动态发展当中。历史上的陕北本是农耕文化与游牧文化叠压、积淀的特殊区域,故"邑民皆朴鲁",坦率愚耿,"风气之淳,较他邑为盛"④。20世纪三四十年代,陕甘宁边区在此推行了声势浩大的土改运动、大生产运动与识字运动,带来了这一区域政治、经济、文化方面的深刻变革。随着毛泽东《在延安文艺座谈会上的讲话》的发表,大批文艺工作者走向民间,

---

① 海波:《山花·路遥·曹谷溪——为〈山花〉送行》,见曹培文、静书编《诗人谷溪的故事》,陕西人民出版社,2015年,第218页。
② 冯瑞荣点注:《民国延川县志点注》,中国档案出版社,2003年,第190页。
③ 远村:《路遥二三事》,见申晓编《守望路遥》,太白文艺出版社,2007年,第145页。
④ 冯瑞荣点注:《道光延川县志点注》,政协延川县委员会内部资料,2008年,第97—98页。

不但赋予了陕北地域文化以强烈的革命内涵与时代气息，而且使这一区域的群众性革命文艺运动从20世纪30年代末到70年代以来始终保持着旺盛的活力。60年代末，近三万名北京知青的到来，又为陕北地域文化赋予了现代性的质素，继而丰富与扩展了陕北地域文化的内涵。由此，多种文化形态的积淀与融合，决定了陕北地域文化淳朴宽容、开放多元的整体特征。反映在土地和生民的关系方面，即陕北这一区域总是慷慨接纳投身于此的一切子民，为其抚慰伤痛，提供阶梯，即使翼丰远去，也无怨无悔。对此，北京知青陶正深有体会。

1969年，清华附中毕业生陶正来延川插队，只带了一部手推式油印机，为的是编印《红卫兵战报》。由于"战报"转录了内参上的部分内容，有关方面高度警觉，委派曹谷溪前去调查。看到陶正编印的《红卫兵战报》，曹谷溪顿时萌生了办刊的念头，于是"立即把调查的事置于脑后，反而成为帮助陶正过关的人"①。这件看似平常的小事与《山花》现象有着深刻的关联，这种关联不仅体现在曹谷溪对陶正这一异乡文学青年的发现，而且在于陶正对《山花》的加盟是建立在他对陕北地域文化高度认同的基础之上。这种认同时时流淌在他的笔下，遂以"自由的土地"来命名陕北，并饱含深情地说："陕北的情怀是博大的，它接受了飘零的花籽，像接受了一个流浪儿，尽管只有粗茶淡饭，却也视如亲生，抚育起来。等到这些花籽发了芽，结了蕾，这孩子长大了，它又任从他再度浪迹天涯，寻求自己的人生。"②看来，正因为陕北文化具有包容与自由的精神内质，才有了文学青年的快速成长，才有了《山花》作家群对《山花》小报经年不舍的眷恋，才有了北京知青对陕北这块土地的深情回望。

由此可知，《山花》现象是陕北延川县的一种独特的地域文学现象，

---

① 海波：《不能不说曹谷溪》，见曹培文、静书编《诗人谷溪的故事》，陕西人民出版社，2015年，第225页。
② 陶正：《自由的土地》，见中共延川县委宣传部、山花杂志社编《山花现象研究资料汇编》，2017年，第47页。

是诗集《延安山花》与连续性出版小报《山花》的并称，也是围绕这一文学平台集聚的具有内在精神共通性的地域作家群的总体命名。这一现象的时间跨度从20世纪70年代初期一直延续到新时期以后，客观上为地域文学景观的形成创造了条件。这一现象的出现源于特定的历史场景的推动，但在发生机缘与艺术表现方面呈现出相对的偶然性与特殊性。《山花》作家群的成长与陕北地域文化传统有着紧密的关联，"生存逻辑"是他们走向文学的直接引力，"帮扶意识"是他们相互提高的重要策略，"榜样效应"是他们个人奋斗的内在驱动，而陕北文化的纯朴内质和自由精神则是一代代延川青年文学接力、讴歌陕北的深层源泉。

原载《文学评论》2017年第6期

人民文艺的当代内涵

当代人民文艺观念的形成与发展是在不断历史化的过程中熔铸的，又是在不断的当下性的反思中深化的。每一次熔铸与反思都丰富着人民文艺的内涵，加大了人民文艺与现实生活的共振频率。在20世纪中国文学史上，人民文艺的发展形成了三次高潮。第一次是40年代的延安时期，解放区的文艺大众化运动与抗战现实主义的文学创作蓬勃展开，建构了人民文艺的现实视角与传统情怀。第二次是50—70年代，现实主义的文学创作垫起了人民文艺的历史厚度与美学高度，锻造了人民文艺的史诗意识与现代品格。第三次是80年代中期，人文现实主义的文学创作铺开了人民文艺的社会群像与时代幅面，形塑了人民文艺的底层尊严和道德温情。三次创作高潮在不同的历史节点为当代人民文艺的发展与创新提供了丰富的文学经验，也从文学创作层面上决定了什么样的文艺才是当下最需要的人民文艺。

一、投射最广阔的社会生活

20世纪中国文学的主流是现实主义文艺，现实主义因其对现实社会生活的描述与追踪，必然成为现代以来在波荡与巨变中行进的中国社会最可倚重的创作原则和批评方法。20世纪现实主义文艺的主流是人民文艺，因为唯有展现整体社会生活，体现历史转型面前集体民众的彷徨与疾行、苦涩与欣喜，浓缩一个民族的暗夜与新生，并让每个个体都能从中真切感受到自己存在的印痕，这样的文艺才是有着时代体温的现实主义文艺，才是真正书写民众生活的人民文艺。为此，人民文艺必然是写实的，是投射最广阔的社会生活的，绝不针对个别群体在特殊境遇与偶发事件中的特殊体验。在此必须明确指出的是，在艺术反映过程中，人民文艺的广度并不单纯以生活个体的多少来体现，相反是以生活个体身上所含纳的社会历史内容的薄厚来体现。也就是说，鸿篇巨制的现实主义史诗是人民文艺，表征着鲜活集体记忆的杯水风波与一己悲欢也是人民文艺。如20世纪50年代初期展开的农业合作化大潮，影响了全中国的农民，传统的小生产经济如何向具有现代意义的社会主义集体经济转移，是当时横亘在民众面前最严峻的考验。他们的守望与选择、勇毅与动摇、迷恋与痛心、接受与放弃，是挽在时代敏感地带的一个绳扣，也是测量最广大人民精神心理的体温表。这一题材的文学创作，在当时来说无疑是最具人民性的选择。至于艺术表现的空间大小，则与人民性并无直接的关联。柳青的长篇小说《创业史》意旨宏远，从新旧两个时代的接缝处拉开了时代变革的大幕，通过农村中各个阶层对这场运动的回应与选择，描绘了农民身上的历史负重与时代新变，完成了为时代留声、为人民刻像的创作使命。马烽的短篇小说《一架弹花机》则切口很小，表面看起来似乎叙述农村弹花能人宋师傅一人的悲欣，其实展现的是如宋师傅一样的农民手艺人在新时代面前的困惑与失落。这一人物同样深刻体现了这一时期广大民众普遍存在且有切身体验的精神症候，即面对新旧风俗、新旧时代、新旧出路的选择时的复杂心理。因此，判别人民文艺的标准，不能单纯考察文本中所容纳的现实社会生活的体量，更重要的是考察文本是否留住了一个时代的回声，是否让最广大的群体感受到了在不断绽开的生活面前自我的投影。

二、彰显中国最深层文化情怀

人民文艺的表现主体和接受主体是人民，人民文艺的评判主体也是人民。这里的人民是带着鲜明精神印记和思想图谱，在漫长的五千年文明史中一路浩歌的中国人民，也是在传统与现代不断裂变的剧烈阵痛中一路跋涉的中国人民。特定的历史文化与现实境遇，镌刻了中国人民特有的表情与灵魂，也不断激荡着中国人民最深层的文化心河。故而，人民文艺必然是彰显中国最深层文化情怀的民族文艺。这里所言的最深层的文化情怀，并不仅仅指中国风土与中国叙事前提下形式主义的文化自觉，更多是指一种无处不在的文化土壤，或以整体性的生活方式表达出来的、具有中国形貌和中国生气的鲜活文化气息。而且，这种最深层的文化情怀往往通过群体意义的文化秩序、个人意义的人格气节，以及精神意义上的乡愁意识反映出来。优秀的人民文艺莫不是对这种深层文化情怀的彰显。陈忠实的长篇小说《白鹿原》以深邃的目光透视清末以来一个关中乡村半个多世纪的时代风云，以沧桑的笔墨冷峻地抚摸了传统文化的温润与寒冷，通过白嘉轩这一高度骨感的典型形象，圆融地再现了传统文化与民众的内在呼应及其历史性的紧张关系，让我们深度体味到文化塑形的巨大力量。铁凝的长篇小说《笨花》以向喜的坎坷一生为叙述线索，勾连起冀中地区这个自给自足的生活家园，恬静的黄昏，嬉闹的窝棚，繁盛的集市，处处流淌着文化的暖意。尤其是向喜面对乱世的内敛与隐忍，以及在道义受到挑战时的舍生取义，让我们近距离地触摸到民族人格的边界与底色。贾平凹的长篇小说《秦腔》则从秦腔这一关中文化的精神标识入手，通过夏天义、夏天智两个最富有乡村文化秩序言说权的形象，精微地叙写了在现代化浪潮的裹挟之下传统乡村文化日益败落的惨淡一幕。特别是夏天智临死前脸上扣放的秦腔脸谱，不但揭示了现代社会演进过程中的无端与无序，更以挽歌的形式凄怆地唤醒了整个民族集体的文化乡愁。为此，甄别人民文艺的尺度，不能仅仅考量文本的民族形式和叙事技巧，更重要的是考量文本是否激活了民众沉睡的文化身份与文化记忆，并有在此基础上的省思与重铸。

三、内化一切优秀文化成果

　　人民文艺源自人民正在经历与体验的生活，其反映方式也自然应该是人民所喜闻乐见的。所以，对民族叙事传统的借鉴，对民族艺术样态的沿用，对民族审美心理的契合，是人民文艺的题中之义。不容忽略的是，随着现代历史的演进，社会矛盾、社会景观、社会心理时刻处于变化之中，人民的主观意志、生活内容与审美追求的更新也在同步进行。这就要求人民文艺的内在质素不能凝滞不变，而要追随着时代的节拍适时而动。尤其在20世纪这个千百年来社会转型最为剧烈、传统与现代的矛盾最为凸显的时代，如何在葆有传统艺术质素的同时，开放地含纳其他现代性的艺术质素，始终保持与时代同行的现代品格，便成为人民文艺无法回避的命题。这势必要求中国的人民文艺更为理性，更为辩证地看待传统与现代、本土文化与异域文化的关系。从这个意义上来说，人民文艺必然是内化一切优秀文化成果的现代艺术。延安时期的秧歌剧改造以及20世纪60年代的芭蕾舞剧创新便是实例。1943年，在陕北传统秧歌剧艺术形式的基础上，延安各个演职团体以变工、生产、婚姻自主、保卫边区等新颖主题，展现了根据地人民崭新的生活图景与精神面貌，一改传统秧歌剧男女调情打趣的陈旧内容与颓靡风格。这样的秧歌剧既是传统的、二人台的，不偏离传统唱腔与表演程式的，又是现代的，展现新的历史内容与时代气息。20世纪60年代，文化部、中国音协、中国舞协举行"三化"（革命化、民族化、群众化）座谈会，芭蕾舞剧的中国化改造提上议事日程。经过艰辛的探索，北京舞蹈学校实验芭蕾舞团将梁信的电影剧本《红色娘子军》搬上芭蕾舞台，放飞了具有鲜明现代品格与丰厚民族韵味的中国的"红天鹅"。现代芭蕾舞剧《红色娘子军》在题材内容上完成了由西方神话叙事向中国民族革命叙事的成功转向，在艺术表现上糅进了传统戏曲艺术的表现技巧，建设性地革新了芭蕾舞蹈的表现手段与表现风格。同时，在采用和声、复调等现代音乐表现技法的同时，巧妙吸收了海南地域的民间音乐，扩展了芭蕾舞剧音乐的表现空间，呈现出浓郁的民族气派。由此可知，无论是延安时期直扣时代脉搏的秧歌剧，还是新中国成立后现代芭蕾舞剧的中国化，人民文艺的生命力就在于对其他艺术形式的大胆融变。这里的融变，既不是不要传统的生硬移植，更不是不顾内容与地域的率性嫁接，而是一种将地方艺术、异域艺术融化、吸收，直至产生艺术新变的文化创新之途。唯其如此，融变后的新的艺术质素，才能真正内化为传统艺术形态的结构性环节。

四、关切人民心理、鼓呼人民精神

人民文艺是人民集体生活的展示橱窗，也是人民感情世界与精神追求的艺术画廊。社会生活的复杂与多样，往往对集聚其中的多数生活个体产生深远的影响，他们的苦乐与悲欢、诉求与渴望，包括社会行进时历史性带给他们的委屈与无奈，便成为见证时代公正与否、制度合理与否、社会保障健全与否的醒目标尺。从人民中来又要到人民中去的人民文艺，自然要把目光投射在这些作为社会最大公约数的人民身上，聚焦他们的所思所想，聆听他们的所需所望，叩问他们的所苦所痛。同时，又不能仅仅固守在这些原因多重的现实伤痛中，而应以合历史、合规律的方式让人民既看到生活的希望，又能经受起生活的考验，更能有反躬自省的姿态，从而自觉而豪迈地走向未来。这里所言的"希望"，显然不是粉饰现实的浪漫主义情怀，而是一种激发人民斗志、激扬人民精神的道德情怀，更是一种正确看待现实生活的光明与暗影、正确梳理群体与个体关系、正确辨析社会主流与支流、正确透视社会性苦难与偶然性苦难的历史理性。故而，人民文艺绝不是一心寻找社会阴影的留声机文艺，也不是单纯品咂个人苦难的放大镜文艺，必然是关切人民心理、鼓呼人民精神的星光文艺。回望已走过半个多世纪的当代文学史，路遥的创作在这一方面可谓深得人民文艺之味。其三卷本长篇小说《平凡的世界》从最具社会区域性特征的城乡交叉地带入手，以孙少安、孙少平兄弟俩的个人奋斗史，宏阔地展现了20世纪中后期纷繁复杂的社会生活。从艺术含量而言，完全称得上一部有思想力度、有道德温度、有现实硬度、有生活厚度的人民文艺经典。其间，孙家两兄弟在苦难面前所体现出的尊严与超越，在不对称爱情到来时的起伏与平静，在上下求索中所体现出的求知、求变的热情，以及在生存逻辑的困扰中不断闪烁的人性善意与道德温情，深刻揭示出现实生活的真谛与平凡人生的意义。从这个角度而言，《平凡的世界》不惟是一部厚重的当代社会演进史，更是一部时品时思、常读常新的人生教科书。难怪在读者的心目中，这部看似描写既往历史生活，并没有多少摇曳多姿的写作技法的当代作品，却与他们的心理距离如此迫近。

当前，新的伟大征程已经开启，新的伟大事业正在拓展，人民是这一伟大征程与事业的直接见证者与践行者。如何抒写他们在伟大征程中的步履，如何塑造他们在伟大事业中的形象，便成为当代作家神圣的使命。从这个角度而言，重思人民文艺的论题，重释人民文艺的内涵，无疑有着重大而深远的现实意义。

原载《中国社会科学报》2018年3月5日

从《三里湾》看赵树理的"新变"与"固守"

在当代文学史中,赵树理的《三里湾》是第一部表现农业合作化题材的长篇小说。因为得风气之先,作品出版之后便在评论界引起广泛赞誉。赞誉主要集中在《三里湾》"相当广阔地表现了今天农村的复杂斗争"①,"显示了农村新生活的风光"②,以及"引人入胜的魔力"③等方面。其中,傅雷以当时少有的文本细读意识,从叙事艺术的视角对《三里湾》的"朴素生活"与"葱郁诗意"进行了细腻的解析,不但掘发出赵树理小说创作中容易被人忽略的精致与柔性的一面,而且以一种不简化、不硬读的方式诠释了赵树理与民族叙事传统之间的深刻关联。当然,《三里湾》在赢得种种好评之余,批评的声音也随之而来。其焦点主要集中在以下方面:其一,作品并没有塑造富农一类的反动力量,因为"今天的农村改造,是社会主义和资本主义两条路线的斗争……我们在《三里湾》里还感不到这一种斗争的气息"④,所以,"应该把当前农村生活中最主要

---

① 俞林:《〈三里湾〉读后》,载《人民文学》1955年第7期。
② 周扬:《论〈三里湾〉》,见复旦大学中文系赵树理研究资料编辑组编《中国当代文学研究资料·赵树理专集》,福建人民出版社,1981年,第422页。
③ 傅雷:《谈〈三里湾〉在情节处理上的特色》,见复旦大学中文系赵树理研究资料编辑组编《中国当代文学研究资料·赵树理专集》,福建人民出版社,1981年,第436页。
④ 巴人:《〈三里湾〉读后感——为〈中苏友好报〉而作》,见复旦大学中文系赵树理研究资料编辑组编《中国当代文学研究资料·赵树理专集》,福建人民出版社,1981年,第448页。

的矛盾,即无比复杂和尖锐的两条路线的斗争予以更深入的发掘"①。其二,作品没能在更广更深的层面上揭示出农民的矛盾与成长,不但"对矛盾冲突的描写不够尖锐、有力"②,而且"用不够真实的大团圆的结局把斗争简单地做了解决"③。其三,作者对民间文艺形式"热爱到了近于偏执的程度……有时近于卖弄生活知识"④,其实"他的独异的光辉还可以进一步发展得更加广阔和多姿多彩"⑤。

面对批评的声音,"恂恂如农村老夫子"⑥的赵树理一方面表达了自己对当时晋东南地区农业合作现状的认识:"这地方是抗日民族解放战争初期就开辟了的老解放区……自一九四二年减租减息(土改的初步)开始后,就出现了初级形式的互助组织"⑦,故而实现合作化的基础较好。但问题是当时群众普遍存在着"革命已经成功的思想",对"社会主义前途"的认识不够,加之"有少数人并且取得向富农方面发展的条件了"。所以,"如果不再增加更能提高生产的新内容,大家便对组织起来不感兴趣了"⑧。因而,就有了这部直接针对要不要在互助组的基础上"建社"及如何"建社"的问题小说。

但在另一方面,赵树理也流露出自己对富农问题的困惑与不解。小说出版后,他在《〈三里湾〉写作前后》一文中说:"再如富农在农村中的

---

① 俞林:《〈三里湾〉读后》,载《人民文学》1955年第7期。
② 周扬:《论〈三里湾〉》,见复旦大学中文系赵树理研究资料编辑组编《中国当代文学研究资料·赵树理专集》,福建人民出版社,1981年,第423页。
③ 俞林:《〈三里湾〉读后》,载《人民文学》1955年第7期。
④ 孙犁:《谈赵树理》,见复旦大学中文系赵树理研究资料编辑组编《中国当代文学研究资料·赵树理专集》,福建人民出版社,1981年,第82—83页。
⑤ 康濯:《写在〈赵树理文集续编〉前面》,见陈荒煤、黄修己等《赵树理研究文集——近二十年赵树理研究选萃》上册,中国文联出版公司,1996年,第145页。
⑥ 孙犁:《谈赵树理》,见复旦大学中文系赵树理研究资料编辑组编《中国当代文学研究资料·赵树理专集》,福建人民出版社,1981年,第83页。
⑦ 赵树理:《〈三里湾〉写作前后》,载《文艺报》1955年第19期。
⑧ 同上。

坏作用，因为我自己见到的不具体就根本没有提之类。"①20世纪60年代初期，他再次就这一"缺失"表达了自己的看法："这篇小说里对资本主义思想和右倾保守思想进行了批判，是作为人民内部矛盾写的。有人说其中没有敌我矛盾是漏洞，我不同意。"②同时，赵树理也坦陈了《三里湾》创作中的一些缺陷，如情节安排上"重事轻人"，形象塑造方面"旧的多新的少"，生活提炼方面"有多少写多少"等。但赵树理似乎并不认同批评家所指称的"缺陷"，他对自己的小说有着更为主观的理解。从表层来看，这种话语间的冲突是作者的主观意图与政治意识形态的根本要求之间的矛盾，也是作家的预设读者群与时代要求的更广大的受众群之间的矛盾。但从深层来看，则是作者追求的"现象真实"与批评家要求的"本质真实"的矛盾，也是作家日益固化的创作风格与批评家期待其艺术新变的矛盾。

  遗憾的是，近年来学界对赵树理创作矛盾性的关注只是集中在小说人物的两重色彩，以及在叙事艺术上体现出来的"微妙的办法"③方面，少有人在此基础上进行进一步的追问。其实，作为一部有着鲜明问题意识的长篇小说，赵树理在《三里湾》创作中渗透了不少新的元素。这种新元素的摄入自然是当时激进时代所赋予的，但也不能忽略赵树理自觉融入新生活的积极姿态。只不过，这些新的元素在促成赵树理小说的固有格局产生新变的同时，又因对自我创作模式的固守，使小说叙事呈现出某种畸异的特征。这从一方面揭示出评论界对《三里湾》的批评其实针对的是赵树理新变的有限性和话语味道的不纯，但也从另一方面揭示出赵树理的回应其实表达的是"我已变了，还要怎样"的创作无奈。至于内在的隐曲，自然与这部小说的创作缘由与创作过程紧密相关。

---

① 赵树理：《〈三里湾〉写作前后》，载《文艺报》1955年第19期。
② 赵树理：《当前创作中的几个问题》，见复旦大学中文系赵树理研究资料编辑组编《中国当代文学研究资料·赵树理专集》，福建人民出版社，1981年，第142页。
③ 余荣虎：《"范登高现象"的启示——论〈三里湾〉〈山乡巨变〉〈创业史〉的内在矛盾性》，载《中国现代文学研究丛刊》2013年第12期。

对晋东南这样的老解放区而言，互助合作并非新奇之物，但在不断展开的过程中，一种始料未及的偏向开始引起山西省委的关注。1951年4月17日，山西省委向华北局和中央呈上一份报告，题为《把老区的互助组织提高一步》。报告认为："随着农村经济的恢复与发展，农民自发力量是发展了的，它不是向着我们所要求的现代化和集体化的方向发展，而是向着富农的方向发展。这就是互助组发生涣散现象的最根本的原因。"报告的结论是："必须在互助组织内部，扶植与增强新的因素……引导它走向更高级一些的形式。"[1]这份报告上达中央后，刘少奇和华北局不同意报告中的观点，也批评了山西省委提出要组织初级农业生产合作社的做法。对此，毛泽东则看法不同，他明确表示不能支持刘少奇等人的意见，要支持山西省委的意见，"同时，指示陈伯达召开互助合作会议"。1951年9月，根据毛泽东的提议，全国第一次互助合作会议在北京召开，并形成了《关于农业互助合作的决议（草案）》（以下简称《草案》）。《草案》完成后，毛泽东让具体负责起草工作的陈伯达向熟悉农民的作家赵树理征求意见。赵树理看了以后认为，现在农民没有互助合作的积极性，只有个体生产的积极性。毛泽东从这个意见中受到启发，他说："赵树理的意见很好。草案不能只肯定农民的互助合作积极性，也要肯定农民的个体经济的积极性。"于是，1951年12月，经过修改的《草案》正式发布，特别强调了互助合作运动中的自愿和互利原则。决议草案的广泛传达，大大推动了全国农业互助合作运动的历史进程。到1952年年底，全国成立了四千个农业生产合作社（初级社），创办了十个高级社（当时称集体农庄）[2]。等到1953年下半年过渡时期总路线正式提出后，为了适应国家工业化的发展需求，农业互助合作运动也不可逆转地向着更高的阶段飞速发展。

---

[1] 中共中央文献研究室编：《建国以来重要文献选编》第2册，中央文献出版社，1992年，第353—354页。
[2] 中国农业年鉴编辑委员会编：《中国农业年鉴（1980）》，农业出版社，1981年，第4页。

而赵树理恰恰就是在山西省委向中央上呈报告前后,于1951年春天,抱着"去摸一摸农村工作如何转变的底"的想法,来到他所熟悉的太行山里。到长治专区后,赵树理"碰到他们也正在研究上述那个不太容易解决的问题"[1]。当地政府"根据当地的情况,又参考了一些苏联和各民主国家的办法,拟定出一种合作的形式,决定在本专区试办十个农业生产合作社"[2]。赵树理自然参加了"他们的拟定办法和动员工作","并于动员之后往两个愿试办的农村去协助建社"[3]。结果,建社效果良好,"附近农民愿意接受,中央也批准推广"[4]。由此看来,正是在山西农村的互助合作形式发展受阻,经向中央请示"建社"后获准,并在推行过程中取得实效的前提下,下乡体验生活的赵树理萌发了创作《三里湾》的强烈愿望。他说:"我从前没有写过农业生产,自他们这次试验取得肯定的成绩后,我便想写农业生产了。"[5]但鉴于自己"在这次试验中仅仅参加了建社以前的一段,在脑子里形不成一个完整的社会生活面貌,只好等更多参加一些实际生活再动手"[6]。于是,1952年,赵树理再次来到"一个原来试验的老社里去参加他们的生产、分配、并社、扩社等工作"[7],并于1953年冬开始投入写作。因各种原因,他的写作计划被多次打断,直到1955年春天才最终完成。

　　了解了赵树理创作《三里湾》的历史场景和写作过程之后,我们不难发现其中几个重要的环节。其一,《三里湾》是赵树理下乡体验生活期间,在回应山西省委报告及中央批示的背景下,酝酿写作的一部直接针对

---

[1] 这里的问题即前文赵树理所说的:"有少数人并且取得向富农方面发展的条件了……如果不再增加更能提高生产的新内容,大家便对组织起来不感兴趣了。"

[2] 赵树理:《〈三里湾〉写作前后》,载《文艺报》1955年第19期。

[3] 同上。

[4] 同上。

[5] 同上。

[6] 同上。

[7] 同上。

当时农村互助合作形式出现偏向等实际问题的长篇小说。其二,《三里湾》的叙写内容是如何在互助合作形式中增添新的主导性元素,将其引向更高阶段即"建社""扩社"的历史过程。其三,赵树理的写作进度显然赶不上中央对农村现代化的浪漫构想,等到赵树理还想把从互助组向初级社的艰难变迁过程予以深刻呈现时,高级社等更为先进的农业合作形式已遍地开花。于是,赵树理的探索及内蕴于其中的思考,也就远远滞后于政治意识形态的要求。由此,便有了批评家对这部长篇小说的苛责,有了赵树理倔强的抗辩与欲说还休的无奈,也有了《三里湾》中这些冲击其固有叙事格局的崭新元素与时时闪烁的乡土温情。从这个角度来说,"滞后的新变"与"率真的固守"或可成为我们重读《三里湾》的关键语词。

一、"家"的缺口与有选择的"弥合"

据康濯回忆,在1962年的大连会议上,谈及一个非要退社的农民老汉时,对农民和农村了解颇深的赵树理"很慢很轻"地说道:"农民是不会不信党和社会主义,不会轻易退社的……不过农民也并不是共产主义者。将来他们会是,现在还不是。现在的农民总是农民,总是中国农民。"[①]赵树理这段话透露出两个信息:其一,农民自有其固执偏狭的一面,但其内心中的从众趋向与向心意识还是很强烈的,尤其是对深刻体会了互助合作益处的老解放区的农民而言,只不过农民需要一个成长的过程。其二,中国农民自有其特有的禀性,在合作化、农业社这些外来概念还没有真正普遍性地植入乡村世界之前,其精神及行为不会溢出乡土中国的范畴。故而,对农民成长前惯性式体现出来的缺陷,应予以更为理性和善意的对待。尽管这里涉及的只是大连会议的片段,发言时间也在《三里湾》创作完成之后,但赵树理这次即席发言中对农民成长的"过程性"叙说,其实

---

① 康濯:《写在〈赵树理文集续编〉前面》,见陈荒煤、黄修己等《赵树理研究文集——近二十年赵树理研究选萃》上册,中国文联出版公司,1996年,第143页。

与《三里湾》中呈现的"以新化旧"的创作思路是一致的。即农民对合作化运动的接受，需要的可能并非疾风暴雨般的观念变革，而是一种更贴近乡土中国传统、更切合乡民意识的"渗透性"渐变。正如赵树理所言："'社会主义改造'，一方面是改造制度（生产关系），另一方面是改造人。在两条道路斗争中向着好处变的人，也正合乎改造的目的（改造人的主要方法，自然还应该是正面进行思想教育，使大多数人在自觉的情况下进行自我改造)。"[1] 正是怀着这样朴素的愿望，赵树理开始以一种新旧势力对峙、新旧元素互证的方式来书写合作化运动中农民的精神成长。尽管这种成长的过程是缓慢而琐碎的，但赵树理赋予了农村中两种势力的不对等性，且以优势力量的不断外扩与传统力量的不断紧缩和分裂，显示出特殊历史场景中乡土中国嬗变更生的必由之路。这条"必由之路"的实现路径以类似"丢石头形成同心圆波纹的性质"[2]由私人空间向公共空间绽开，绽开的过程不断引起日常生活的回旋与激荡。其中当然凝结着作者的现代化想象，但也显现着在时代变革面前赵树理所特有的叙事特征与补救策略。

对乡土中国而言，村落是其最基本的构成单元，而"家庭"又是村落秩序中"最基本的抚育社群"[3]。因此，在这场波及乡村的社会主义变革中，"家庭"便成为新旧力量对峙、新旧思想交锋的主要阵地。有意味的是，与赵树理前期作品相比，《三里湾》中的"家庭"却呈现出一种由"合"到"分"，由"分"又到有限度再"合"的独特趋向。换言之，在赵树理之前创作的《小二黑结婚》与《登记》中，不管有多少现代与愚昧的交锋，产生小二黑、于小芹、艾艾、小晚等乡村新人的家庭是稳固的、自足的。同样，不管老辈农民在精神和行为方面拖着多么浓重的历史暗

---

[1] 赵树理：《与读者谈〈三里湾〉》，见复旦大学中文系赵树理研究资料编辑组编《中国当代文学研究资料·赵树理专集》，福建人民出版社，1981年，第155页。
[2] 费孝通：《乡土中国》，生活·读书·新知三联书店，1985年，第23页。
[3] 同上，第4页。

影，滋养二诸葛、三仙姑、张木匠、小飞蛾等乡村旧人的家庭始终是封闭的、圆融的。而家庭矛盾解决的过程，也并不完全依靠外在力量的干预与介入，相反依靠家庭内部关系的自然调整来实现。所以，在赵树理前期的小说中，年轻人从无巴金等作家笔下与封建家庭的决裂意识和追求个人解放的出走心理。《三里湾》却打破了传统乡村家庭内部的固有格局，弱化了其自我调节功能，思想观念的冲突直接导致了"家"的断裂，且裂口越来越大，非分家无以维系，非重组无以解决。当然，对这个没有陌生人的乡土社会，赵树理还是表现出对地缘关系与亲缘关系的充分尊重，以自己惯用的"大团圆"结局为昭然在目的缺口做了一些必要的弥合，而这种有限度的"弥合"本身就与断裂意识的介入一样耐人寻味。下面，我们就这一问题作具体阐释。

首先，《三里湾》中的乡村家庭从出场伊始就留有缺口。先看党支部书记王金生家，虽有金生夫妻的夫唱妇随，其父"万宝全"的心灵手巧，其妹玉梅的积极上进与其弟玉生这样的乡村农机发明者，但在这个看起来充满现代意识的家庭中，却存在着一个另类人物，即玉生媳妇袁小俊。她不但好逸恶劳，而且接受了其母"能不够"所有的御夫秘籍，与这个时时印证着乡村发展前景的新式家庭格格不入。何况，这时玉生夫妻已经分家单过，显然给王家留下了一个待补的缺口。而待补自然意味着除旧与入新，被"除"者不言自明，而新"入"者则非同道者不可。再看小说中最顽固的封建堡垒马家，子女多，家业大，独宅深院，防范甚严，"只要天一黑，不论有几口人还没有回来，总得先把门搭子扣上，然后回来一个开一次"[①]。对"关门"这一意象的隐喻意义，有研究者认为："正是透过关门这一细节，我们看出农民对家庭价值的珍视，以及权力话语对这一价值的粗暴消解。"[②]这样的解析不能说全无道理，但似有过度阐释之嫌。我感觉赵树理对马家这一"关门"细节的刻绘，无非是显示传统家庭的封

---

① 赵树理：《三里湾》，人民文学出版社，2013年，第25页。
② 赵卫东：《〈三里湾〉隐性文本的意义阐释》，载《学术月刊》2005年第1期。

闭性，在文本中直接对应的应该是马多寿极力保持家庭完整性的内心诉求，这也是乡土中国的地方性本质使然①。但马多寿的苦心维系显然没有收到实效，除与妻子"常有理"、长子"铁算盘"、长媳"惹不起"心心相印外，二子马有福、三子马有喜完全淡出文本，且一为革命干部，一为志愿军战士，本身就预示了这个家庭的半开放性。而三媳陈菊英与公婆及妯娌之间的矛盾，以及四子马有翼在情爱选择方面的困惑，更让这个看似封闭的家庭时刻立于风雨飘摇之中。与王金生家相比，马家显在和隐伏的缺口更大。这也就意味着，与王金生家的淘汰式入新相比，马多寿家更可能面临的是一种断裂式的重组。

其次，《三里湾》中这些已有裂口的家庭，随着"开渠"与"扩社"两个事件的不断展开，本已存在的裂口越扯越大，并由单面的夫妻矛盾、婆媳妯娌矛盾与恋爱对象的选择性矛盾，迅速延展到"离婚""分家"等直接导致原有家庭格局解体的矛盾。如玉生和媳妇小俊，因夫妻间的争吵就果断走向了离婚，使这个模范社的模范家庭陡然出现了重要环节的缺位。又如马多寿家三儿媳，同样因再朴素不过的吃饭事件，激化了长期积聚的家庭矛盾，直至与公婆分家，单独生活。其实，这些断裂的家庭并非一种特殊的症候，可以说，在合作化的大潮袭来之后，《三里湾》中的各色人物莫不处于精神性的紧张之中。金生等党员干部为"开渠""扩社"之事焦虑不已，召集会议、分析现状几成生活常态，范登高在私有化和合作化的两条道路上逡巡不已，在偷偷摸摸跑副业、雇零工的同时，又因自身村长的身份心有千结，片刻不得安定。马多寿则为了保住自己的那块"刀把地"，为阻挡"开渠"费尽心机。范灵芝、马有翼等，则在情爱的选择方面长期经受着附加了多重意义的精神折磨。至于"能不够""惹不起""常有理"等乡村能妇则为家长里短的各种琐事疲于奔命。面对这种

---

① 费孝通认为："地方性是指他们活动范围有地域上的限制，在区域间接触少，生活隔离，各自保持着孤立的社会圈子。"见费孝通《乡土中国》，生活·读书·新知三联书店，1985年，第4页。

精神性的紧张，赵树理采取了生活化处理的方式，这种处理方式一则可以柔化生产关系的矛盾，二则也契合以生活秩序为主线的乡村社会结构。但不容忽略的是，这种在恋爱关系、家庭关系中显现出来的且不断加大的裂缝，彰显出社会主义话语植入之后传统乡村结构开始趋向松散、分裂的必然结局。

最后，赵树理并没有让这些家庭的裂缝线性地延伸下去，相反他采取了一种补救的方法，对这些缺口进行了力所能及的弥合。如金生家"分"出去袁小俊后，又"合"进来了团员范灵芝。马有翼"革命"后，与玉梅确立关系，并经组织开导，与主动入社的父母生活在了一起。形单影只的袁小俊与心热性急的"一阵风"王满喜也终成连理。整个情节的进展，似乎默守着一种运动间的守恒定律，运动中产生的破坏性能量很快就在家庭的重组中得以消解，并因新因素的介入，达到了新的更为稳定的平衡。这种新因素的介入，在金生家，更多是一种同质精神血液的吸纳，如范灵芝与玉生的结合。在马多寿家，则是异质精神血液的输入，如马有翼与王玉梅的结合。而在袁天成家，则更多是一种生活理性的回归，如袁天成放弃了与妻子"能不够"的闹剧式的离婚。

值得思考的是，赵树理弥合裂口根据的是不同于生活逻辑的阶级逻辑与政治逻辑。其一，这些新的力量从身份而言莫不是党员、团员积极分子，莫不是"开渠""扩社"行动的积极支持者，也莫不是与封建传统有着或鲜明或隐晦的对立者。对这些人物，赵树理曾明确表达过他的创作意图："而就我见到的翻身贫农参加社的，更有两种可爱的人：一种是在生产上创造性大的人……再一种是心地光明维护正义的人……为了表现这两种人，所以我才写王宝全、王玉生、王满喜等人……在办社工作中还有一种新生力量是青年学生……为了表现这种新生力量，我所以才写范灵芝这个人。"[①] 其二，赵树理并没有完全弥合《三里湾》中所有的家庭裂缝，

---

① 赵树理：《〈三里湾〉写作前后》，载《文艺报》1955年第19期。

他通过马有翼与父母关系的复合还原了家庭的部分完整性后，却冷漠地将马有余夫妇掷之在外。这种有选择的"合"当然体现出赵树理渴望维护乡土家庭完整性的善良愿望，也在一定程度上实现了赵树理以新生力量分化、整合传统乡土家庭的现实诉求。但这种有选择的"分"，同时也把更大的裂缝留给了读者。这种在当时作家看来不能弥合的裂缝，又无疑表征着赵树理难言的隐忧，即对现代性文化强行植入后乡土家庭自我调适功能面临消解的满腔困惑。

二、情爱的"转移"与有意味的"错位"

以恋爱、婚姻来结构故事是赵树理一以贯之的叙事模式，这在《小二黑结婚》《登记》等小说中均有表现。然而，此前小说从未像《三里湾》一样把个人的情感归宿与时代的要求、人生道路的选择如此紧密地结合起来。以至于很多熟悉赵树理的读者都明显感觉到了他的变化，也让夏志清、贝尔登等误读赵树理的西方学者有关"故事写得笨拙"[1]、"人物常常是贴上姓名标签的苍白模型……最大的缺点是，作品中所描写的都是些事件的梗概，而不是实在的感受"[2]等言论不攻自破。这个问题，赵树理在《〈三里湾〉写作前后》一文中并未涉及，只是在"写法问题"一节中重申了自己创作的主观意图："我写的东西，大部分是想写给农村中的识字人读，并且想通过他们介绍给不识字人听的，所以在写法上对传统的那一套照顾得多一些。"[3]但在具体谈及写作的粗细问题时，赵树理认为："在故事进展方面，直接与主题有关的应细，仅仅起补充或连接作用的不妨粗一点。"[4]这也就从侧面揭示出情爱描写应该是《三里湾》情节结构的主线，也是文本思想主题得以

---

[1] 夏志清：《中国现代小说史》，复旦大学出版社，2005年，第308页。
[2] 杰克·贝尔登：《中国震撼世界》，邱应觉等译，北京出版社，1980年，第117页。
[3] 赵树理：《〈三里湾〉写作前后》，载《文艺报》1955年第19期。
[4] 同上。

呈现的重要载体，即所有影响到"开渠""扩社"等生产关系调整的矛盾与斗争，都将通过情爱的归属问题得以搅动与平复。

问题是赵树理颇费思量的情爱描写在小说出版后并未得到充分的理解。俞林认为："用不够真实的大团圆的结局把斗争简单地做了解决。这不能不成为小说的最大的弱点。"①更具挑战性的是署名"一丁"的一位作者，他在《三里湾》出版之后，写了一篇《没有爱情的爱情描写——读〈三里湾〉有感》，请赵树理审阅。赵树理读后说："有见地，代表了一些小知识分子的看法。有些人在这方面已经有评论了。不过你的还比较实在些。"②而周扬在《论〈三里湾〉》一文中虽以积极的态度来看待作品中的情爱问题，但还是流露出对这种观点的某种认同，"虽然人们也指出了这是'缺乏爱情'的恋爱表现——正寄托了他的热烈的理想，同时也真实地反映了农民在合作化以后对文化、技术和知识的渴望"③。对此，赵树理专门著文予以辩解：其一，对"有爱情的爱情描写"，"这种写法，目前我还写不了。因为在咱们农村，尽管解放多年了，青年们都自由了，但在恋爱、婚姻上还不能像城市那样开放"。其二，"农村的青年人很忙，即便是自由恋爱，也没有时间去花前月下谈情说爱的……硬要那么写，那就不是三里湾了，而是长治、太原、北京了"。其三，"文学创作，在技巧上要高于生活，但不能脱离实际……你让有翼和玉梅拉住手扭扭秧歌还可以，你让他两人去跳'步步高''快三步'就不行"。④这

---

① 俞林：《〈三里湾〉读后》，载《人民文学》1955年第7期。
② 这段说明见赵树理《关于〈三里湾〉的爱情描写》一文下面的注释。一丁的文章《没有爱情的爱情描写——读〈三里湾〉有感》后来刊载于《赵树理研究》1988年第3期。
③ 周扬：《论〈三里湾〉》，见复旦大学中文系赵树理研究资料编辑组编《中国当代文学研究资料·赵树理专集》，福建人民出版社，1981年，第422—423页。
④ 赵树理：《关于〈三里湾〉的爱情描写》，见董大中主编《赵树理全集》第4卷，大众文艺出版社，2006年，第489—490页。

里，赵树理对乡村恋爱、婚姻的解析是理性的[①]，但赵树理可能误读了俞林和一丁的文意。按我的理解，俞林、一丁所言的"不真实"或"没有爱情的爱情描写"，显然不仅仅是指小说缺乏一些现代爱情场景的描写，更多侧重的是《三里湾》中爱情描写的某种失真感。

细读文本，我们不难发现，与赵树理前期的乡土小说相比，《三里湾》中的恋爱双方被历史性地附加了许多意义要素，这些意义要素的堆积使人物脱离了单纯的情爱关系、家庭关系与乡村伦理关系，相反被融汇于复杂广阔的生产关系与阶级关系当中。困扰恋爱双方的因素不再是单纯的仅在自己的屋檐下散发魔力的封建思想，也不是窃取了乡村基层领导权的几个村霸势力的单方面阻挠，也不是借道德之名的教条主义或本位主义的某种价值观念，更不是一种长期形成的具有柔性摧毁力的乡土舆情。相反，变成了"入社"或"不入社"、"让开渠"还是"不让开渠"、"走社会主义道路"还是"走资本主义道路"的严峻问题。为此，赵树理从一开篇就为范灵芝、马有翼、王玉梅、袁小俊量身设计了不同的身份与相应的家庭背景，为之后恋爱双方的情感转移设立了情境，也为最终的爱情错位埋下了隐线。如范灵芝，青年团员，夜校老师，有知识有文化，初中毕业，称得上三里湾少有的文化人。她的父亲是三里湾的村长范登高，是一个在"土改"中得利继而萌发了资本主义倾向的党员干部。所以，范灵芝这个形象在小说中展开的真正身份绝不仅仅是一个单纯的积极青年，而是扮演着将一心走资本主义道路的村长父亲拉回到正确航向的中介者。那么，范灵芝的爱情指向自然就不可能转向马有翼，而只能转向尽管已经成婚但夫妻间龃龉不断的王玉生。因为王玉生是三里湾党支部书记王金生的弟弟，又是一个心无旁骛、整天扑在农机发明方面的乡村能人。再如马有

[①] 费孝通曾言："就是在乡村里，夫妇之间感情的淡漠也是日常可见的现象……一早起各人忙着各人的事，没有工夫说闲话。出了门，各做各的……做得好，没事，也没话；合作得不对劲，闹一场，动手动脚，说不上亲热。"见费孝通《乡土中国》，生活·读书·新知三联书店，1985年，第41页。

翼，三里湾中家业最为齐整的"糊涂涂"的四子，初中未毕业，夜校老师，也是青年团员。他天生具有服从意识，爱情抉择方面主见更少，始终在范灵芝与王玉梅之间犹疑不定。这个人物的情感归属也自然牵动着这个封建家庭在合作化大潮中的出路问题。按理说，马有翼与范灵芝最合适，兴趣相投，身份一致，也有一定的感情基础，小说中也称："有翼和灵芝的闲谈已经有三年的历史了，不过还数这年秋天谈的时候多……这一年，他们不只谈得多，而且谈话的心情也和以前有点不同，因为两个人都已经长成了大人，在婚姻问题上，彼此间都打着一点主意。"①但赵树理显然不能让马有翼与范灵芝成婚，因为在他的叙述策略中，范灵芝担负着更为重要的叙事功能。如果让马有翼和范灵芝的关系按照情感发展逻辑自然延伸下去，那么，一则玉生的媳妇袁小俊这个时刻威胁模范家庭的不和谐因素难以清理，二则范灵芝这个在公私两条道路的斗争中连自己的父亲都不敢正面斗争，只能"把这病公开摆出来，让党给他治"②的青年团员，又何以能将懦弱的马有翼及其背后的那个封闭落后的马家真正救赎？依着这样的思路，赵树理便自然将马有翼与王玉梅连成一体。其间的考量非常清楚，只有王金生的妹妹，这个深受模范家庭影响的干练女子，才能以其相对纯正的阶级身份为马家的精神世界"换血"，并强化其自我"造血"的功能。至于袁小俊和"一阵风"王满喜的结合，实在是赵树理在写作过程中无法归拢叙事线条时的无奈之举。茕茕孑立的袁小俊总得有个结果，何况"长得还好看，在社会上也没有表现过什么缺点"③，故而将其临时强推给利落热心的社员王满喜，也算为袁小俊找到了一种弃旧换新的精神清洗剂。至于这种经过叙述者强行重置的意在调整生产关系的爱情到底能延续多久，我们不得而知。但赵树理还是以发展的目光坦陈了这种和谐关系的相对性，"其实入初级社只能说是初步放弃了个体所有制这一块阵地，

---

① 赵树理：《三里湾》，人民文学出版社，2013年，第35—36页。
② 同上，第109页。
③ 同上，第15页。

至于入社之后，再遇上某一些关节，他们的资本主义残余思想，还是会各按其改造程度之深浅，或多或少出现的"①。

正是赵树理对《三里湾》中男女情爱关系的主观性转移，造成了小说中情爱表现的某种失真性。尽管赵树理在具体写作过程中，为这种"转移"提供了多种理由，安排了多种事件，创设了多种情境，甚至让主人公经历了情感抉择的多重纠结，但"转移"本身的政治性考量必然注定这样的叙事努力难免与现实生活拉开一定的距离。而最后呈现的花好月圆也可能只是一种叙述上的圆满，实质上却造成了情爱关系的错位。最具代表性的是玉生和袁小俊的离婚事件。为了让范灵芝能取代袁小俊的位置，赵树理精心设计了袁小俊的家庭背景，既是热衷于煽风点火的"能不够"的女儿，又是马多寿妻子"常有理"的外甥女，这样就把袁小俊设定为一个深受俗世观念和小生产意识双重影响的特殊形象，这类形象正是当时合作化运动的主要改造对象。但这样的家庭背景只能为人物提供生活的氛围，不能完全影响她的人生抉择。何况，赵树理在叙事中也并没有提供能使玉生和袁小俊走向离婚的充分条件。其一，袁小俊与玉生的结合虽是女方主动提亲在先，但王家对此门婚事还是基本认可的。其二，袁小俊仅仅是买一件绒衣，对于一个爱美的女性而言，无可非议。当她向玉生说明情况时，玉生一脸敷衍，拒不给钱，这才点燃了袁小俊的怒火。其三，袁小俊怒回娘家之后，玉生没有任何的反省，而是直接走向旗杆院申请离婚，甚至连去岳丈家接回袁小俊的瞬间想法都没有。种种行为，令人难解。其四，面对弟家的风波，作为兄长的金生表现出足够的理智，他的全部心思都在玉生试验洗场礤的大事上，只说一句"回头再说离婚的事，你先告我说，场礤样子做得怎么样了？"②随后，他也没有对玉生做任何劝慰，只是吩咐副社长秦小凤说："你明天晌午抽个空儿给他们调解一下！不要让他们真

---

① 赵树理：《与读者谈〈三里湾〉》，见复旦大学中文系赵树理研究资料编辑组编《中国当代文学研究资料·赵树理专集》，福建人民出版社，1981年，第156页。
② 赵树理：《三里湾》，人民文学出版社，2013年，第22页。

闹出事来！"①事实上，小说根本没有谈及秦小凤的调解，相反在范登高调解马家分家一事上大做文章。而金生坐视玉生一意孤行的做法，也将他之前乐观的估计化为虚无，"家里的教育自然有关系，不过人是活的，天成老婆真要是把她教育坏了，难道玉生就不能把她再教育好了吗？"②其五，当玉生和袁小俊离婚后，玉生对前妻没有丝毫的牵念。即使在地里偶遇，玉生也是忙于在田头拿尺子比量，目不斜视。倒是从未下地干活的小俊看到玉生后，不由前思后想，百感交集，"小俊偷偷看了一眼，紧接着滚下了几点泪珠，还没有来得及擦，已被大年老婆看见"③。她的一句"婶婶呀，人家谁还会把咱当个人呢？"④令人眼热，也让玉生这个形象显现出虚华不实的一面。

或许赵树理在《三里湾》中如此硬性地处理情爱关系，自有其多重原因。但客观上，这种主观性较强的情感转移造成了小说中男女情爱关系的微妙错位。最有可能结合在一起的范灵芝与马有翼劳燕分飞，最不可能结合在一起的王满喜与袁小俊却被生拉硬配。且不说在乡土世俗的观念中，王满喜能否接受一个已有婚史的袁小俊，正当青春年华且自视甚高的范灵芝又能否接受一个形同槁木且离异在家的王玉生。或许在那个高歌猛进的社会主义建设初期，一切世俗藩篱早已形不成任何阻力。但从马多寿、范登高、袁天成等人的精神心理来看，传统性的因素尚在持续发酵。可见，这种完全超越世俗传统的婚恋观带有明显的浪漫主义成分。同时，这种有意味的错位，或许恰恰昭示出赵树理在历史性巨变的乡村面前无法把握又急于参与的矛盾心态。对这种心态，赵树理自己也有所察觉："为了迅速地配合当前政治任务，固然应该快一点写，但在写作之前准备得不充分的时候，正确的做法是赶紧把不充分的地方补充准备一下然后再写，而不是

---

① 赵树理：《三里湾》，人民文学出版社，2013年，第22页。
② 同上，第15页。
③ 同上，第167页。
④ 同上，第167页。

就在那不充分的条件下写起来。"①

三、模糊的"外溢者"与有节制的"善念"

对《三里湾》中范登高形象的内在意义,赵树理曾这样评说:"挂着先进的假招牌、暗自和资本主义势力联合起来的人,直到露出马脚掩盖不住的时候,才放弃那种勾搭。范登高属于这一类。……不论属于哪一类,在这种斗争中,都起着变化,而且除了该杀的反动分子(本书没有说这类人)之外,都是或快或慢向着好处变的。"②这里的意思很明确,一方面范登高是党内无产阶级阵营的外溢者,对这类人物,只有将其虚伪的面貌揭穿之后,才能使之回到正确的航向上来。另一方面,范登高现象只是一种观念层面上的资本主义倾向,并非阶级的本质使然,而且经过政治救赎具有回归正途的可能性。赵树理所守持的逻辑是把范登高置于人民内部矛盾的前提之下,而非水火不容的敌我矛盾。这种逻辑与20世纪50年代初期合作化运动起步阶段相对宽松的政策相关,但也与熟稔中国乡村的赵树理的切实生活体验相关。他曾用十分精辟的比喻来表达自己对两条道路的理解:"我们说他们'摆开阵势',说他们'走的是两条道路',不过是为了说话方便打的一些比方,实际上这两种势力的区别,不像打仗或者走路那样容易叫人看出个彼此来。尽管是同在一块做活、同在一个锅里吃饭的一家人,甚而是夫妇两口,在这两条道路的斗争中,也不一定同站在一方面。"③由此可见,不以现成的政策原则来图解现实,相反以人情物事作譬来诠释"两条道路"的隐在性与生活化,体现出赵树理柔化意识形态话语的叙事努力。

---

① 赵树理:《〈三里湾〉写作前后》,载《文艺报》1955年第19期。
② 赵树理:《与读者谈〈三里湾〉》,见复旦大学中文系赵树理研究资料编辑组编《中国当代文学研究资料·赵树理专集》,福建人民出版社,1981年,第155页。
③ 同上,第154页。

这样一来，暗中执意走资本主义道路的范登高便在《三里湾》中成为一个面容模糊的形象，一个身处党内却心猿意马的外溢者。一方面，赵树理赋予其跑运输、雇零工的资本主义思想。另一方面，赵树理又对这位热衷于发家致富的范登高予以充分的同情与理解。对前者，赵树理以党内会议的形式对其群起而攻之，群众性的话语暴力让范登高欲说不能。如菊英分家之事完结之后，旗杆院召开整党会议。会议开始后，县委会刘副书记率先为范登高定性，让其做深刻检查。范登高怀着本能的抵触情绪说："看来今天这会似乎是为了我才布置的。"[1]刘副书记随即打断范登高的话语，让其端正态度。重新获得话语权的范登高满脸窘迫，一时不知从何说起。又有老党员暴怒而起，指责其夸功显摆，范登高"便带着一点乞求的口气说：'可是你也得叫我说话呀！'"[2]好不容易可以再次诉说，又有张乐意等十多人跃起，尤其是张乐意的一番指责，使会场的斗争气氛愈显严峻[3]。范登高欲语，却被金生劝止。又如在随后的支部大会上，面对众人的围攻，范登高大声辩解，但参会群众丝毫不给他喘息的机会，面对山呼海啸般的追问，范登高只能喃喃自语："中央说过要以自愿为原则，你们不能强迫我！"[4]在最后的"扩社""开渠"动员大会上，金生再次让范登高做检讨。范登高总以为自己是带着两头骡子的资本自愿入社的，便多少有点志得意满："现在我觉悟了！一个党员不应该带头发展资本主义！我马上来改正！……我马上带头报名入社。"[5]然而群众并不领情，刘副书记更是对他的态度严加斥责："你带什么头？不是什么'带头'，应该说是'学步'！学步能不能学好，还要看自己的表现，还要靠群众监督！"[6]随后，社员牛旺子又以一句"能不能老老实实当个好社员我还不

---

[1] 赵树理：《三里湾》，人民文学出版社，2013年，第115页。
[2] 同上，第115页。
[3] 同上，第116页。
[4] 同上，第118页。
[5] 同上，第127页。
[6] 同上，第128页。

太相信"[1]，令范登高无地自容。

对后者，赵树理又以婉转的文笔微妙传达出范登高难以向外人明言的复杂心曲。类似的场景大都在自己家里，显示了私人空间的隐蔽性。妻子一般都是淡出的，仅仅是个形式类的角色。女儿范灵芝整天忙着给社里记账，俨然已是一个准社员，她的全部心思都在马有翼和王玉生之间的考量方面。对正在独自经受着精神折磨的父亲，范灵芝几无关注，甚至与他还保持着一种不轻易透露党内意见的组织般的距离。于是，孤独、焦灼、冤屈、不解，种种情绪齐上心头。小说活画出一个产生了资本主义倾向并从中获得了满足感的党员，在行将撕毁自己梦想中的生活图景时，那种无法应付又难以剪理的痛苦感。如范登高隐隐感觉到自己雇零工的做法已成众矢之的，故以在马家参加菊英的分家会议为由，拒不参加支部会，其实内心无时不在关心着会议的议题。当女儿回家时，他连忙询问，范灵芝猜准了父亲的心理，"便选了一个他最不愿意追问的问题回答他说：'讨论的是资本主义道路和社会主义道路'"。这一下，范登高果然不再询问，直至"灵芝睡了，登高仍然没有睡，仍旧对着一盏灯听外面的雨声"[2]，落寞之情，溢于言表。整党会议结束之后，回到家里的范登高"一句话也不想说，也没有叫灵芝给他端饭，自己默默地舀一碗饭躲到大门过道里去吃"，"只吃了一碗饭就放下碗站在台阶上吸纸烟"。[3]尤其精彩的是，当范灵芝故意问他支部讨论内容时，"登高只慢吞吞地说了两个字：'念经！'"灵芝再问，范登高不耐烦地道："真经！"随后，当雇工王小聚前来询问何时赶骡子出发时，范登高说："谁也不用去了，我要卖骡子了！"小聚不解，范登高说："不养了！已经养出资本主义来了。"[4]这里看似果断的言语，其实内蕴着范登高难以被人体会的伤感与寂寥。

---

[1] 赵树理：《三里湾》，人民文学出版社，2013年，第129页。
[2] 同上，第111页。
[3] 同上，第117页。
[4] 同上，第118页。

这种在政治话语体系中掺杂着些许温情的表述，又与赵树理在写作过程中一直守持的某种"善念"有关。这种"善念"往往体现在赵树理式的对乡土中国故事的温情讲述之中。他的笔下几乎从未有过十恶不赦的反面人物，正如陈荒煤所言："他对落后的农民也有讽刺，但是同情的，宽大的，希望他们改变的。即连如'二孔明'，我们也不能丝毫感到是可憎的。"[1]《三里湾》中的范登高形象，显然延续了赵树理一贯的创作理念。而这种"善念"的内在本质，则源于赵树理对中国乡村社会日常伦理关系的清晰认定。换言之，资本主义倾向是互助合作形式壮大后必然且普遍出现的现象，这些在思想观念上产生了某种资本主义倾向的党员，并非真正的阶级敌人，同样也是生于斯长于斯的乡里乡亲，对他们的同情、悲悯与对他们的争取、挽救一样不可或缺。对此，洪子诚有精当阐述："赵树理表达的是，新的政权和政治力量领导、推动的变革，要建立在'传统乡村秩序'（包括制度、伦理人情、习俗）的合理的、值得延伸的那些部分的基础上。"[2]

可问题又在这里凸显了出来，在《三里湾》这部融汇了时代新元素的文本中，赵树理的"善念"又是有节制的，而非普惠性的。这主要表现在赵树理对文本中部分人物表现出足够的理解和充分的同情，但对另外一些人物则诉诸冷漠的情怀。同时，这种"同情"与"冷漠"又因家庭内外不同，自身或对象的身份不同，呈现出内在的复杂性与矛盾性。如对于"糊涂涂"这个封建家庭的掌门人来说，赵树理对其丑化和批判的痕迹很淡，不仅王金生这个村党支部书记对"糊涂涂"关切有加，其他村干部都没有对他横加责备，也没有召开单独的批判会，即便是马有翼"革命"后准备与家庭决裂，王金生还耐心劝慰，"不过这样分家的事太多了，会不会让一般老人们伤心呢？"[3]但另一方面，王金生又在玉生与袁小俊的争吵、

---

[1] 陈荒煤：《向赵树理方向迈进》，载《人民日报》1947年8月10日。
[2] 洪子诚：《文学史中的柳青和赵树理（1949—1970）》，载《文艺争鸣》2018年第1期。
[3] 赵树理：《三里湾》，人民文学出版社，2013年，第165页。

离婚事件上不闻不问，与他之前对"糊涂涂"的态度判若两人。这种对自家人的冷漠与对家外人的宽容形成了鲜明对比。

其实，如果我们细加梳理就会发现，《三里湾》中这种有节制的"善念"体现的是对待党员和普通群众之间的差异性，对待封建观念与资本主义思想之间的差异性。一方面，对封建观念而言，在一定程度上可以认同，因为这是乡土中国的结构性元素，可通过思想教育、观念淘洗予以清除。但对资本主义思想绝不能认同，因为这是腐蚀社会主义肌体的外来植入物，非抗拒、对立难以筑牢社会主义意识形态的精神防线。另一方面，对普通农民的小生产意识可以认同，但对党内干部的资本主义倾向决不能认同。这是赵树理作为党员知识分子的基本立场所致，当然也与他素来"对旧人旧事了解得深"[①]，且在写作中对旧派人物"往往流露出亲切的温和的微笑"[②]的审美习惯有关。由此，便有了《三里湾》中这种有节制的"善念"，也有了赵树理叙事过程中的内在矛盾性。

结　语

赵树理是一位深具乡土中国情怀的作家，他的艺术创作风格不惟体现在小说中喜剧化形象、说书人视角与"关节"叙事策略等大众化方面，更多体现在契合乡土中国内在本质的民族化方面。从短篇小说《小二黑结婚》到长篇小说《三里湾》，赵树理始终固守着这个属于自己的写作传统。在他的小说世界中，最有生气的都是一些淋洒着传统的汁水，背负着封建的重负，然而却在缓慢的行进中形色生动的个体。这些个体的性格、行为甚至有点乖张的心理都是农民自有的，他们在时代要求面前所体现出来的固执、狡黠包括或无奈或自觉的趋同都是农民自在的，在生产关系、

---

① 赵树理：《〈三里湾〉写作前后》，载《文艺报》1955年第19期。
② 周扬：《论〈三里湾〉》，见复旦大学中文系赵树理研究资料编辑组编《中国当代文学研究资料·赵树理专集》，福建人民出版社，1981年，第423页。

情爱关系、家庭关系的矛盾中所采用的解决方式也是农民自适的。凡此种种，又都是乡土文化传统所自含的。所以，在赵树理的小说中，我们很少看到脱离乡土语境的革命与解放，也很少看到消弭家庭完整性的决裂与私奔。这种充满了现实温情与传统美学特征的乡土叙事方式，是赵树理民族化风格的深刻显现，也与延安时期乡村建设的策略高度契合，这也正是赵树理在1947年后被誉为解放区方向性人物的重要原因。

在长篇小说《三里湾》中，赵树理融入了一些新的时代元素，抒写了一些新的生产力量，在积极配合政治任务的同时对当时乡村中"两条道路"的斗争进行了力所能及的表现，致使原本封闭自足的家庭开始有了缺角，并且使原本单纯因封建意识作祟的自由恋爱有了更多受阻的元素，且发生了有意味的逆转与错位。同时，也使笔下那些性格相对稳定的人物开始有了动态的面向。尽管如此，赵树理还是以他的宽容对此进行了适度的修复与弥合，使本来可能并不理想的结局呈现出大致圆满的趋势。尽管这种修复和弥合是有限的，甚至因作者主观性太强的介入导致文本内部充满了某种紧张关系，但也从另一方面更为难得地体现出赵树理对乡土文化精神的坚守。由此，赵树理在《三里湾》中的"变"与"不变"，深刻反映了作家在具体写作过程中实现"老百姓喜欢看，政治上起作用"这一规范的难度和由此产生的矛盾性。

如果对《三里湾》中"变"和"不变"的因素再做考察的话，"不变"在叙事秩序中所占有的份额还是明显多于前者，这与赵树理的乡土中国情结密不可分。就以"大团圆"的结局而言，赵树理对此有着更为清醒的判断："我们学的一些条条，有些已经不够用。比如按照外国的公式，悲剧一定要死人，这个规律对中国是否适用呢？有人说中国人不懂悲剧，我说中国人也许是不懂悲剧，可是外国人也不懂团圆。"[1]从这个意义上而言，梳理其内蕴的乡土文化传统或许与分析其内在的矛盾性同样必要。

---

[1] 赵树理：《从曲艺中吸取养料》，载《人民文学》1958年第10期。

贺桂梅称："《三里湾》的重要性或许并不在提供一套别样的解决方案，而是使现代中国社会与文学中那些已经定型化的解决方案本身重新成为'问题'。"①对此，我也想补充一句，《三里湾》中的"新变"所产生的矛盾性的确是个问题，但与矛盾性并存的创作中的"不变"同样也是一个需要我们不断反思的问题。

原载《文学评论》2018年第5期

---

① 贺桂梅：《村庄里的中国：赵树理与〈三里湾〉》，载《文学评论》2016年第1期。

重谈《创业史》研究中的几个问题

作为"十七年文学"的重要收获,《创业史》[①]自20世纪60年代出版之后就赢得社会各个方面的盛誉,但也伴随着批评家和作家之间的激烈争论。这种争论深刻影响着学界对《创业史》主题、形象、叙事的解读路径与价值判断。80年代之后,随着整体社会历史问责潮流的推动和当代文艺批评标准的嬗变,有关《创业史》的评价在很长一段时间出现了简单否定的趋势。这种趋势以社会主义新人形象梁生宝及其热衷的互助合作事业为靶矢,以此质疑作品的真实性与农业合作化运动本身的合理性。新世纪以来,理性观照逐渐成为学界重新评价《创业史》的基本态度,在文本叙事研究、作家比较研究、人物形象本事研究、政治文化研究等方面建树颇多,为夯实这部作品的文学史价值及重估社会主义文学经验助力不少,也对这部作品其历史性的负重给予了富有启示性的掘发。与此同时,我们也发现既有研究中依然存在着不少问题,如远离文本的理论虚热,放大叙事边角的强制阐释,缺乏细节佐证的笼统言说,以及凝滞于传统论断继而忽略作家创作意图的选择性考量等。这些问题或放大或缩微着《创业史》本有的艺术空间,也模糊着《创业史》真正的艺术价值,甚至在一定程度上回避了《创业史》在文学叙事方面的困惑与局限。就连最近一段时间

[①] 本文论及的《创业史》含第一部、第二部(上下)两部,尽管第二部属未完成状态,但既然有单行本出版,且柳青在"文革"结束后也进行了部分修改,故可作为一个整体来看待。

"十七年文学"研究中普遍呈现的史料化研究趋势,在《创业史》研究中也深有体现。这种研究方法在激活了时代、作家与文本的互动关系之余,也极易诱发对文本自足性意义世界的割裂。说到底,文学鉴赏还是应该从文本出发,同时兼顾影响文本生产的其他社会文化因素,在此基础上对文本做出切实的阐释与客观的考量,才是文学批评应当守持的基本向度。从这个意义而言,重新关注《创业史》研究中的几个核心问题,不但可以还原作品的真实样貌,也能更为理性地评价这部直至今天"仍不断引发争论","而且让一些读者读过之后心潮澎湃的作品"①。

一、如何理解"题叙"的意义

进入《创业史》,我们首先面临的就是如何理解"题叙"的问题。有关这一问题,时下有两种代表性观点。一是杨位俭的"孤儿论",二是贺桂梅的"流民说"。其中,杨位俭认为:"他是个有娘没爹的孤儿,在此基础上梁生宝天然地具有了作为一个革命者的超越性品质"②。贺桂梅认为:"正因为蛤蟆滩源自难民、破产农民的聚集地,因此阶级叙事就几乎成为'自然'的人际关系维度"③。这样的解读到底可靠与否?梁生宝与梁三老汉之间有无血缘关系,是否一定与梁生宝的革命品质有内在联系?换句话说,倘若梁生宝为梁三老汉亲生,这种血亲关系又是否必然成为梁生宝克服小生产者狭隘思想,继而勇创社会主义大业的重要阻力?

事实上,梁三老汉和梁生宝之间的关系处理,只是柳青借用其原型王家斌的人生经历而已,与梁生宝的革命动力、革命意志并无直接关联。张均曾细致考察过梁生宝的本事问题,述及梁生宝"与王家斌经历相仿,如

---

① 洪子诚:《文学史中的柳青和赵树理(1949—1970)》,载《文艺争鸣》2018年第1期。
② 杨位俭:《"十七年"乡村叙事的"神话"症候——以〈三里湾〉、〈创业史(第一部)〉、〈艳阳天〉为线索的考察》,载《文艺争鸣》2010年第9期。
③ 贺桂梅:《"总体性世界"的文学书写:重读〈创业史〉》,载《文艺争鸣》2018年第1期。

10岁时'随父母逃荒讨饭到皇甫村,后因父亲病逝,母亲改嫁皇甫村的王三(王明升),肖浩奇随继父姓,而名王家斌'。"①由此看来,《创业史》的"题叙"中有关梁生宝的前史,具有很强的实录性。那么,反过来再来省思杨位俭的说法,无非是借用西方性别理论中的父子文化关系原理来强行阐释,以此来凸显梁生宝的精神异质而已。

至于贺桂梅的论述,我以为也存在着误读之嫌。首先,《创业史》并未"有意抹去蛤蟆滩的地域性文化特点",也并非"侧重从政治经济史的维度突出这一空间的形成过程"。蛤蟆滩只是陕西关中地区的一个普通村庄,这一村庄因特殊的地理地貌形成了官渠岸和下河沿两个地块,常住民自然居住在上风上水之地,外来户只能随遇而安,生活境况与阶级类别自然大有迥异。故而,这种空间的形成是社会历史自然选择的结果,并非作家刻意安排。而所谓的政治经济史判断,难免有理论预设之嫌。同时,柳青也曾反复强调"我写的是社会主义制度的诞生"②,即并非关中文化的历史变迁。这一以政治生活为主线、以日常生活为副线的写作思路,自然不会把叙事力量如《白鹿原》一样胶着在新旧文化的角逐之上。何况,新中国成立后传统乡村文化的凋敝及乡绅势力的式微已是不争的事实,传统意义上的"乡村"早已被纳入了国家的经济单元,且被更具有现代社会结构性特征的"农村"所取代,农业合作化浪潮正在成为当时农村奔赴社会主义的必由之路。加之,当时的时代诉求也历史性地赋予作家用社会主义现实主义创作方法塑造"社会主义新人"的重要使命。所以,作为一个"有出息的作家",柳青是本着描述社会主义观念如何植根于基层农村的政治写作任务来完成《创业史》的,并非有意忽略皇甫村的文化前史。其次,所谓蛤蟆滩"可以说是陕西现代史变迁过程中,由流民、破产农民这

---

① 张均:《〈创业史〉"新人"梁生宝考论》,载《武汉大学学报》2019年第1期。
② 柳青:《在陕西省出版局召开的业余作者创作座谈会上的讲话》(1973年),载《延河》1979年第6期。

些被甩出'正常乡村秩序'之外的人群所构成的聚居地"①一说也有待商榷。一则，不管是梁生宝，还是原型王家斌，的确是受外力影响被迫离乡背井的外来户，这些外来户在理论上可能因赤贫比一般农民具有更坚决的革命意识。但不能回避的是，流民或破产农民中很大一部分并非天然具有革命动力，相反更会有一种攀比富户以改变生存处境的本能性冲动，王二直杠这个前清老汉"吃饱，体面"的口头禅即为一例，梁三老汉魂牵梦绕的"三合头瓦房院"也是一例。包括梁生宝的原型王家斌也曾有过买地的念想，并有拒绝将余粮低价出售给国家的行为②。所以，现实生活的光影远比文本世界的色彩更为斑驳，理论本身有难以完全覆盖现实的脆弱一面。二则，蛤蟆滩聚居的外来户在一定程度上具有自由民的特点，但并未完全脱离蛤蟆滩的整体秩序，其在打破传统伦理而形成新的社会形态方面依然困难重重。否则，何来梁三老汉的满腹苦水与梁大老汉退组入组的前思后想？至于在这样的村庄形态下，资本主义或私有制一定就有确切的内涵之说也颇为生硬。对这些外来植入话语，可能就是习惯聆听组织面授的梁生宝或老党员郭振山尚有一定理解，其他村民只是以最切实的经济诉求来权衡社会主义与资本主义的不同而已。换句话说，如果梁生宝的互助组一旦在经济利益方面没有体现出胜过单干的优越性，这些外来户的革命意志随即烟消云散。所以，尽管贺桂梅对蛤蟆滩特殊村庄形态的阐释颇有透见，但或许忽略了新中国成立初期农村的真实现状与农民精神成长的基本逻辑。

那么，我们又该如何理解《创业史》中的"题叙"呢？

依我看来，柳青设置"题叙"的出发点很单纯，没有那么多令人费解的内在隐曲。"题叙"的意蕴无非有二：一是旧社会的腐朽体制无力解决自然灾害，也无暇顾及贫雇农的利益，这才有1929年陕西饥饿史这一历

---

① 贺桂梅：《"总体性世界"的文学书写：重读〈创业史〉》，载《文艺争鸣》2018年第1期。
② 张均：《〈创业史〉"新人"梁生宝考论》，载《武汉大学学报》2019年第1期。

史背景的设置，也才有逃难民众流离蛤蟆滩及梁三老汉创业屡遭失败的场景。言下之意，只有到了新社会，只有作为人民利益代表的党才能让这些昔日的难民在土地所有权问题上获得主人般的尊严。所以，这里的"旧社会"是划分蛤蟆滩底层民众新旧生存状况的界碑，也是映射新中国、新时代、新生活之"新"的特殊镜像。这种叙事前的"历史来路"设置模式，自柳青《创业史》始，经陈登科的《风雷》，到浩然的《金光大道》达到极致，成为"十七年"农业合作化叙事的经典模式。二是从梁三老汉三起三落的发家史来揭示长期的被压迫经历与贫雇农日益固化的小农经济思想之间的紧密联系，继而昭示拥有土地后的贫雇农其个人创业梦想与社会主义共同理想之间的紧张关系。因为一般的贫雇农显然看不到单干所潜藏的风险，更不会自觉顾及其他弱势群体可能再次走向贫困的处境，所以互助合作的社会主义思想在蛤蟆滩的植入与接受是一个相当艰难的过程。以梁三老汉为代表的新贫农与其养子梁生宝的情绪对立，便是当时普通农民的精神心理与时代诉求之间难以呼应的深刻体现。正是在这种写作思路下，"草棚院里的矛盾和统一，与下堡乡第五村（即蛤蟆滩）的矛盾和统一，在社会主义革命的头几年里纠缠在一起"[1]。从这个角度而言，"题叙"既是土改后贫雇农从无地到有地、从发家不成到发家有望的旧有心理裂缝的弥合，又是单干与合作、小业与大业之间新添裂缝的洞开。如何弥合裂缝，如何让农民自愿接受社会主义道路，便自然成为《创业史》随后浓墨重彩的主要内容。为此，在评述《创业史》的"题叙"上，我们只能把文本还原到具体的历史场景中，还原到柳青当时真实的认知高度上，才能对这部长篇小说做出较为可靠的阐释。

---

[1] 柳青：《创业史》第一部，陕西人民出版社，1978年，第27页。

二、如何理解"概括了相当深广的社会历史内容"的梁三老汉形象

自《创业史》（第一部）出版以来，梁三老汉形象的社会认可度远远超过了柳青精心塑造的梁生宝形象。依洪子诚所言：对这部作品的价值指认，"发生从先进人物（梁生宝）到时代变革中背负思想精神负担的人物（梁三老汉）转移的情况"[①]。即使在新时期以后，这一形象依然在批评家笔下得到充分的理解。其中，严家炎的早期评论几乎成为评价梁三老汉形象的必引文献："这个形象……不仅深刻，而且浑厚，不仅丰满，而且坚实，成为全书中一个最有深度、概括了相当深广的社会历史内容的人物。"[②]后来的研究者们可能深有"崔颢题诗在上头"之感，在读解《创业史》时往往把写作焦点集中在梁生宝这个能激起反思冲动的人物形象身上。那么，如何理解梁三老汉形象？柳青在这一形象的塑造过程中有无缺憾？我想，这两个问题应该成为我们重读《创业史》的重要内容。

依我来看，在如何理解梁三老汉形象的问题上，严家炎的判断甚为精准，但缺乏细致的阐释，在关注到其勤俭、固执、面硬心软总体性格特征的同时，一定程度上忽略了围绕梁三老汉性格伸延开来的其他精神心理。而这些精神心理同样也是梁三老汉性格的结构性部分，并与其主体性格一起建构起这个光芒四射的形象。

"题叙"之后的第一章，梁三老汉便提着拾粪筐健步登场。刚见其人，便闻其声，一看儿子屋门紧闭，他顿时虚火上升，连喊"梁伟人"，可谓满腹幽怨。再听老伴说其置买稻种一事，他更加心躁胆壮，之前的讥嘲挖苦瞬间转为咆哮大怒，惹来老伴掩面痛哭。老伴一哭，梁三老汉内心的冲天火焰就此熄灭，只能蹲在墙角，但脖子反扭，本色未移。从这一片

[①] 洪子诚：《文学史中的柳青和赵树理（1949—1970）》，载《文艺争鸣》2018年第1期。
[②] 严家炎：《谈〈创业史〉中梁三老汉形象》，载《文学评论》1961年第3期。

段可见，梁三老汉是一个言直性偏、气盛心软，对象意识相当明确，只敢在老伴面前聒噪的朴素农民。他内心的忧愤并非仅仅源自梁生宝"迷失了庄稼人过光景的正路"[①]，更源自对梁生宝不打招呼便径直外出的张狂，表层体现的是长者权威不被尊重的失落，内里泛涌的又是创业心理不被养子理解的愤激与悲哀。梁三老汉的这种心理很难用"自私""守旧"等语词所能简单涵盖，而是庄稼人生活逻辑的精彩体现。

再看第二片段，满腹心事的梁三老汉去麦田排遣忧思，听见架梁的鞭炮声响起，不由挤入围观的人群。梁三老汉在人群中显得无比寂寥，只是偷声对"积极得起"的郭振山隐隐表达了自己的不快。面对孙志明的掀帽戏弄，他尴尬接受。这时的他只有一个念头，只有创立家业才能受人尊重，这是梁三老汉，也是那个时代所有穷苦农民心中的梦。这也就从另一角度揭示出"尊严"才是梁三老汉最真切的内心诉求。

再看第三片段，当梁生宝将买来的优良稻种给家里所剩无几时，梁三老汉不便示人的怨愤再次喷薄而出。但梁生宝在场，梁三老汉断然不会像在老伴面前毫无忌惮一样，他只是用他习惯的讥讽，以及在家人看来毫无实现可能性的反语来宣泄自己的不解。如老伴要去街上卖鸡蛋，他立刻阻拦称自己要吃，且振振有词地说："我早起冲得喝，晌午炒得吃，黑间煮得吃"[②]，活画出一个满腹苦涩只能以戏语自赏的老农形象。就是被儿子的惊人之论所瞬间吸引，他还是坚守着自己对创业的认知，"你看今儿分稻种的样子，没到社会主义，你小子没裤子穿了！说错了，算我老汉眼里没水"[③]。这样的语言听似狠劲十足，又内蕴着一种家人之间才可能有的抱怨与关切。

再看第四片段，听说儿子去南山割竹，梁三老汉再无家长尊严首次面临挑衅时的冲冠一怒，他深知自己无法动摇儿子的坚强意志。落寞的梁三

---

① 柳青：《创业史》第一部，陕西人民出版社，1978年，第25页。
② 同上，第130页。
③ 同上，第134页。

老汉甚至收敛了在老伴面前发泄一番的想法,只是默默为那个徒具有形式意义的儿媳妇上坟。其实他内心的幽怨深广如海,对村里闲语的烦心,对儿子进山割竹的担忧,同时又放不下可能只有自己才认可的架子,只好去讨教乡上的卢书记。直到听了卢书记的话之后,他才放下心来,一句"要是有三长两短,你们党里头高抬贵手"①,写尽了普通农民对"党内干部"真诚的惧怯,也写尽了一位父亲对儿子饱含牵挂却悭吝不表的复杂心理。即使梁生宝夜归后想与父亲谈心,梁三老汉依旧回归了本来的样态,狠言狠语"你活你的大人,我胆小庄稼人不挡路……就是这话!"②寥寥数语,一个耿直得可爱、倔强得任性、关切得生硬的老农形象如在目前,非柳青这样的大手笔难以完成。

  第五片段是全篇中最精彩的章节。梁生宝的互助组终见成效,灯塔农业社筹建在即。在皇甫集市上,一身新衣的梁三老汉去供销社门市部打豆油。满街盛传着梁生宝的名字,梁三老汉感到由衷的欣喜。当群众得知这位老汉就是梁生宝的父亲时,硬把他推向柜台前面,这时的梁三老汉再无昔日的抱怨与担心,气宇轩昂,"提了一斤豆油,庄严地走过庄稼人群。一辈子生活的奴隶,现在终于带着生活主人的神气了"③。这是一种高度写实的手法,梁三老汉之所以完全认同了儿子的道路,断然不是他对互助合作有了新的认知,也并非他的精神层面有了实质性的成长,导致其心理天平发生微妙偏移的恰恰是别人的抬举和尊重,一种"活到人面前了"的快意,而牵动这种快意情绪的正是物质与精神的世俗性满足。这才是梁三老汉所渴望的幸福,一种可以看得见、穿得上、摸得着的现实,唯有此才可以让一位一直埋身在黄土地里的传统农民有了挺直腰板的豪气,才可能心悦诚服地汇入合作化的大潮中。

  那么,梁三老汉形象到底有无缺憾?这个问题学界一直没有关注。

---

① 柳青:《创业史》第一部,陕西人民出版社,1978年,第294页。
② 同上,第298页。
③ 同上,第572页。

我感觉，柳青在把握这个形象时可能有三个细节没有处理好。其一，当梁三老汉受到孙志明的戏弄后，准备向郭二老汉取经，以便让儿子安心持家。但这一叙事线条在小说中莫名中断，再无后文，柳青对此也没作任何说明。其二，梁三老汉通过儿子买稻种、进山割竹，以及面对两户退组却不动摇之事，对梁生宝从事的事业"从心底里服气了"。这个转折有点过急，柳青在此前只是安排了梁三老汉去卢书记那里了解情况，另夹叙了梁三老汉听闻栓娃受伤消息后的昏倒在地，再无其他细节以昭示梁三老汉的心理嬗变，甚至连和老伴、村民的交流及自我的思忖都没有，这个时候突来一句"服气"，而且是侧面转述，怎么看都体现出一种急于收尾的叙事焦灼。这样一来，梁三老汉形象难免呈现出两头丰满、中间骨感的不协调色彩。其三，形象生动的梁三老汉在《创业史》第一部中占尽风头。可在第二部的上下卷中，除在牲口合槽一节中还略有表现外，梁三老汉完全成为一个可有可无的模糊形象。柳青的这种写法到底基于何种考虑？是梁三老汉已经完成了其本有的叙事使命，还是梁三老汉的精神心理已经趋于稳定？如果是前者，那么，这个形象在第二卷中存在的意义不大。如果是后者，那么，这个形象在农业社筹建及正式成立后的心理反应就过于平静，既不符合其性格逻辑，也淡化了这个形象所能概括的社会历史内容。

三、如何理解改霞、素芳与刘淑良三个女性形象

在《创业史》中，有三位女性形象引人注目，原因在于她们都与梁生宝有过或多或少的情感联系。尤其是后者，最终成为梁生宝的事业伙伴与情爱归宿。那么，我们又该如何理解这些簇绕在梁生宝周边面容各异、走向不一的女性形象呢？

先看改霞，这是一位被传统社会观念及乡村舆情紧密关注的农村女性，就因为她曾定亲周村，后以年龄为由一再推延，直至解除婚约。恢复单身后，这段经历依旧被人不齿，梁三老汉曾私下嘀咕"二十一岁还不出

嫁，迟早要做下没脸事"①，并恶言其"飘风浪荡"。就连下堡乡王书记也认为她"有点浮"，更别说她上街后每每引起轻浮男子的目光争夺。可以说，周边的环境处处刺逼着改霞的去向，这也从另一方面揭示了不甘被动的女性在当时历史条件下成长的不易。柳青如此安排改霞的经历，已为其随后的无奈出走埋下了伏线。

另一方面，改霞又是一个对自己的婚姻决不迁就的现代女性。她正在上小学，这一多少有点文化人的身份使她在村里显得格外引人注目。因为当时农村女性上学者极少，"能识片言只句，能算简单的账，就可被视为知识分子。解放初期，高级小学毕业就算是知识分子了"②。她对自己的未来生活有着浪漫的设想，对对象的定义是"思想前进的、生活有意义的"③。这里的"意义"尽管与梁生宝所追求的"意义"不完全吻合，但绝不能以此来曲解改霞渴望上进的积极性。柳青之所以让改霞萌生了去工厂的想法，表层看来，是为了折射当时有关建设社会主义的两种思路，深层看来，其实为了凸显改霞与梁生宝之间的理想冲突。或者说，是为了让这个形象有更广阔的发展空间，因为当时关中农村还容不下这样一位有着较强现代意识的女性。从这个角度来看，改霞的出走及不归其实表征出柳青塑造这个形象时的些许困惑。

第三方面，改霞又是一个被情感高度约束的相思女子。她喜欢梁生宝，认同其崇高的理想，她也渴望梁生宝能理解她的一颗苦心，并为此放下本有的矜持和自尊。但沉浸在互助合作事业中的梁生宝分明不懂改霞的凄怆，不管是路边偶遇，还是草庵谈叙，或是夏夜田埂上的感伤一幕，都让改霞开始了自觉的反思，"两个强性子结亲，是不是能好？"④可细想一下，谁又是强性子呢？如果是改霞，她会在工厂和农村之间痛苦抉择

---

① 柳青：《创业史》第一部，陕西人民出版社，1978年，第32页。
② 胡秀娥、安姝：《现阶段我国社会阶级阶层变动研究》，中国文史出版社，2005年，第126页。
③ 柳青：《创业史》第一部，陕西人民出版社，1978年，第50页。
④ 同上，第550页。

吗？她会煞费苦心去创造和梁生宝的约会机会吗？她会刻意用自己都可能为之羞惭的举动来撩拨梁生宝那根从不轻易奏响的心弦吗？看来，被相思之苦折磨的改霞，在尝尽了被人冷落的窘迫后，竟然对自己也失去了最基本的认识。

第四方面，改霞又是文本中的一个孤悬者。梁生宝的事业成功后，改霞颓然离开，她没有与梁生宝告别，只是默然祝福他找个"可心姑娘"。第二部中村民曾风传改霞要回家探亲，但柳青总归是截断了改霞与蛤蟆滩再次发生勾连的机会。看来，柳青不希望这个有着非农民诉求的女子对梁生宝与刘淑良的婚姻再次构成阻碍。

不可否认的是，改霞是《创业史》中最出彩的女性形象。柳青曾这样表达他对这个形象的偏爱："我写她时，经常想到我国民歌中情歌所表现的丰富感情"[①]。如果要描述这个形象的叙事意义的话，我感觉她是一个意在照亮文本世界的女性形象。通过改霞这面独特的镜子，可以照见梁生宝的自尊与克制，照见郭振山的温和与远见，照见梁三老汉背负的传统因袭，照见俗世农村的话语暴力，照见当时个别基层干部在政治修辞中暗藏的卑俗。

与改霞不同的是，素芳是一个有着隐在个人主体性的被欺凌者形象。这类形象在20世纪文学史中不乏显现，甚至在人性的反向投射中有过比素芳更具摧毁力的行为。但素芳卑下中内蕴的自尊、人性绽放时暗含的有序，以及无奈走向新生时的痛苦等复杂心理，又是文学史中其他类似形象所不曾体味的。从这个意义上而言，素芳形象具有一定程度的典型性。说其有着隐在的个人主体性，是与其特殊的人生经历相伴随。在她的成长历程中，对她影响最大的莫过于母亲。这个"不守妇道"的女性用她熟稔的手段在两个家庭之间守持着微妙的平衡，巧妙地满足着自己的欲求，又不改变原有家庭的秩序，且寄托着自己相对纯真的一份情思。素芳就在这样

[①] 柳青：《艺术论（摘录）》，见蒙万夫、王晓鹏、段夏安等编《柳青写作生涯》，百花文艺出版社，1985年，第80页。

一个具有强势影响力的母亲跟前长大，母亲的情感经历成为其认知生活的基本模板。所以，在她少年时就有被饭馆堂倌诱骗的经历。等她拖着身孕时，又是母亲给予她深切的理解："哪个女人没年轻的时候？"①这种态度让年少的素芳从一开始就没有俗世意义上的羞惭，反而推动着她对新的情爱生活的憧憬。嫁给栓娃后，王二直杠及栓娃的蔑视与暴力令素芳痛不欲生，她又一次企图以母亲的摹本来复制自己的人生。她开始主动诱惑邻居梁生宝，并设想如何隐秘地维持这种特殊的关系。但梁生宝的冷漠令她不寒而栗："你甭败坏俺下河沿的风俗！"②对此，她只能再次缩回到那个冰冷的家庭中。直到富农姚世杰让她去家里伺候月子，她才抱着暂时脱离管控的心理来到姚家，并依凭着自己朴素的理解来打量姚世杰的质朴与勤俭，更在一种毫无心理准备的情形下被姚世杰强行占有。

柳青如果在此搁笔，这个形象也完全符合"十七年文学"的写作模式，如果再配以控诉大会的召开与素芳在党的关照下最终走向新生的片段，可谓完美终结。值得注意的是，柳青并未让其停止生长，反而让她在姚世杰的欺凌中感受到一种从未有过的温情，甚至产生了一种报复婆家继而满足个人欲求的强烈快感。所以，当姚世杰再次摸进素芳的屋子时，"素芳已经不再是被动的、勉强的和骇怕的了"③。但当姚世杰给她五块钱的时候，她又有一种明显的自尊，"她生活里需要另外的一个男人，而不是出卖自己"④。这种写法又让素芳呈现出一种超越单纯作风、品性等道德裁判的专一与天真，甚至是一种多少带点朴素的浪漫主义格调的别样纯洁。为此，柳青在对素芳最终走向的设置上显得越来越没有把握。

等到王二直杠去世之后，素芳哭得气势磅礴。所有送葬者无一能解其中况味，梁生宝更是责骂不已："什么时候才能把她改造成有社会主义

---

① 柳青：《创业史》第一部，陕西人民出版社，1978年，第378页。
② 同上，第379页。
③ 同上，第381页。
④ 同上，第382页。

觉悟的劳动者呢？胡涂虫！"①对素芳莫名其妙的号啕，鲜有学者关注，唯有郜元宝对此进行了富有透见的辨析，"素芳的哭包含了伤痛，委屈，悲愤，怨恨，是所有这些复杂情感的宣泄，但其中也有无法排遣的深深的惧怕和绝望"②。关于素芳之哭，柳青的叙述是"她怎样也挣不脱羞耻心理对她的控制"③。丧事结束之后，走向新生的素芳在妇女小组会上还是默然无言，还是那么"凄惨地哭着"。面对王亚梅的询问，素芳"哑着嗓子说：'我一定在农业社好好劳动。王同志放心！我哭是为从前的事！'"④从前的啥事？是黑暗的旧社会吗？是父亲抽大烟搞完家产吗？是母亲将其引上歧路吗？是她不安守妇道投身富农姚世杰吗？柳青给出的这个答案显然过为笼统，分明没有击中素芳内心真正的块垒。为何已经走向"解放"的素芳没有"解放"的幸福感？原因只有一个，那就是素芳在当时的社会条件下不可能得到真正的解放！这样一个有过如此复杂情感经历的女人，这样一个曾在道德层面上与社会主义制度、社会主义观念严重阻隔的女人，在价值观念没有完全改变、历史经历决定一切的50年代初期，她又何来真正的翻身？先不说劳动人民接受与否，单她自己就过不了痛定思痛这一关。尤其是她还向别人掩藏着自己与姚世杰的不堪经历。这段特殊的经历像一个随时可以点燃的引线，一旦败露，其摧毁力可想而知。正因为素芳的内心包裹着如此沉重的包袱，所以，有限有形的语言何以能解素芳无形无言之痛。她只有哭，也只有哭，才是她唯一的存在方式。按照刘可风的说法：柳青还有在后面的写作中"让素芳当妇女队长"⑤的想法。遗憾的是柳青早逝，在现有章节中没有为这个连他自己都有点掌控不了的形象做出更有力的描摹。但可以肯定的是，这个形象的新生道路将无比漫长。

---

① 柳青：《创业史》第二部（上卷），陕西人民出版社，1977年，第58—59页。
② 郜元宝：《千古一哭有素芳——读〈创业史〉札记》，载《文艺争鸣》2018年第8期。
③ 柳青：《创业史》第二部（上卷），陕西人民出版社，1977年，第74页。
④ 同上，第75页。
⑤ 刘可风：《柳青传》，人民文学出版社，2016年，第413页。

第三位与梁生宝发生情感交集的是刘淑良，一个与梁生宝一样积极有为的新人形象。为了给这个形象寻找叙事的动力，柳青特意设置其不平凡的经历。首先是悲惨的家史，父亲受恶霸欺凌，她"从小就有心计"。这种写法很容易让人想起"文革文学"中流行的"诉苦"意识，也可见"文革"写作思维对《创业史》第二部产生的显在影响。其次是当她嫁给一个大学生后双方感情并不和谐，差距意识让她主动选择了离婚。按梁生宝母亲的话来说，"这么明亮的女人"①。这里的"明亮"无非强调刘淑良的自省意识，以及知识分子与劳动人民的精神落差，内里或许还隐伏着"金花配银花，西葫芦配南瓜"的世俗观念。这样的叙事安排放在《创业史》中并不唐突。问题是当她听闻了梁生宝的事迹后，就在远望草棚院时情绪冲动得不可抑制，"她是那样地喜爱梁生宝……现在就是不知道人家是不是同样喜爱她"②，实在令人生疑。也许病床上的柳青怀着一腔与时间赛跑的急切心理，实在没有精力来细理这些叙事的枝蔓。直到《创业史》第二部下卷中，终于得以安歇的梁生宝才第一次见到了刘淑良，"两脚，的确比一般只从事家务劳动的妇女要大……手指头比较粗壮……骨骼几乎同他一样高大"③。从长相中可见，刘淑良与改霞不同，具有偏男性化的劳动人民本色。两人的对话也完全围绕农业社展开，这与从来都是工作当先的梁生宝天然吻合。难怪梁生宝事后对冯有万说："女人是好女人……庄重，精明，说话蛮有分寸。"④并想到了改霞的"反复无常"与"世故"。柳青在此扯出改霞自然还是为凉薄的梁生宝开脱，但"世故"一词用在改霞身上则明显不妥。柳青的本意自然是为了揭示刘淑良与梁生宝的合拍，但对改霞的思想意识有意扭曲的叙事行为，实在令人费解。刘淑良再次在文中出现，已是参加全县互助合作积极分子代表大会之时。春风快

---

① 柳青：《创业史》第二部（上卷），陕西人民出版社，1977年，第90页。
② 同上，第80页。
③ 柳青：《创业史》第二部（下卷），陕西人民出版社，1979年，第198页。
④ 同上，第204页。

意的梁生宝第一次萌生了主动约会的想法，并落落大方地与刘淑良进行了一场毫无私人情感交流的谈话。但梁生宝一下子觉得"她真个美。连手和脚都是美的……而更主要的，和她的内心也相调和着哩"①。

看来，对梁生宝而言，生存理性才是他选择人生伴侣的真实动力。难怪他与改霞擦肩而过，难怪柳青声称"在我的书中英雄和美人没有结合，因为他们有着不可调和的矛盾"②。但梁生宝的婚姻以这样的方式缔结，可能连柳青本人都多少有些遗憾，至于在读者心中激起的波澜可能更是难以平复。张均就曾尖锐地提到这种安排的特殊意味："但小说安排离异妇女刘淑良与梁生宝进行一场违反现实性别秩序（在传统农村只有极度家贫或有残疾的男性未婚青年才会与离异妇女发生婚姻关系）的恋爱，显示新的性别关系之义。"③但从另一个角度而言，这样的安排也未必完全脱离现实，尤其在那个移风易俗的特殊年代，"当时，姑娘家心中的伴侣标准是——踏实肯干，劳动模范；小伙子则要求对方——不慕虚荣，不爱打扮，勤劳贤惠"④。何况，赵树理的《三里湾》不也同样安排了未婚青年范灵芝与离异者王玉生的花好月圆吗？不管怎么说，作为尚未完成的残卷，刘淑良形象的塑造及其与梁生宝的结合，代表了柳青当时对农村现实生活的认知高度，也体现出他力所能及的文学创作高度。而这种高度及高度影响下的内在叙事秩序，正是社会主义文学所呈现出的丰富性与复杂性。

原载《小说评论》2021年第2期

---

① 柳青：《创业史》第二部（下卷），陕西人民出版社，1979年，第308页。
② 刘可风：《柳青传》，人民文学出版社，2016年，第410页。
③ 张均：《〈创业史〉"新人"梁生宝考论》，载《武汉大学学报》2019年第1期。
④ 旷晨、潘良编著：《我们的五十年代》，中国友谊出版公司，2005年，第265页。

"多风趣"何以"不落轻佻"？

——孙犁前期小说再论析

一、"风趣"问题的提出

作为20世纪中国现当代文学史中"一位有风格的作家"①，七十多年来有关孙犁研究的成果甚多，尽管视域各异，观点参差，但整体上还是有较为清晰的理路可循。其中，80年代之前主要集中在对其诗情画意的艺术风格的阐述及荷花淀派艺术谱系的梳理。90年代至今，孙犁研究出现了新的转向，大致呈现出以下几种研究态势。一则开始关注到政治文化与作家创作之间的内在关系，尤其集中于探讨政治话语与孙犁个人书写的交集与疏离，从而新构了孙犁的"多余人"形象。②二则从孙犁坚守的人道主义精神出发，探寻孙犁的创作理想与西方文化思潮之间的内在差异，揭示乡村文化对其创作精神的塑形意义。③三则从孙犁小说的文本间性切入，认为孙犁笔下的"优美"格调其实是不断克服个性、反复调试的产物，由此

---

① 据孙犁女儿孙晓玲撰文称，《荷花淀》发表后，毛泽东读了刊登在《解放日报》上的这篇小说，用铅笔在报纸边白上写下"这是一位有风格的作家"。孙晓玲：《一篇传世作品是如何诞生的》，载《天津日报》2015年5月14日。
② 杨联芬：《孙犁：革命文学中的"多余人"》，载《中国现代文学研究丛刊》1998年第4期。
③ 贺仲明：《孙犁：中国乡村人道主义作家》，载《暨南学报》2020年第10期。

认为孙犁应当是一个投身抗战并积极建构历史的"革命人"。①四则立足对孙犁创作资源的辨析,以文本细读的方法阐解《聊斋志异》的语言风格、人格风范及女性形象塑造对孙犁创作的深刻影响。②

客观而言,上述研究对拓展与深化孙犁研究大有助推,但同时也伴随着偏向阐释或有限阐释的问题。如孙犁本身就是一个革命文化阵营中的坚决分子,他自己也从不掩饰对社会风尚与时代潮流的追逐,那么,一直书写光明、讴歌进步的孙犁又何以能成为革命的多余人?又如孙犁的人道主义情怀的溯源问题,在同期作家中受乡村文化的濡染者不少,可以说解放区的一大批作家都是带着浓重的乡土意识走进抗战、走向共和国文学的。如果把孙犁对普通人性的关怀视为乡村人道主义精神的烛照,那么,赵树理、柳青等是否也可以作如此推想?且这种推想在满足了文化决定论预设的同时,又是否能准确阐释作家的特殊个性?另如孙犁在创作中对部分前文本的修改问题,本是创作中的自然现象,如果把这种现象刻意放大,甚至将这种自我净化行为与消除个性的政治式写作关联起来,难免有过度阐释之嫌。何况,不管孙犁对前文本做多少修改,文本的光影还是冀中的山地与水淀,绝不会成为赵树理笔下的刘家峻与李家庄。至于《聊斋志异》对孙犁的影响固然有,孙犁也多次说起对这部奇书的百读不厌③,但当时文学创作中普遍认可的典型化原则,又使研究者很难从孙犁的小说细节中鲜明地建立两个文本之间的互文关系,这种多少有些松散的关联性研究,只能是一种文本外围意义上的有限度阐释。

---

① 熊权:《"革命人"孙犁:"优美"的历史与意识形态》,载《文艺研究》2019年第2期。
② 王彬彬:《当代作家与〈聊斋志异〉——以孙犁、汪曾祺、高晓声为例》,载《中国现代文学研究丛刊》2020年第8期。
③ 孙犁在《关于〈聊斋志异〉》一文中称:"在这部小说里,蒲松龄刻画了众多的聪明、善良、可爱的妇女形象,这是另一境界的大观园。这是一部奇书,我是百看不厌的。"见《孙犁文集》(四)文艺理论卷,百花文艺出版社,1982年,第566页。

那么，针对目前的研究状况，孙犁研究是否有确能廓开的新空间？这种新空间的掘发又是否是一种真正的内在的批评，且能解答有关孙犁研究中诸如诗化风格、浪漫主义色彩、回避现实生活的严峻面、灵动率真的女性形象等核心问题呢？笔者觉得这个空间不仅存在，而且可行，这就是茅盾先生曾对孙犁创作的评价。1960年7月24日，在中国文学艺术工作者第三次代表大会上，茅盾作了《反映社会主义跃进的时代，推动社会主义时代的跃进！》的会议报告。在谈及孙犁创作时，茅盾称"孙犁有他自己的一贯的风格。《风云初记》等作品，显示了他的发展的痕迹。他的散文富有抒情味，他的小说好像不讲究篇章结构，然而决不枝蔓；他是用谈笑从容的态度来描摹风云变幻的，好处在于虽多风趣而不落轻佻"[1]。这段评论成为孙犁研究中的经典文献。遗憾的是，多年来孙犁研究者多关注该段评论的核心内容，对茅盾所言"好处在于虽多风趣而不落轻佻"一句从不关注。其实，这一句恰是把握孙犁小说审美意蕴继而准确阐释其创作个性的要旨。孙犁自己对这个评价并无疑义，并将茅盾的评论视为知己之论，"他对作品的评价分析，都从艺术分析入手，用字不多，能说到关键的地方，能说到要害，能使人心折意服。他对我的作品，也说过几句话。那几句话，不是批评，但有规戒的成分；不是捧场，但有鼓励的成分；使作者乐于接受，读者乐于引用。文艺批评，说大道理是容易的，能说到'点'上，是最难的"[2]。其中，"不是批评，但有规戒的成分"一句正是指的最后一句。由此可以看出，茅盾的批评是真正触及孙犁创作内里，又让孙犁心折意服的"说到'点'上"的批评。我们知道，孙犁一生曾遭遇过多次批评，尽管责难的程度不等，但对于"体弱多病""优柔寡断"的孙犁而言，每一次都是难以纾解之痛，也是难以认同之苦。不管是1948

---

[1] 茅盾：《孙犁的创作风格》，见刘金镛、房福贤编《中国当代文学研究资料·孙犁研究专集》，江苏人民出版社，1983年，第189页。

[2] 孙犁：《大星陨落——悼念茅盾同志》，见《孙犁文集》（三）诗歌散文卷，百花文艺出版社，1982年，第333页。

年《冀中导报》上刘敏对其散文创作中流露出的"客里空"现象的揭发，还是1951年《光明日报》上林志浩、王文英对其小资产阶级情调的剖析，还是1956年周扬在中国作家协会第二次理事会议上对他长篇小说《风云初记》中"情致缠绵""软弱无力"[1]等创作缺陷的明示，直至"文革"期间因中篇小说《铁木前传》而饱受折磨，"几至丧生"[2]。面对各个历史阶段的批评，孙犁近乎固执地维护着自己的创作追求，从不以这些指摘为正解，反倒认为是"肚皮下的嗡嗡"，并非"认真地鞭策"[3]，因为在他看来，"即使在一纸短文，在批评指责的时候，也应该采取一个比较全面的态度，指路给人，也要事先问明他要到哪里去"[4]。这也就提醒我们，在面对孙犁这样的文学大家时，研究视角与研究方法的新变固然可以透见其文学创作的一些边角，但不应忽略被孙犁所诚恳接受的经典论断，尤其不应对经典论断作选择性的引用和阐释，正如赫施所言，"解释者绝不会允许背离作者精神地在公共意味（内涵）的层面上作个人的联想（经验）"[5]。从这个角度言，茅盾有关孙犁创作批评的最后一句话，或许是我们叩开孙犁文本情感叙事之门，继而把握其内在特殊呈现方式的有效路径。

---

[1] 周扬：《建设社会主义文学的任务——在中国作家协会第二次理事会会议（扩大）上的报告》，见《中国作家协会第二次理事会会议（扩大）报告、发言集》，人民文学出版社，1956年，第22页。
[2] 孙犁：《耕堂书衣文录》，见《孙犁文集》（五）杂著卷，百花文艺出版社，1982年，第41页。
[3] 孙犁：《左批评右创作论》，见《孙犁文集》（四）文艺理论卷，百花文艺出版社，1982年，第287页。
[4] 孙犁：《致冉淮舟信》，见《孙犁文集》（五）杂著卷，百花文艺出版社，1982年，第193页。
[5] 赫施：《解释的有效性》，王才勇译，生活·读书·新知三联书店，1991年，第258页。

二、"风趣"在孙犁小说文本中的呈现与节制

作为中国古典文论的美学范畴,"风趣"一词最早出现于南北朝。沈约在《与约法师书》一文中曾云"周中书风趣高奇,志托夷远,真情素韵,水桂齐质"①,这里的"风趣"是指文章的风尚及趣味。随后,刘勰在《文心雕龙》专论文章风格的"体性"篇中言"风趣刚柔,宁或改其气"②,意即作家因不同的创作个性导致了作品的风格差异,他所说的"风趣"是指风骨之气,即风骨所体现出来的气力与气象,故有婉健之异、刚柔之别。宋时,杨万里将风趣视为性灵的外化,这一论析被清代袁枚力推,并将其作为诗话的主要评判标准,"杨诚斋言:'从来天分低拙之人,好谈格调,而不解风趣,何也?格调是空架子,有腔口易描;风趣专写性灵,非天才不办。'余深爱此言。须知有性情,便有格律;格律不在性情之外"③。晚清时林纾则认为,"风趣者,见文字之天真,于极庄重之中,有时风趣见出"④,将"风趣"视为庄重行文中间或闪烁的一种自然之情、天真之趣。戏剧家吴梅则将此范畴用于剧情结构与舞台表演之中,他称"大抵剧之妙处,在一'真'字……其次须有'风趣'……设遇未便明言之处,正不妨假草木昆虫之微,以寓扶偏救弊之旨。所谓正告之不足,旁引曲喻之则有余也。此风趣之说也"⑤。

从上述简略的概念溯源看,"风趣"一词经历了从文章的风尚、风骨之气,经诗话范畴的性灵外化、自然之趣,到舞台艺术表现上真趣统一的流变过程,其间各个阶段"风趣"的意涵自有殊异,但这一语词在宋代之

---

① 沈约著,陈庆元校笺:《沈约集校笺》,浙江古籍出版社,1995年,第141页。
② 刘勰:《文心雕龙》,郭晋稀注译,岳麓书社,2004年,第257页。
③ 王英志:《袁枚与随园诗话》,上海古籍出版社,1990年,第62—63页。
④ 胡经之主编:《中国古典文艺学丛编》第3卷,北京大学出版社,2001年,第191页。
⑤ 吴梅:《论作剧法引言》,见陈多、叶长海选注《中国历代剧论选注》,上海古籍出版社,2010年,第524—525页。

后显然与自然性灵的直抒,天真意趣的绽放,风物情态的勾描,直至形成一种观照社会现实的创作风格有关。结合孙犁的小说创作,结合其笔下桨声欸乃的水淀风光、眉眼灵动的率真女性,以及未婚男女之间、夫妻之间颇具生活情韵的顾盼问答来看,茅盾所言的"虽多风趣"之"风趣",可能更多接近吴梅所言的"真""趣"及由此传达出来的地域风尚。其中,"真"即真性情,毫不约束自我,快人快语,鲜活生动,如《山地回忆》中清纯、拗直,又带点顽皮的村妞,如《吴召儿》中聪明伶俐、热情爽朗的吴召儿,如《荷花淀》中那群似乎片刻忍受不了丈夫离去的孤独,用各种方式昭示自己存在的游击队员家属。而"趣"则是情态、情韵,即男女情感亲昵交流时的生动样态,以及在这种样态中或显或隐的韵味、机趣,或者是让人会心一笑又忍俊不禁的嬉戏与喧闹。如短篇小说《第一个洞》中的片段,治安员杨开泰忙于挖掘地道,几夜不着家,平日从未有过独处经历的媳妇疑窦丛生。她起先是"噘了一下嘴,就先睡了"[1],随后失意坐在灶火前"狠狠地望了他一眼"[2],接着便坐在丈夫身旁诉苦悲泣。直至谜底揭开,她才开怀一笑,"你个贼兔子"[3]一句将夫妻之间矛盾消除之后的亲昵之情展现得淋漓尽致,而媳妇由急而怨、由怒而喜、由羞而怜的情感变化如在目前。至于"地域风尚",是指孙犁小说中整体传达出来的一种地域情调,这种情调与特殊地域的风物、文化及濡染于其中的人的性情、做派水乳交融,从而在整体上构成一幅共生互映的水土人情图卷。对此,孙犁虽没有专门谈及,但我们可以从他对鲁迅白描手法的赞叹上略有感触,"对于乡下的一次社戏,儿童们的一次行船,瓜园的一个夜晚,禾场的一个黄昏,一经鲁迅描写,也就成了既有文学价值又有民俗学价值

---

[1] 孙犁:《第一个洞》,见《孙犁文集》(一)小说卷,百花文艺出版社,1981年,第71页。
[2] 同上,第72页。
[3] 同上,第74页。

的风物断片"①。如果细读孙犁的小说,不难发现,他在营造风物断片的追求上有着积极的努力,由此便能体会到以风物断片来呈现地域风尚,应是茅盾所言"风趣"的有机环节。

问题是孙犁这种"风趣"性的写作为何能"不落轻佻"?也就是说,习惯于从生活溪流中捕捉情爱诗意的孙犁,如何能在展现男女情爱时不落入古代胭粉言情小说放纵描绘的窠臼,反而能在有限度传递柔情蜜意的同时,回应抗战情境下根据地男女的斗争情怀?这是茅盾论断的重心,也是孙犁形成清新俊逸风格的依托,更是我们重读孙犁作品时必须面对的问题。且不论时代诉求,也不论政治话语对革命作家的规约,因为这些外在的影响源或许只对作家的整体构思有所影响,但在具体的艺术反映上鞭长莫及。相对而言,最切实也最可靠的阐释应该从文本的内在表现机制入手,才能体察到生活的某种悸动与情趣,在孙犁笔下丰饶呈现与有效克制的过程。当然,这种呈现与克制的过程,既是小说人物感情净化的过程,也是作者感情流向自我调整与选择的过程,与孙犁的写作资源、审美倾向及写作时的谨慎态度密切相关。其中,写作资源与审美倾向间接影响了他在小说创作中对风趣之美的关注。就写作资源而言,苏俄文学的抒情色彩对他影响较大,他"很早就受到了它的阳光的照抚,吸引和推动"②。而《红楼梦》《聊斋志异》及宋元平话的"句句有声有色,动听动情"③更让他感怀不已。就审美倾向而言,生性柔弱多情的他曾这样回忆自己青春年少时的读书经历,"那时的感情,确像一江春水,一树桃花,一朵早霞,一声云雀……一个时期,我很爱好那种凄冷缠绵、红袖罗衫的文

---

① 孙犁:《鲁迅的小说》,见《孙犁文集》(四)文艺理论卷,百花文艺出版社,1982年,第420页。
② 孙犁:《在苏联文学艺术的园林里》,见《孙犁文集》(四)文艺理论卷,百花文艺出版社,1982年,第454页。
③ 孙犁:《〈红楼梦〉的现实主义成就》,见《孙犁文集》(四)文艺理论卷,百花文艺出版社,1982年,第560页。

字"①。而写作时的谨慎态度则直接决定了他勾描"风趣"时的"不落轻佻"。孙犁曾言:"我写东西,是谨小慎微的,我的胆子不是那么大。我写文章是兢兢业业的,怕犯错误……我在文字上是很敏感的,推敲自己的作品,不要它犯错误。"②这样来看,不断推敲文字表达、绝不触及当时文艺体制所设定的创作边界、努力保持一个革命作家的立场,应该是孙犁审慎把握"风趣"绽开的限度,转而堵塞"轻佻"之流侵入文本的重要策略。

具体而言,孙犁对"风趣"的呈现与节制主要体现在以下方面。

其一,大片留白的"风趣"。孙犁的小说多涉及儿女情长,但在艺术处理上却极省笔墨,只是通过一两句话、一两个动作的白描,便匆匆收笔,看似有大片留白,但由此荡漾的情感涟漪却接续不断,确有他在评析《红楼梦》的艺术效果时所言"总是像在平静的湖面上投一大石……投石的地方已经平息,而它的四周仍动荡拍击不已"③的笔致与风味。如小说《女人们》之《子弟兵之家》一篇,李小翠的丈夫入伍时,她去送行。"临走,三太用眼招呼她。小翠把手一扬:'去你的吧!'两个人都笑了。李小翠便一边耍逗着怀里的孩子,一边想着心思,回家了。"④作品中,孙犁给我们营造了一种耐人寻味的情境,情境的每一个片段、每一句对话都饱含寓意,但孙犁并未将这有意味的空间展开,而是进行了简化处理,但内蕴的爱意情思却丝毫未减,引人遐想。试想,丈夫用眼神向她"招呼"什么?传递的内容又是什么?为什么"都笑了"?以及李小翠那

---

① 孙犁:《与友人论学习古文》,见《孙犁文集》(四)文艺理论卷,百花文艺出版社,1982年,第595—596页。
② 孙犁:《文学和生活的路——同〈文艺报〉记者谈话》,见《孙犁文集》(四)文艺理论卷,百花文艺出版社,1982年,第398页。
③ 孙犁:《关于长篇小说》,见《孙犁文集》(四)文艺理论卷,百花文艺出版社,1982年,第312页。
④ 孙犁:《女人们》,见《孙犁文集》(一)小说卷,百花文艺出版社,1981年,第28—29页。

句"去你的吧"的双层意蕴。即使在李小翠送完丈夫独自回家时,又为何要"耍逗孩子"?是寄托相思之情,还是转移内心的苦痛?她想的又是什么"心思"?对此,孙犁统统未言,但夫妻间很隐秘的一些情愫还是在看似水波不兴的书写中微澜时现,既还原了生活的原境,又不会有轻佻之感。又如《铁木前传》中小满儿清晨跑进干部房间一幕。干部入住黎大傻家之后,小满儿表现出极度的热情,先是洒水遮尘、抱柴烧水,接着又拿来香胰子烧好炕,随后便与干部谈叙,直至"干部长久失眠"。醒来时,"天还很早,小满儿跑了进来。她好像正在洗脸,只穿一件红毛线衣,挽着领子和袖口,脸上脖子上都带着水珠,她俯着身子在干部头起翻腾着,她的胸部时时摩贴在干部的脸上,一阵阵发散着温暖的香气。然后抓起她那胰子盒儿跑出去了"[①]。先看第一片段,干部为何长久失眠?是早已有之的睡眠不好,还是与前夜小满儿让人遐想却极度稳重的倾诉有关?但小满儿活泼灵动的身影无疑是搅扰干部休息的重要因素。孙犁看似燃起了情爱跳跃的火星,但仅以一句"长久失眠"便按下不表,唯见余烟袅袅。再看第二片段,这一场景将小满儿摇曳的风情展露无遗,不过孙犁为了保证这个形象不溢出叙事秩序,有意隐去了两个方面的内容,一是干部对此的反应,二是小满儿如此行为的动机。这就在一定程度上减弱了这个片段的挑逗性,更多成为一种有关青春活力的中性叙事。而且,小满儿这种令人思绪万千的行为在隐去了两个重要因素的介入之后,自然失去了展开的空间,仅仅成为她不含任何明显指向的孤独舞蹈,而将更多的困惑与多义留给读者。

其二,抽离丈夫回应的独语式"风趣"。在孙犁描摹的二人世界中,在情爱诉求方面占据主动地位的常常是女性形象,而男子往往处于无声的不应答状态之中,这就构成了孙犁笔下"风趣"勾描的另一种形态。如小说《丈夫》,其中就有新婚夫妻夜晚交流的一幕场景。"晚上,她悄悄地

[①] 孙犁:《铁木前传》,见《孙犁文集》(一)小说卷,百花文艺出版社,1981年,第438—439页。

对他说：'书里有什么好东西，你那么入迷？'"①丈夫用语悭吝，只说一句"你不知道"。妻子又问"你看人家多快活？"丈夫又一句"你不懂事"。等到妻子还想追问时，丈夫已酣然入眠。这时，多情多思的妻子只能"不好意思再问"，只是"靠近靠近他"。在这篇小说中，面对妻子的诸多困惑，丈夫始终未予解答，妻子的语气及谈叙内容分明流露出比书本更为鲜活的世俗生活内容，"靠近靠近他"是妻子羞赧而又主动的亲近。孙犁有意简化或隐去了丈夫的正常反应，也有意抽离了生活情感的正常浮现，从而使文本中牵动的情丝在一种略有不安的状态中无声消断。孙犁这样书写也有其合理性，尤其是在新婚时节、文化落差较大的家庭组合中。但孙犁并没有在此停笔，随后丈夫参军给她带来的光荣与精神满足，使她不但理解了丈夫的行为，而且也濡染上了丈夫的气质，直至"忙活了一晚上，竟连那圆圆的月亮也忘了看"②。这里，"月亮"成为妻子情感外化的中介，看来时时奏响的琴声尽管没有丈夫聆听，却有了月光柔媚的呼应。又如《嘱咐》这篇小说，离乡多年的水生回家探望，之前曾偶尔涌泛的对家的思念令他无比苦恼，甚至在他接近家园时也毫无欣悦之感，反倒感到"一阵心烦意乱"。孙犁有意束紧水生的情感，刻意放大他与妻儿的心理距离，目的就是让他在回家后只是一个有丈夫身份的归人，一个在前线抗战的战士，一个几乎完全不能体会妻子心思的失语者。小说中，孙犁将全部笔墨都放在妻子身上，尽情抖搂出她对丈夫有苦难言的疼爱、怜惜与支持。从她初见丈夫的"一怔"，到强掩地"笑了笑"，到不由自主地"哭"，接着就是紧走几步点灯打火，并戏谑一句"还做客吗？"最后是唤醒孩子认爹，短短几句，一个多情、乖顺、疼人，多少还有点抱怨并祈求理解与温存的妇女形象如在目前。妻子一连串的动作这才唤醒了水生对家及丈夫角色的记忆，但他的表现是被动的，应答也是语焉不详。其中，

---

① 孙犁：《丈夫》，见《孙犁文集》（一）小说卷，百花文艺出版社，1981年，第51—52页。
② 孙犁：《丈夫》，见《孙犁文集》（一）小说卷，百花文艺出版社，1981年，第55页。

特别有意味的是孙犁对四个片段的安排。一是水生这句"想我吗？"是问儿子，而不是问妻子，这样的叙事目的非常明显，因为孩子天真直率的回答引不来叙事风险。二是妻子忙完之后问水生："你也想过家吗？"并非"你想过我吗？""家"和"我"之间的置换或许能将叙事的情感因素洁化到不逾叙事规矩的程度。三是当孩子睡着后，妻子"爬到孩子身边去"，绝不是与水生耳鬓厮磨。何况丈夫已有困意，妻子却难以入眠。四是当妻子终于问及"你想起过我吗"时，水生只是一句"不是说过了吗？想过"[①]。但等妻子再追问时，集合令已经吹响，"女人呆了。她低下头去，又无力地仄在炕上"[②]。孙犁就以这样的表现策略将夫妻之间本该有的情趣与私话单向地落在妻子的心理反应上，又以战时任务瞬间平息了妻子内心的波纹，也使文中的"风趣"转而在一种更为激越、更有感召的轨道滑行。

其三，惊艳式的"风趣"与精神凝视。孙犁的小说中多有泼辣、美艳、纯真的女性形象，这类形象因其暧昧性的行为极易落入"轻佻"的陷阱。但孙犁在处理这类形象时有其特殊的方式，既让其充分展现女性的风情意趣，又通过有效的叙事干预，使其稳定地停留在可控的状态。如中篇小说《村歌》中双眉的出场，区长老邴正在院里看文件，突然"听见吃吃的笑声"，转过脸来，只见一个姑娘正笑着打枣。正是未见其人，先闻其声。然后，孙犁细细描摹了姑娘的长相，"细长身子，梳理得明亮乌黑的头发，披在肩上；红线白线紫花线合织的方格子上身，下身穿一条短裤，光脚穿着薄薄的新做的红鞋"。夺人的不仅在长相，更在于她敏锐的目光，"她好像早就测量好了方位距离，一眼就望到了区长的脸上"。对姑娘白皙的面庞和流动的眼神，老邴不置可否。接着，姑娘走出院门，"又回头望了望"。老邴跟进，"那姑娘在屋里脸贴着镜子，望着老邴"[③]。

---

① 孙犁：《嘱咐》，见《孙犁文集》（一）小说卷，百花文艺出版社，1981年，第170页。
② 同上，第172页。
③ 孙犁：《村歌》，见《孙犁文集》（一）小说卷，百花文艺出版社，1981年，第322页。

双眉这样惊艳式的出场，很容易让人想起"三言"、"二拍"、《聊斋志异》或《西厢记》中的类似情境，老邴也可能在读者的心中被轻易地置换为"拂墙花影动，疑是玉人来"的张生，下一步便是红绡帐底卧鸳鸯的低级趣味了。孙犁显然不愿让读者走进预想的叙事状态中，因为按照正常的逻辑，目睹这样一位顾盼生辉的女子，老邴应该在心底发问的是：她是谁？是谁家的女人？结婚没？叫啥？但孙犁却让老邴生疑的是："她为什么不去开会？"这样一来，老邴的循声而去就不是世俗意义上的寻艳，而成为一探究竟的工作诉求。而双眉在见到老邴时的一句"我有个问题，和你讨论讨论"①，又彻底熄灭了这一形象所暗含的暧昧情态，反倒显现出一种大胆、干练的泼辣劲来。又如《铁木前传》中小满儿出去磨面的风情万种，"头上顶着一个大笸箩，一只手伸上去扶住边缘……她的新做的时兴的花袄，被风吹折起前襟，露出鲜红的里儿；她的肥大的像两口大钟似的棉裤脚，有节奏地相互摩擦着。她的绣花鞋，平整地在地上迈动，像留不下脚印似的那样轻松。她那空着的一只手，扮演舞蹈似的前后摆动着，柔嫩得像粉面儿捏成。她的脸微微红涨，为了不显出气喘，她把两片红润的嘴唇紧闭着，把脖子里的纽扣儿也预先解开了"②。小满儿的出场，引来大批年轻人的围观，就连进步青年九儿也凝眸注视着这个"长得极端俊俏，眉眼十分飞动的女孩子"③。值得注意的是，对这样一位难以归入正常乡村秩序的女孩，孙犁只是尽力展现她的傲娇身姿，以及孤独、敏感、犹疑、渴望自由又畏惧社会舆情围攻的复杂个性，却并没有为之附加更多道德层面上的意义，这就使得这个形象在冲击传统生活秩序的前提下又有了某种值得怜惜和同情的成分。这种写作策略具体表现在村中青年对其精神性的凝视及小满儿爱情对象的相对稳定两个方面。先看前者，情痴型男

---

① 孙犁：《村歌》，见《孙犁文集》（一）小说卷，百花文艺出版社，1981年，第323页。
② 孙犁：《铁木前传》，见《孙犁文集》（一）小说卷，百花文艺出版社，1981年，第408页。
③ 同上，第412页。

子的设置。杨卯儿见到小满儿,一时不能自已,"他从未看见过这样好看的女人",但仅仅止于精神沉醉,并不延展至生理层面。六儿对其垂青,但他的单纯、幼稚、迟钝及在女人跟前的爽快大度,决定了他对小满儿的爱恋只是一种并不掺杂明显欲望元素的喜欢。即使在小满儿装疯卖傻、逃学夜归,六儿背其回家时,也毫无低下之趣。"小满儿仍然在哭泣,眼泪滴在六儿的脖子里……她噘起嘴轻轻地无声地吹嘘着六儿的脖子后面……但等到她偷偷地把嘴唇伸到他的脸上,热烈地吻着的时候,六儿才知道她并没有发生什么意外"①。小满儿在六儿面前的情感外露,在他人看来或许有些轻浮,但与六儿毫不违和。因为六儿的生活追求是单一的,没有多少社会生活的丰富意涵,故而只有在六儿跟前,小满儿才有赤子之心的吐露,且没有轻佻之忧。或者说,正因为小满儿没有与他人厮混的道德缺陷,所以她和六儿的亲密接触也就限定在单纯的两情相悦的爱情层面上。何况,小说中的六儿只是一个对小满儿的情爱询唤毫无应答的精神凝视者。

其四,曲喻旁托的"风趣"。孙犁的小说之所以有诗境,很大程度上得益于曲喻旁托之功。这种表现手法一则可以纾解情思荡漾所可能造成的阅读震荡,保证创作志趣的纯正雅致,另则也可呈现地域风物的斑斓情韵。如《风云初记》中芒种与春儿相见一幕。芒种打水时看到春儿,马上"直直地望着",一副陶醉样态。春儿回头一笑,意蕴万千。虽只是一个简单的片段,但两个青年男女之间的相互爱慕之情溢于言表,真有所谓《红楼梦》中薛宝钗诗云"淡极始知花更艳"之效。但孙犁并未就此顿笔,而是用曲喻旁托的手法将二人的情思绵延在安谧的夜色中,从而使这种建立在生活基础之上的爱情既淡雅舒缓,又生气充盈。有意味的是,陪伴两人的夜景又绝不雷同,映衬芒种的是庄稼悄无声息的生长,"天空滴着露水。在田野里,它滴在拔节生长的高粱棵上,在土墙周围,它滴在发

---

① 孙犁:《铁木前传》,见《孙犁文集》(一)小说卷,百花文艺出版社,1981年,第448页。

红裂缝的枣儿上,在宽大的场院里,滴在年轻力壮的芒种身上和躺在他身边的大青石碌碡上"。而映衬春儿的则是舒缓开放的花朵和灵动的昆虫,"养在窗外葫芦架上的一只嫩绿的蝈蝈儿,吸饱了露水,叫的正高兴;葫芦沉重的下垂,遍体生着像婴儿嫩皮上的茸毛,露水穿过茸毛滴落。架上面,一朵宽大的白花,挺着长长的箭,向着天空开放了。蝈蝈儿叫着,慢慢爬到那里去"[1]。而露水与成长之间的隐喻关系,又将自然与爱情、生活与追求等社会内容贴切地融合在一起,以图声互映、人物同构的方式巧妙传达了两人宁静而激越、简约而丰饶的理想追求。又如春儿军事学院培训结束后偶遇芒种一幕。看到芒种背着沉重的行囊,春儿抢过背在自己身上,"她用力拉着两个肩头上的带子,她的胸脯还是叫带子挤得高高地鼓了起来"[2]。芒种赶快跑来,"我给你松一松",春儿言"我不松",转身跑远,只留下笑声一片。这一场景颇有情欲的跳动,健康活泼的小儿女情态栩栩如生。但只是烛光一闪,马上复归平静,孙犁转而开始细腻描述春儿在地上玩沙弄草一幕,"她拔着沙地上的野草玩儿。在她旁边,有一棵苍翠的小草,头顶上歪歪着一朵紫色的铜钱大小的花朵……春儿挖掘着白沙下面的湿土,拍成一个小窑……在小窑的旁边,她又堆起一座小塔……在平台上面,轻轻地整齐地插上三枝草花"。[3]孙犁的这段描写很含蓄,借助外在景物的烘托,将春儿缜密的心思、聪敏的心机及丰富的心理展现充分,也把她潜藏的心愿隐晦又直接地传达出来。看来孙犁颇解"风趣"之味,大有吴梅所言"正告之不足,旁引曲喻之则有余也"[4]之力。

---

[1] 孙犁:《风云初记》,见《孙犁文集》(二)小说卷,百花文艺出版社,1982年,第14页。
[2] 同上,第299页。
[3] 同上,第299—300页。
[4] 吴梅:《论作剧法引言》,见陈多、叶长海选注《中国历代剧论选注》,上海古籍出版社,2010年,525页。

三、"风趣"问题对孙犁研究之意义

以茅盾对孙犁创作风格的评价为基准,重新观照孙犁小说中"风趣"的呈现方式与克制策略,究竟有何意义?对廓清现有孙犁研究中的相关问题能否有切实性的助推?有关这个问题的解答,不仅关乎问题本身的真伪性,而且也关乎选题的创新性。依笔者看来,截至目前,茅盾对孙犁的论说依然是最为中肯的评价,他对孙犁的"规诫",既是对孙犁小说审美内质的精准把握,又是对其一味专注于个人审美情趣致使创作视界变小的善意提醒。学界长期以来对茅盾评论的选择性援用,使学界对孙犁的评价越来越趋于单面性的重复。加之文化研究思潮的影响,又使孙犁研究在理论虚热、边界外扩之余呈现出诸多误读、偏读的现象。而真正触及孙犁创作肌理的"风趣"问题,一直没有得到充分关注,对这一问题的省思,对当前重读50年代到70年代文学经典、重估社会主义文学写作经验有显在的积极意义。尤其重要的是,对孙犁小说中"风趣"问题的把握,可以廓清现有孙犁研究中的一些重要论断,对重新认知孙犁小说的创作风格、重新梳理孙犁与革命文化的关系、重新辨析孙犁小说遭受批评的内在原因有更为切实的支撑。从这个角度而言,"风趣"问题的解答,其实是揭开孙犁小说审美幕布的重要抓手。下面,我们就"风趣"问题所引发的思考再作论析。

其一,以风趣镶边的现实主义者。

新时期以来,很多文学批评家及文学史家在论及孙犁小说的艺术特色时,往往冠以浪漫主义风格的指称。且不论这种指称有无道理,单是孙犁本身就对此决不认同,他曾专门强调:"可以说,我所走的文学道路,是现实主义的。有些评论家,在过去说我是小资产阶级的,现在又说我是浪漫主义的。他们的说法,不符合实际。有些评论,因为颠倒了是非,常常说不到点上。"①这就昭示了孙犁是一个现实主义作家，其风格也是现实主义的，与浪漫主义毫无关联。其实，我们从其创作上也可以体味到其现实主义精神的典型性。如他前期小说的选材，都是取自他所经历的艰苦岁月，多是发生在冀东山地或水淀的不奇又奇的战地生活。如他笔下的形象，尤其是女性形象，更是源自他所体味过的生活土壤。孙犁曾言："在我的作品里，大部分的人物是有真人做根据的。有时因为我对那一种性情的人物有偏爱，因此，在我的作品里，也常有类似的人物出现。"②如他对典型化这一现实主义核心创作原则的坚守，他曾这样描述生活原型与艺术创造之间的关系，"小说里的那个女孩子，绝不是这次遇到的这个妇女。这个妇女很刁泼，并不可爱……《山地回忆》里的女孩子，是很多山地女孩子的化身"③。那么，我们又该如何看待其小说中那些富有诗意色彩的风物片段呢？依笔者来看，这只是孙犁凝视现实生活的一扇视窗，这扇视窗决定了孙犁撷取生活材料的角度与绘景造物的方式，与其自身的审美偏好和个人情趣紧密相关。如果以绘画作譬，同期作家展现出的画面很可能是硝烟四起的激战场景，游击队员跳出战壕，身姿矫健，军号怒吹，断壁残垣。而在孙犁笔下可能只是一斗方小景，一个游击队员俯身迎敌，妻子在身后的苇荡里焦急等待，手里还拿着给丈夫替换的衣服，身旁有青蛙在荷叶上安详如佛。如果这样的譬喻可以成立，那么我们说孙犁小说中的诗意片段，其实不过是现实主义的美丽镶边而已，镶边的材料便是孙犁笔下混合着真、趣与地域风尚的浓郁风趣。

其二，风趣使孙犁难以进入革命文化的中心。

近二十年来，孙犁与革命文化的关系问题成为孙犁研究的重要内容。其实，这个问题所可能葆有的空间并不畅阔。原因在于孙犁的创作从未

---

① 孙犁：《自序》，见《孙犁文集》（一）小说卷，百花文艺出版社，1981年，第2页。
② 孙犁：《答〈文艺学习〉编辑部问》，见《孙犁文集》（四）文艺理论卷，百花文艺出版社，1982年，第366页。
③ 孙犁：《关于〈山地回忆〉的回忆》，见《孙犁文集》（四）文艺理论卷，百花文艺出版社，1982年，第621—622页。

远离过政治文化,他曾言"一生行止,都是被时代所推移,顺潮流而动作",但"在过去的几十年中,跟在队伍的后面,还幸而没有落荒。虽然缺少扬厉的姿态,所迈的步子,现在听起来,还是坚定有力的"。①至于他对政治与文艺的辩证关系,更是从未产生过怀疑。他认同政治决定文艺的论断,只是认为不需要在作品中交代政策,即"政治已经在现实生活里起了作用,使生活发生了变化,你去反映现实生活,自然就反映出政治"②。同时,也为某些研究者错解他的话而颇为激愤,"我说我写东西要离'政治'远一点,这个'政治'应该是加引号的。我的意思是,我不在作品里交代政策,不写一时一地的东西。但并不是说我的作品里没有政治"③。看来,如果一味寻求孙犁写作与主流意识形态之间的内在龃龉,强行要把孙犁视为革命文化或政治文化的多余人,其实是对孙犁的一种误读。但为何孙犁难以进入革命文化的中心?原因自然在于他笔下葱郁的风趣。这些富有生活性的情态与情韵尽管围绕革命者展开,但在当时特定的政治语境下无疑弱化了革命者的坚强与勇毅,也使文本的内容不能集中反映火热广阔的革命生活。按照当时的评价术语而言,就是立意不高、情志不纯。所以,孙犁不是说不想进入革命文化中心,也不是自我边缘化,而是因审美情趣的问题致使他想进而难进,50年代对其作品的批评就可见一斑。只有在政治环境宽松之后,思想性和艺术性的等差关系不再鲜明时,孙犁的作品才能获得较为广泛的认同,所以他才半含幽怨地说:"在过去若干年里,强调政治,我的作品就不行了,也可能就有人批评了;有时强

---

① 孙犁:《〈善闇室纪年〉序》,见《孙犁文集》(五)杂著卷,百花文艺出版社,1982年,第7页。
② 孙犁:《文学和生活的路——同〈文艺报〉记者谈话》,见《孙犁文集》(四)文艺理论卷,百花文艺出版社,1982年,第389页。
③ 王愚:《语重心长话创作——访孙犁同志》,见刘金镛、房福贤编《中国当代文学研究资料·孙犁研究专集》,江苏人民出版社,1983年,第69—70页。

调第二标准，情况就好一点。"①

其三，风趣模糊了孙犁小说形象的类别。

50年代初，孙犁的小说遭逢了两次较大的批评，这些批评在肯定其"简洁而细腻地刻画了农村男女勤劳明朗的性格和英勇刚强的斗争精神"的同时，也尖锐指出孙犁在创作中流露出"一种不健康的倾向"，即"把正面人物的情感庸俗化，甚至，是把农村妇女的性格强行分裂，写成了有着无产阶级革命行动和小资产阶级感情、趣味的人物"②，"所以表现在他的作品里面的，便经常是些诗情画意的题材和轻佻美慧的女性"③。这些评论自然带有激进时期对文学创作进行政治性裁决的简单与粗暴，但细细品味这些说法又能引发我们对孙犁作品的深入反思。客观上，孙犁小说的形象的确在某种程度上具有含混多义的特征，这些特征在较为丰富地展现出人物心理图景的同时，也对孙犁预先设定的人物身份形成冲击，直至淡化了那个时代革命文学所要求的人物的阶级归属与革命行动、革命感情之间的对应关系。如他小说中那些积极回应时代诉求、支持丈夫入伍抗敌，同时有着传统道德观念影响下的勇毅与烈性，又具有一定审美品位且洋溢着小女人情态的女性形象，的确与当时主流文学的价值追求形成明显的悖反，难免与当时农村的现实生活有一定距离。究其原因，主要在于孙犁所表现的生活是融入了个人审美化追求的生活，是带着自己对生活、人性的鲜活体味并用自己所偏爱的艺术方式所呈现出来的生活。其中，专注描摹日常生活片段的小视角，以及小视角下用心经营的"风趣"，则是孙犁小说在当时遭受责难的主要原因。这种写作策略自然与孙犁本人的性情癖好有一定关联。孙犁曾这样回忆："'文革'期间，我听过无数次对我的批判，都是不实或隔靴搔痒之词，很少能令人心服。唯有后期的一次

---

① 孙犁：《文学和生活的路——同〈文艺报〉记者谈话》，见《孙犁文集》（四）文艺理论卷，百花文艺出版社，1982年，第397页。
② 林志浩、张炳炎：《对孙犁创作的意见》，见刘金镛、房福贤编《中国当代文学研究资料·孙犁研究专集》，江苏人民出版社，1983年，第281页。
③ 同上，第288页。

会上，机关的革委会主任王君说：'这么多年，你生活上，花鸟虫鱼；作品里面，风花雪月。'我当时听了，确实为之一惊。这算触及灵魂了吧？"①这是孙犁唯一认同的批判话语。然而当这种认同以如此平静而戏谑的方式说出时，其间因"风趣"所带来的甘苦着实令人感怀不已。

原载《中国现代文学研究丛刊》2021年第8期

---

① 孙犁：《答吴泰昌问》，见《孙犁文集》（四）文艺理论卷，百花文艺出版社，1982年，第410页。

土与子

——另一种视角下的《人生》重读

近年来,随着路遥研究热的不断兴起,路遥的中篇小说《人生》又一次进入了当代文学研究者的视野,并不断推动着学界对路遥文学创作及文学史意义的理性认知与价值重估。这种现象自然关联着正在20世纪文学的各个时段整体铺开的反思意识,但能把话题如此密集地集中在一个作家或一部作品中,又不能不说是一种颇富意味的文化现象。作为路遥的同乡,作为当代文学的研究者,这一现象自然引发了我的关注,激起了我重读作品的冲动,也牵动了我掩卷之余的一些思考。这些思考都与解释本身及其有效性的矛盾有关,换句话说,既有研究成果一方面让我感觉到文学解释所许可的"差异性存在",即"一切解释都只具有局部的性质,没有一个解释能一次性地完全复制本文的含义"[1]。另一方面又让我感到某些研究或许已经偏离了作者的生活经验与意识世界,并非"真正的、内在的解释"[2],因为"解释者绝不会允许背离作者精神地在公共意味(内涵)的层面上作个人的联想(经验)"[3]。

为了廓清研究边界,并能随之展开再研究的可能性空间,我先对最近

---

[1] 赫施:《解释的有效性》,王才勇译,生活·读书·新知三联书店,1991年,第149页。
[2] 同上,第167页。
[3] 同上,第258页。

几年针对路遥小说《人生》的研究成果作一简单勾勒。其一,将高加林的悲剧性命运作为路遥的特意安排,在此基础上对路遥小说所处的新时期文学时段表示怀疑。如马场公彦称:"但小说并没有让高加林成功地站在城市与农村的中间,而是将他逼至在城市和农村都无法安居的'边缘人'的命运"①。这种解释显然是一种不及物的悬隔式批评,因为当时的社会语境不允许高加林能在城市与农村之外的第三场域存身。至于他将路遥的精神资源与革命文化传统、社会主义现实主义手法等对应起来,更是一种文化层级观念下无视文本现代性指向的机械溯源。事实上,路遥的《人生》与社会主义现实主义创作手法之间的关系并不紧密,理想主义色彩的光谱完全不同,以劳动来改变命运的说辞在文本逻辑中更不成立,与路遥小说真正有着内在呼应的恰恰是他为之讴歌和沉醉的陕北地域文化。其二,对小说所表现的"时间交叉点"的特殊聚焦,继而探究知识体系与乡土社会关系的松动。如刘素贞认为,"高家村还处在一个非常重要的时间交叉点——农村集体化后期、包产到户前夕……而这个时间点是非常关键的,因为处在农村集体化时代的末端,才有高加林的困境,而处于包产到户的前夕,高加林的进城失败回乡就会显得意味深长"②。客观而言,刘素贞对这个节点的把握是敏感的,问题是这一特殊节点的意义在高加林身上呈现得并不明朗,路遥也无意在这个角度安放高加林这颗跃动不居的灵魂,如果刻意来寻找节点与其悲剧的对应性,难免有过度阐释之嫌。何况,高加林并不单纯是农村集体化时期内生的个体,近现代以来在陕北的各个历史时期中其实都有这样寂寥的身影,只不过在20世纪80年代初期的城乡关系中,这一个体的逃离行为具有在历史更易中为时代塑形的特殊镜像功能。至于刘素贞叹惋的乡村共同体的断裂,也值得商榷。在陕北地域文化

---

① 马场公彦:《作为可能性的路遥文学——通过阅读〈人生〉〈平凡的世界〉得到的启示》,载《文艺理论与批评》2020年第3期。
② 刘素贞:《"时间交叉点"与两种"结局"的可能——再论路遥对〈人生〉中"高加林难题"的回应》,载《文艺争鸣》2017年第6期。

中,所谓的逻辑意义上的乡村共同体从来都是不完整的,更是脆弱、运动而又充满罅隙的,其裂缝的大小与环境的变化、条件的成熟,抑或偶然性因素的介入有着深刻联系。其三,从高加林作为教育者和被教育者的"双重失败",来反思"时代为知识分子设计的道路并不可行"[1]。这样的观点不能说全无道理,也暗含着对"文革"期间知识青年运动的反思,但作者显然忽略了作者的意图,主观性地淡化了小说所反映的历史场景,及这种场景下路遥对笔下人物关系的重组。而这种重组恰恰是《人生》能够使时代与读者之间的询唤关系得以生成的重要中介。其四,对小说中部分特殊审美意象的关注,如杨晓帆对高加林"更衣"细节的阐释,"最贴切地象征了高加林的进城之路,它从一开始就预示了一个妥协的结局"[2]。又如刘素贞通过对刘巧珍由"红头巾"到"红盖头"的对比,揭示出"一个是现代文明人视觉里的乡土想象,一个是乡土文化一直未中断而接续上的礼俗",而"她这一姿态,也许就是在已然到来的集体化崩溃时期,路遥给予乡村共同体的一种出路和选择"。[3]先看前者,黄亚萍对高加林的服饰改造,是为了让高加林快速融入城市生活中来,这也是精神追求上本不属于乡村的高加林本身的自觉认同行为,单纯是因为他与城市流行风潮间隔已久,这才看起来似乎有一种接受的被动性,其实与他向城市生活的妥协并无直接关联。再看后者,明显过度放大了"红盖头"与"红头巾"的对立性。高加林为刘巧珍购买红色围巾,是因为"想起他看过的一张外国油画上,有一个漂亮的姑娘很像巧珍,只是画面上的姑娘头上包着红头巾"[4]。也就是说,就高加林在大热天为刘巧珍系上红头巾的行为而言,分别的留念、内心的安慰与感情方面的依依难舍等因素,要远远大于这个

---

[1] 陈林:《〈人生〉的现代想象与身份焦虑》,载《小说评论》2016年第4期。
[2] 杨晓帆:《怎么办?——〈人生〉与80年代的"新人"故事》,载《文艺争鸣》2015年第4期。
[3] 刘素贞:《"时间交叉点"与两种"结局"的可能——再论路遥对〈人生〉中"高加林难题"的回应》,载《文艺争鸣》2017年第6期。
[4] 路遥:《人生》,中国青年出版社,1982年,第150页。

红头巾所附着的其他现代性的意涵。另外,从"红色"中也可看到高加林之所以如此选择的文化根性。其五,对小说中德行叙事的重新考量,如杨庆祥借用"大地法"和"强权法"来概括传统与现实的较量,即"《人生》中的高加林,当他为'强权法'所激励,并身体力行地践行的时候,一直有一个执拗的'大地法'在劝诫着他,维系着他的精神平衡"[①]。这种解读多少有些生硬,传统与现代之间的紧张关系在小说中并非彼此不容的存在,相反,传统始终以一种温性的力量参与、激励、抚慰着高加林的进城之路与返归之途。在陕北地域文化中,对高加林这一类出走者素来抱有理解的态度,即使落拓而返,村民在失望之余,所表现出的更多是不甘、不解,乃至命不扶人、时不利人的感慨。其六,对人与土地关系的发现,如周新民所言,"《人生》这部小说……还进一步思考了人与土地的关系"[②]。这个观点令人欣喜,这是长久以来《人生》解读史中一直被或忽略或简化的重要问题。遗憾的是,周新民在该文中只是一语提及,并未展开,但也为后续研究留下可供言说的充分空间。

由此可知,当前对小说《人生》的研究多是放大小说叙事中的部分现象借以显现创新元素的外在批评,缺乏真正能剖解路遥创作初衷、解析路遥所依存的地域文化心理,并对《人生》进行客观考量的及物式批评。究其内在的原因,一是对80年代社会环境的悬置,二是对陕北文化的隔膜,三是对路遥笔下人物基本生存方式和精神心理的毫无体验。这样一来,借着外来的一些理论术语,从其作品中竭力找寻话语方面的模糊关联,丧失了对路遥作品内在肌理的基本尊重,从而使文本在碎片状的解读过程中日益滑向理论多义的陷阱,客观上导致了目前的《人生》重读正在成为一种难切肯綮的误读与偏读。

---

① 杨庆祥:《路遥的多元美学谱系——以〈人生〉为原点》,载《文学评论》2020年第5期。
② 周新民:《〈人生〉与"80年代"文学的历史叙述》,载《文学评论》2015年第3期。

事实上，路遥曾在创作谈中表达过"如何对待土地——或者说如何对待生息在土地上的劳动大众的问题"①，赵园也曾写到"路遥《人生》写女主人公巧珍失恋后，'天天要挣扎着下地去劳动，她觉得大地的胸怀是无比广阔的，它能容纳了人世间的所有痛苦'。也令人感到更属拟想"②。不管是作者的自述，还是赵园的不解，这一问题始终没能引起研究者的高度关注。从这个意义上来讲，土地与子民的内在关系或许是切中《人生》要义、破解高加林式难题的特殊路径。

一、缘何出走及其可能性

《人生》中引起研究者广泛争论的莫过于高加林的出走问题。对这一问题的解答，直接影响到文本的意蕴和路遥本人的创作心理。鉴于《人生》表现的是陕北地域农村生活，路遥又是一个具有浓重乡土意识的农裔作家，其命运的多舛、奋斗的艰辛，包括贯穿其一生的精神意识的版图，莫不与陕北地域文化有着内在的关联。为此，对于这样一个生存活动、文学活动与社会活动基本束结在陕北地域，同时又深刻体味了时代更迭的欣喜与阵痛的特定作家而言，丹纳所言的种族、地域、环境等要素，依然是解读路遥、品味《人生》的有效策略。换言之，我们尽可以从多个方面、多种视角来观瞻《人生》的意义世界，但最贴近作家意图与文本叙事秩序的还是苦难而厚重的陕北地域文化。

地理意义上的陕北，一般指称的是包含榆林与延安两个地区在内的黄土高原区域，北连内蒙古毛乌苏沙漠边缘，南接渭北旱塬，西越子午岭与陇东相望，东隔黄河与晋西为邻，总面积约八万平方公里。由于长时间的水土流失及历代垦伐，"土塬表层地形破碎，沟壑纵横，几无平地；同时

---

① 路遥：《早晨从中午开始》，西北大学出版社，1992年，第109页。
② 赵园：《地之子——乡村小说与农民文化》，北京十月文艺出版社，1993年，第21页。

风沙日烈，亢旱无雨，植被绝少"①。这一自然地理景观一直从清代以来到20世纪80年代初期变化甚小。

历史意义上的陕北，则是一曲农耕与游牧变奏的苦歌。从商周以来，鬼方、猃狁、白狄、乌桓等多个少数民族在此问鼎称雄，北宋时陕北仍为边地，范仲淹一声"将军白发征夫泪"道尽了征战戍边之苦。有明之后，这一"绳结"之域的时耕时牧状况才略有改变，但历史性形成的半畜半农的生存方式，成为界分这一区域与其他区域的明显边界。

正是在这种特殊的地理历史环境下，即使在近现代社会，陕北区域依然还是苦焦之地的代称。先说其荒蛮，偏居沟壑，人迹罕至，清代许瑶到此造访后感慨不已，"若非身亲其地，几不知普天之下，有如此荒区；率土之民，有如此茕苦者。千里顽山，四围重阻，商贾难以至其地，行旅难以出其乡"②。二看其闭塞，"区域内部交通不便，社会交往缺乏，乡村之间一般仅有羊肠小道联系。许多男人一生的活动范围不出方圆百里，女人们则更少出门"③。再论其生存之苦，"民生莫不有居室，而延民独瓦砾丘墟，窟土而处……民生莫不有衣食，而延民独赭黔百结，肘露踵穿"④。为此，陕北人常常自称为"受苦人"，这一方面是对生存状态的无奈认同，另一方面也是对自己卑贱境遇的自我解嘲，此外也多少暗含着对苦难命运的不解与抗争。那么，逃离或者出走就成为唯一的选择。许瑶来延后，曾惊奇地发现"按册则丁多，阅人则丁寡……人无固志，逋亡愈多。破窑非可恋之居，蓝缕无难挈之物，流离转徙，客死他乡"⑤。其

---

① 惠雁冰：《无力的出走：历史上陕北民歌的精神主题》，载《广西社会科学》2003年第2期。
② 许瑶：《延民疾苦五条》（节选），见延安市地方志编纂委员会编《延安地区志》，西安出版社，2000年，第1207页。
③ 吕静：《陕北文化研究》，学林出版社，2004年，第45页。
④ 许瑶：《延民疾苦五条》（节选），见延安市地方志编纂委员会编《延安地区志》，西安出版社，2000年，第1207页。
⑤ 同上，第1208页。

中，从"人无固志"一说，我们就可深刻体味到在陕北区域中所谓稳固的乡村共同体并不存在。当然，出走是有条件的，出走者既要有远行的胆量，又要有一定的生存能力，再者要有年轻的资本，或者是了无牵挂的社会关系的单一性。而其他不具备诸种优势的陕北人则只能是困守田园，面朝黄土背朝天。说到这里，再来反观陕北民歌的嘹亮与憨直时，不难体会到不管是"哥哥你走西口，小妹妹实难留"的缠绵，还是"一碗凉水一张纸，谁先变心谁先死"的刚烈，都流淌着留守者不能随行的一种欲说还休的悲酸。从这个角度而言，陕北民歌是陕北地域文化的载体，是陕北地理历史的艺术传达介质，是陕北人苦难命运的浪漫阐释，内里永远凝结着"出走"与"无望"这一历史性、精神性的文学母题。遗憾的是，好多研究陕北文化的学者对这一问题重视不够，尤其在解读陕北民歌时，包括解读陕北剪纸和炕围子画中那些灿然绽开的花鸟虫鱼、小桥流水、亭台楼阁等这个地域绝少出现的图景时，总以为字面上的哥哥妹妹传达的是陕北人率真热烈的情怀，朴拙的图样传达的是陕北人对美好生活的憧憬，唯独漠视了其中蓄积的陕北人亘古难移的逃离土地羁绊、改写自己命运的深沉呼喊。

《人生》中的高加林显然就是一个极度渴望逃离陕北的农村青年。由于生长在贫困的农民家庭，摆在其面前的道路举目可见，即倘若没有出走的机会，他只能与父辈一样在日晒雨淋的黄土地里挨受生存的苦累。所以，小说中一再说到他"虽然没有认真地在土地上劳动过，但他是农民的儿子，知道在这贫瘠的山区当个农民意味着什么……他虽然从来也没鄙视过任何一个农民，但他自己从来都没有当农民的精神准备"[1]。这段话暗含着一种深刻的矛盾，这种矛盾是生为农民却不想当农民、理解农民却不能认同农民式生存、已经陷入身份的轮回秩序却时刻蓄势打破轮回秩序的矛盾。这种矛盾在没有陕北生存体验的研究者看来，或许将高加林的困惑视作一种狭隘而自私的忘本心理，或者说是一种毫不具有现实指认性的浮

---

[1] 路遥：《人生》，中国青年出版社，1982年，第5页。

躁情绪，甚至是路遥为了体现对某种道德情怀的妥协而特意做出的美学修辞行为。但如果将其置于陕北地域文化中，置于陕北农村青年是安守宿命还是反诘生存的特定语境中，高加林的精神心理无疑具有高度的真实性，且与陕北文化中"出走"这一醒目的精神主题构成强烈的应答关系。延续这个角度来阅读文本，我们就能理解高加林民办教师职位被外力消除后的焦躁与沮丧，也能理解他日益在心胸中升腾的并在自我精神世界中不断奔突的复仇意识，也能理解他初次到集市上卖馍的尴尬，以及出山时故意把自己"装束得就像个叫花子一样"、强行劳动时"没命地抡镢头"①的疯狂行为。这种类似于行为艺术的表演，表层看起来是心高气傲的年轻人忍受不了生活打击的负气心理所致，但深层显现的则是完全可以脱离黄土地却为何被处处羁绊的愤懑与质疑。这种质疑之声响彻整个文本，文本情节的所有环节也都围绕着高加林的这种不甘与不解而展开。这既是高加林苦难人生的起点，也是他曾一度逃离乡土最终却在各种因素的合力中颓唐而返的终点。

路遥显然对这个有着较强自传性色彩的人物给予了无比的热情与厚爱。为了让这个人物有其出走的可能性，并能在大众阅读的层面上获得比较一致的认同，他在高加林身上处处打下了本不是农民或本不该是农民的多种特征。如他的长相，"脸上的皮肤稍有点黑；高鼻梁，大花眼，两道剑眉特别耐看……他是英俊的，尤其是在他沉思和皱着眉头的时候，更显示出一种很有魅力的男性美"②。又如他修长而壮实的身材，"没有体力劳动留下的任何印记……看出他进行过规范的体育锻炼"③。再如他在"初中就养成了每天看报的习惯"④，超越常人的对国际时事的热切关注，以及爱好文学、善写文章、吹拉弹唱的本事，处处都显示出他与父辈

---

① 路遥：《人生》，中国青年出版社，1982年，第51—53页。
② 同上，第16页。
③ 同上，第16页。
④ 同上，第31页。

及村中同龄青年的巨大差距。这种竭力表现与美化的成分,既表征出高加林作为农裔子弟的身份与其精神气质的巨大反差,又不断强化着他渴望突围继而实现人生改写的内在冲动。当然,这只是路遥为这个人物蓄势的一种直接策略,另一种间接策略则通过高家村村里村外其他人的视角呈现出来。如父亲高玉德心目中的高加林,"从小娇生惯养,没受过苦,嫩皮嫩肉的,往后漫长的艰苦的劳动怎能熬下去呀"[1]。如刘巧珍对高加林的清醒认知,"加林哥有文化,可以远走高飞;她不识字,这一辈子就是土地上的人了"[2]。又如村中能人高明楼的看法,"这一条川道里,和他一样大的年轻人,顶上他的不多。他会写,会画,会唱,会拉,性子又硬,心计又灵,一身的大丈夫气概"[3]。黄亚萍从来就没有把高加林视作一个应该留在农村的人,"你实际上根本不像个乡下人了"[4]。至于高加林自己,更是从来没有把自己与黄土地联系在一起,虽在赶集回来时对巧珍有眼热心跳之感,然随即就对自己的行为后悔不已,"他甚至觉得他匆忙地和一个没文化的农村姑娘发生这样的事,简直是一种堕落和消沉的表现;等于承认自己要一辈子甘心当农民了"[5]。由上所述,我们不难理解在随后的命运之舟中颠簸不已的高加林,尽管有过内心的复杂纠结,但依然执拗而毫无回旋地如离弦的箭矢一般直飞向前,当我们以狭隘的负心郎来指称这位倔强的奋进者之时,或许恰恰忽略了他孤独前行的身影背后所蕴含的土地与生存之间的共振关系。

二、出走缘何如此艰难及吁求的合理性

《人生》中高加林一波三折的命运令人扼腕,但内在原因更值得我们

---

[1] 路遥:《人生》,中国青年出版社,1982年,第5页。
[2] 同上,第95页。
[3] 同上,第83页。
[4] 同上,第136页。
[5] 同上,第56页。

省思，因为这不仅仅关乎一个有志者理想难以实现的悲哀，也是一个时期一代青年难以改变的人生轨迹。对此，刘素贞认为，"高加林的痛苦代表了20世纪70年代末农村知识青年的共同思想苦闷"①。此言并不准确，合理的表述应该是：高加林的痛苦代表了20世纪70年代末所有无力通过正常方式进入城市秩序的农村青年的共同思想苦闷。那么随之而来的问题就是，为何这么一个才华横溢的青年却独独没有跻身城市的机会？其出走的步履为何如此艰难？

事实上，只要对新中国成立后城乡体制严峻对立的状况有所了解，这样的问题自然不难理解。新中国成立初期，为了快速消除国家工业化策略下大量农民进城、城市负担日趋加重的影响，1958年全国人大常委会通过了《中华人民共和国户口登记条例》，称"公民由农村迁往城市，必须持有城市劳动部门的录用证明，学校的录取证明，或者城市户口登记机关的准予迁入的证明"②。而且，国家对具有上述证明的人数也有严格限制，即"严格限制持农村户口者流入城市，按规定每年只有约1.5‰的人可以转为城市户口，这其中主要是一些因工作成绩突出而被提升进城的干部和其家庭成员，以及通过招工、招生和参军等机会获得城市户口的少数农村人口。由此看来，农民想要向城市流动是非常困难的"③。在这种情况下，全国人口自然被划分为农业户口与非农业户口两种形式，政府牢牢把握着农户向非农户转变的政策原则、通过比例与适应人群，继而"通过粮食供给制度、副食品供给制度、住宅制度及教育、就业、养老保险、婚姻、生育等方面城乡分割的具体措施，把公民划为两大身份不同、待遇不同的经济利益集团"④。即使在改革开放初期，这一严格的户籍制度及其附着的其他社会性内涵并无改变。1981年12月，"国务院又发出了《关于严格控

---

① 刘素贞：《"时间交叉点"与两种"结局"的可能——再论路遥对〈人生〉中"高加林难题"的回应》，载《文艺争鸣》2017年第6期。
② 《中华人民共和国户口登记条例》，群众出版社，1958年，第5页。
③ 杨云善、时明德：《中国农民工问题分析》，河南人民出版社，2007年，第2页。
④ 同上，第1—2页。

制农村劳动力就业务工和农业人口转为非农业人口的通知》。主要是：严格控制从农村招工，认真清理企业、事业单位使用的农村劳动力，加强户口与粮食管理"[①]。

由此一来，身为农业户口的高加林何以能有迁入城市、转而实现人生抱负的可能？从政策导向来看，他一则无招工的机遇，二则没有考上大学的幸运，三则没有参军的经历，所有能够通向城市的合法道路都被无情堵塞，他仅仅是一个持农业户口的有文化青年。所以，在不具有以正常手段、合法方式进入城市时，他非常看重"民办教师"这一岗位，这个岗位是在当时环境下可能挤入体制、改变自己农民身份的唯一渠道，按高加林的话来说，"这个职业对他来说还是充满希望的。几年之后，通过考试，他或许会转为正式的国家教师"[②]。否则，高明楼也不会为了自己儿子的前途将高加林从民办教师的队伍里无情清退。说到这里，我们就不难体会高加林闻知这个清退消息之后的咆哮一怒及随后的一蹶不振，也不难体会这样一个农民出身又在农村当民办教师，且素未对刘巧珍这个"川道里的头梢子"稍有青睐的年轻人，在经历了理想侧翻的痛苦打击后，居然和没有文化的刘巧珍在玉米地里绽开了火热的情思。原因只有一个，原来的高加林是个准公家人，是个暂未入体制的候选者，他绝不会把自己的未来和作为农民的刘巧珍联系在一起，他有一种身份上的优越感，而其内心的浪漫情怀与理想主义精神进一步浓化了这种优越感。可当自己无奈归入农民群落时，在没有明确的其他偶然性因素来助力时，他就感觉自己无非也只能是父辈命运的复制者。就在这种状况下，他被动地暂时认同了自己的命运。但这只是路遥人生审美的间歇性停顿，为的是让高加林在疗伤之后得以必要的情感抚慰，以便再次出发。但要在明知不可能改变现状还要强力改变之时，在笔下人物的实力才干始终无缘被体制认可之际，偶然性因素的介入便成为高加林曲线进城的唯一策略，也成为路遥借此来表达高加林

---

① 潘泰萍：《劳动力市场运行与劳动关系》，中国商务出版社，2009年，第126页。
② 路遥：《人生》，中国青年出版社，1982年，第5页。

这种合理性吁求不被理解的特定叙事方式。

　　这种策略在小说中进行了适当的改写，即并非通过高加林本身的努力，而是通过马占胜这一县劳动局副局长的巧妙钻营而成功实现，这是一条利用政策漏洞而人为改变现状的特殊路径，按当时的流行语来讲则是"走后门"。当然，之所以能够使高加林享受走后门这一非常待遇，是因为高加林二叔转业做了地区劳动局局长。倘若没有这个因素的介入，高加林的出走只能成为一己空想。所以，当高加林听到马占胜信誓旦旦着手其工作安排时，内心的惊喜不言而喻。至于马占胜用什么手段他则通通不顾，这是一个浑身充满理想主义精神的青年，也是一个从骨子里认定只有在城市才能实现生命价值的孤勇者。倒是马占胜痛快地向高明楼吐露出其中的奥秘，"现在县委通讯组正缺个通讯干事，加林又能写，以工代干……我早把上上下下弄好了。到时填个表，你这里把大队章子一盖，公社和县上有我哩。反正手续做得合合法法，捣鬼也要捣得实事求是嘛"[①]。在此，我们也能体会权力干预和政策运用之间的微妙关系，以及在当时环境下毫无社会关系关照的农村青年走向城市的无比艰难性。至于小说中为何要马占胜插手此事，而高加林二叔则一身正气，我的理解是为了充分表达高加林命运的被动性。这种被动与无缘无故地被清退、从天而降的恋爱、突如其来的工作安排、从未设想的南方诱惑，以及毫无心理准备的回返，构成一系列偶然性因素群，这些因素群以戏弄的方式让高加林在人生的峰谷跌宕回环，最终昭示农村青年个人突围的无助与虚妄。

　　为了让这种精神意义上的无助获得更为普遍的悲悯，路遥不断凸显着这个人物在适应城市生活方面的种种实力，并以这种实力不断彰显着高加林进城吁求的合理性。如他首次执行采访任务时的不惧艰险，埋头苦干；如他来到县城后的形象气质与写作水平；如在重大社会活动现场的潇洒风度，以及篮球场上的飒爽英姿等，都让高加林"成了一个引人注目的人

[①] 路遥：《人生》，中国青年出版社，1982年，第119页。

物……简直成了这个城市的一颗明星"①。这些有关综合性才华的描述,无非为了表征高加林的进城完全是自得其所,而"走后门"这一特殊通道所隐含的高加林的"非法介入者"这一身份,就自然在他浑身洋溢的城市人气息中有所减弱,甚至完全消遁。这样一来,当高加林无比颓唐地被弹劾信打回原形时,文本的叙事逻辑所奏响的绝不仅是传统文化意义上一个有关负心郎失败人生的道德告诫,相反是对高加林生不逢时的无限感慨与迷茫不解。这种感慨和不解,恰恰是路遥鉴于自我生存体验而发出的对当时严峻对立的城乡户籍制度最强烈的呐喊,也是对所有与高加林具有同样命运的农村青年最温情的一瞥。路遥曾言,"作为血统上农民的儿子……我对中国农民的命运充满了焦灼的关切之情。我更多地关注他们在新生活过程中的艰辛与痛苦"②。这句话同样饱含着他自己能从农村走向城市的所有心理感受,而高加林不过是路遥自我心路历程的艺术投影而已。当然,作为公共叙述者的路遥十分明了生活和艺术之间的距离与重叠程度,在小说的"题记"和整体叙述中保持了必要的道德引导的同时,但还是在一些主观干预性的段落潜在表达了对当时社会体制的忧思,"可是,社会也不能回避自己的责任。我们应该真正廓清生活中无数不合理的东西,让阳光照亮生活的每一个角落;使那些正徘徊在生活十字路口的年轻人走向正轨,让他们的才能得到充分的发展,让他们的理想得以实现"③。

三、土与子的不对称关系

在既有研究中,小说《人生》中的最后一句话"我的亲人哪……"④一直没有得到准确的阐释,研究者一般认为这是一种良心自责的感喟,一

---

① 路遥:《人生》,中国青年出版社,1982年,第142—143页。
② 路遥:《早晨从中午开始》,西北大学出版社,1992年,第112页。
③ 路遥:《人生》,中国青年出版社,1982年,第205页。
④ 同上,第223页。

种年少轻狂后幡然醒悟的悔恨,一种道德越轨的负罪心理,或者是一种对人生价值辨识不清终至自尝苦果的悲痛心理,或者是一种报应临头却被乡民无私包容的感激心理。还有少数人认为这纯粹是大而无当的慨叹,令人费解。对此,路遥认为,"至于高加林最后那一声沉痛的呼喊……这声喊叫混杂着人物许多复杂的情绪……其中主人公的难言之隐一般读者即可体味"①。从作者的意图来看,高加林的这声呼喊应该凝结着感喟、负罪、悲痛、感激等种种复杂的情绪,但路遥并没有说明的是高加林的"难言之隐"究竟是什么。是无颜面对村中父老的惶恐,还是无颜面对巧珍的羞愧?是无颜面对德顺爷爷等乡村道德守望者的惊惧,还是众目恻恻中依旧心不甘、泪不干的孤独?但就"即可体味"这四个字而言,又似乎在说明除非有同等遭遇者才能心照不宣,除非有同样地缘情结者才能暗自垂怜。这样看来,破解这句话的密钥不在别处,而在路遥并未示人却能在同行者那里彼此会心的特殊感受。而这种特殊感受只有和路遥自身的艰难成长联系在一起,才是可靠阐述的基本前提。

我们知道,"路遥投身文学的直接冲动,显然与当时困厄的生存状态有关"②。1970年夏,苦于仕途与爱情的双重打击,路遥无奈在延川乡下做民办教师。幸得当时延川县委通讯组曹谷溪的帮助,将路遥以农民身份抽调到县委通讯组接受培训,后又将其正式调往延川县文艺宣传队。这时的路遥虽还是以农代干,但在事实上已经具有半公家人的身份性质。接着,他开始从事县级《山花》小报的编辑工作。1973年又在时任延川县委书记申易的直接帮助下,被推荐进入延安大学中文系就读,继而在毕业后分配至西安《延河》杂志社,这才完成了自己从农民到干部、从农村到城市、从农业户口到非农业户口的彻底转变。路遥的成长本身就是一系列因素的偶然碰撞,蕴含着时代、社会、个人的多重合力。路遥的成功对当地文艺青年影响极大,其他《山花》作家群也是本着最朴素的改变生存状况

---

① 路遥:《早晨从中午开始》,西北大学出版社,1992年,第108—109页。
② 惠雁冰:《〈山花〉现象与〈山花〉作家群》,载《文学评论》2017年第6期。

的执着愿望步入文学创作的行列，海波曾言，"驱动他们舞文弄墨的直接动机是改变生存环境，想以此架一条横跨城乡之间、工农之间深壑的悬索"①。这里，海波只是单纯强调了个人因素的作用，而有意无意地忽略了陕北地域文化对这些农裔文学青年的深刻影响。与其他地方相比，陕北因生存环境窘迫故崇文之气甚浓，尤其是延川县，民国时便"文风之盛，甲于一郡"②。正因此地崇文之风浓，故一旦发现文学新苗便携手帮扶，如曹谷溪之于路遥；一逢有才之士便举全县之力来推荐深造，如延川县委之于路遥；也可因一人成名而全县共荣，甚至陕北共荣，如延川人常称"我们的路遥"。对此，王安忆困惑不解："想不到一个作家跟他生活的土地上的人民有如此深的交情：即使鲁迅在世，浙人也不会说我们的鲁迅。"③由此可见，陕北地域文化的纯朴内质和尚文传统，是路遥等一批陕北文学青年脱下短褐、换上制服的内在动力。即使外域人士如北京知青陶正，也对陕北文化的包容性深情诉说，"陕北的情怀是博大的，它接受了飘零的花籽，像接受了一个流浪儿，尽管只有粗茶淡饭，却也视如亲生，抚育起来。等到这些花籽发了芽，结了蕾，这孩子长大了，它又任从他再度浪迹天涯，寻求自己的人生"④。至于路遥等人的陕北情结，则因生于斯长于斯幸运于斯成功于斯，其情更烈，其意更浓，其思更深。这样来看，《人生》结尾高加林的那一声呼喊，其实凝结的是陕北地域下土与子之间一种深刻的内在关系。

研究者总是简单认为路遥具有浓重的恋土意识，这种阐释未必能真正击中路遥等陕北作家的心理症结。因为恋土意识是单向的，是作为作家的个体出于对土地本身的深厚情感，至于土地对子民是什么样的态度，则完

---

① 海波：《山花·路遥·曹谷溪——为〈山花〉送行》，见曹培文、静书编《诗人谷溪的故事》，陕西人民出版社，2015年，第218页。
② 冯瑞荣点注：《民国延川县志点注》，中国档案出版社，2003年，第190页。
③ 远村：《路遥二三事》，见申晓编《守望路遥》，太白文艺出版社，2007年，第145页。
④ 陶正：《自由的土地》，见中共延川县委宣传部、山花杂志社编《山花现象研究资料汇编》，2017年，第47页。

全不论。所以，我认为要解读《人生》，必须把视角置于土与子这一双向互动的关系中来体认，这才能辨析二者之间的不对等关系，也只有在二者不对等的关系中，才能真正体味高加林回返生命原点时那声痛心疾首、五味杂陈的呼喊。

先看第一片段，出场时的高加林是一个片刻都不想待在黄土地上的年轻人，他对这块土地的感情完全可以用仇视和渴望逃离来概括。这时的土地是荒寒的，是和知识者、现代生活完全隔膜的存在。这个任性的小伙子在得知自己将可能永远固守在这块田园上时，依然用自我惩罚式的暴躁来对待土地。但父母谨小慎微的包容，刘巧珍美目盼兮的怜惜，德顺爷爷饱含理解的宽慰，又让他感到了这块土地在荒寒之余的一丝温热，并使他逐渐能够用平和之心来对待现实。再看第二片段，在刘巧珍亲人般的关爱下，处于精神疗伤阶段的高加林，其出走梦想被暂时悬置起来，并逐渐开始以农民的目光来规划自己的未来生活。这时的土地虽是封闭而落后的，但又是令他沉醉的灵魂栖息之乡，尤其是刘巧珍的温柔多情，让他感到了一种土地深层中照来的和煦春光。另看第三片段，随着二叔的突然转业与马占胜的精心策划，早已淡漠了出走初心的高加林迅速进入了梦想中的城市，事业的顺利，现代生活的诱惑，黄亚萍传递的情感声讯，以及刘巧珍身上所表现出的让他已经完全不适应的絮叨与土气，让高加林切身感到土地对他的羁勒。就连德顺爷爷和他爸这两位老人的耐心劝解都听不进去，"你们有你们的活法，我有我的活法！我不愿意再像你们一样，就在咱高家村的土里刨挖一生"①。这时的土地是悲情的，又是包容的，在对其进行必要的提醒之后，它绝不会成为出走者的拖累，并且保持着一种难得的理解与宽容。第四片段中，心比天高的高加林终于尝到了自己种下的苦果，且后路断绝，深爱着他的巧珍早已远嫁他人，一切曾经美好的设想已经烟消云散。与黄亚萍痛苦分手后，他只身孤影地返回乡村，曾经的豪情

---

① 路遥：《人生》，中国青年出版社，1982年，第180页。

万丈，归来时空空行囊。他总以为背弃的土地会以特殊的方式来训诫自己，但巧珍的善良与理解，德顺爷爷泪水盈目的诉说，"娃娃，你不要灰心！一个男子汉，不怕跌倒，就怕跌倒了不往起爬"[1]，更让高加林无地自容。这时的土地是博大而包容的，它能容纳一切出走者的苦情与悔恨，又能让曾经的决裂者以新的姿态来重新审视生活的内涵。

在一定意义上，《人生》中的这四个片段便构成了陕北地域环境下土与子关系的精彩阐释，一面是子民对土地决绝的逃离与失意的回返，另一面是土地对子民不竭心力的善待、理解与包容。这种不对称的关系，才是陕北地域文化之厚重广博的主要生成逻辑，也是无数陕北人不管远至何方都对这块黄土地深情皈依、失声而歌的重要原因。我想，如果让我们对《人生》中高加林的那声呼喊再作解析时，子之无知、无情、无端、无颜，与土地本身的无私与无声，自然形成了完全不对等的关系，对这种不对等关系的懵然不解到豁然醒悟，以及由此而痛感到的良知拷打，才应该是高加林那声呼喊的正解。正如路遥在文中所言："亲爱的父老乡亲们！他们在一个人走运的时候，也许对你躲得很远；但当你跌了跤的时候，众人却都伸出自己粗壮的手来帮扶你。他们那伟大的同情心，永远都会给予不幸的人！"[2]我想，这不仅是路遥对陕北父老乡亲的由衷礼赞，更是对这片浑厚黄土地的真诚讴歌。

原载《东吴学术》2022年第3期

---

[1] 路遥：《人生》，中国青年出版社，1982年，第222页。
[2] 同上，第220页。

《李自成》内含的多重叙事话语

在20世纪中国文学史上，可能还没有一部小说如《李自成》①一样经历如此漫长的创作过程，也没有一部小说如《李自成》一样饱受毁誉交错的评价冲突，更没有一部小说如《李自成》一样经年来不断面临着读者选择性阅读的接受困境。一部长篇小说，从1957年动笔，到1999年五卷十二册出齐，姚雪垠耗时四十二年，几乎占去他生命中的一半周长，可谓殚精竭虑，终生相依。这部长篇小说以三百三十万字的宏伟篇幅，以明清交替之际诸雄蜂起的历史大势为依托，艺术地再现了李自成从商洛蛰伏到败亡湖北的悲剧命运，寄托着作者为领袖献言、为草莽英雄立传、为无产阶级政权立鉴的创作初衷，凝聚着作者深描历史事件、錾刻历史个体、映画历史风物的强烈史官意识。客观而言，《李自成》不仅是一部卷帙浩繁的长篇历史小说，也是一部用民族美学彩绘过的明末局部社会文化史，正如有研究者所言："整部著作如全面浩瀚的明史报告，涉及民俗风情、典章制度、农民起义、华夷矛盾、君臣关系等，足以引作领袖安邦治国及探索中国现代路径的知识参照与前车之鉴。"②对这部皓首穷经之作，晚年依然沉浸在口述与修改中的姚雪垠甚为自得，他不止一次地强调这部作品在

---

① 本文选用的《李自成》系《姚雪垠书系》第1—10卷，中国青年出版社，1999年。该"书系"的内容与分卷本无异。
② 李丹梦：《最后的"史官"——姚雪垠论》，载《中国现代文学研究丛刊》2018年第6期。

"五四"以来中国现当代文学史上的重要贡献,即"开创了历史小说的新道路"和"我一直坚持革命现实主义创作方法",而且,他还专门就第一个贡献作了更为细致的阐述,即他所坚守的创作原则"是历史小说要跟历史科学和小说艺术有机结合",创作方法是"深入历史,跳出历史"。[1] 姚雪垠之所以如此强调这两个贡献,且以作者的口吻来亲谈《李自成》的成功之处,看起来实在有点越俎代庖,真实原因在于《李自成》诸卷渐次出版后,评论界的阐释或许未必扣准姚雪垠的所感所得,这才迫使他掀幕而出,自作说明,其中多少隐含着作者与评论家之间到底谁来言说、如何言说、言说什么的内在焦虑。

事实上,《李自成》的评价史一直呈现出三种对立性的姿态,扭结着不同历史时期文本阐释在价值认定方面的多重矛盾,这种矛盾贯穿了20世纪80年代到21世纪初叶,直到最近几年才有将《李自成》再次经典化的趋势。其中,肯定论者集中在作者本人及出版社责任编辑,如姚雪垠自称:"《李自成》的趣味很丰富,都是有历史来源的。它相当于一部百科全书,这在中国还是首创。五四以来,小说都是单线发展,复线发展的很少……"[2]另如责任编辑王维玲认为,"以悲剧人物来说,姚老就冲破了多年来的传统说法"[3],"对《三国演义》以来的战斗程式进行革命"[4],在长篇小说结构设计方面更有明显的"突破和创造"[5]。而有限度肯定论者集中在20世纪80年代初期的茅盾、吴晗、阿英等老一代学人,一方面他们认为姚雪垠的创作在依据历史史实的前提下进行了合理虚构,"用历史唯物主义和辩证唯物主义来解剖这个封建社会,并再现其复杂变幻的矛盾

---

[1] 姚雪垠、曾芸、吴芬庭:《我的文学创作道路及〈李自成〉第四卷创作计划(1984)》,载《新文学评论》2021年第3期。
[2] 《姚雪垠希望身后发表的谈话》,李复威、杨鹏整理,载《文艺报》2000年4月15日。
[3] 王维玲:《四十二年磨一剑:姚雪垠与〈李自成〉》,中国青年出版社,2010年,第193页。
[4] 同上,第198页。
[5] 同上,第203页。

的本相,五四以后也没有人尝试过,作者是填补空白的第一人"①,"质量不在《水浒》之下,甚至比它高"②。另一方面,他们又对小说中某些比附现实政治的写法有所提醒,如阿英所言,第一卷"使人感到有些反历史主义,觉得完全是写游击战争,而不是写李闯王时代的农民革命。如当时闯王和部将都是这样,革命早成功了",又如李文治所言,"在这部小说里,只看到李自成的革命坚定性,看不出他的落后面,即使在革命遭受严重损失之后,他对革命前途丝毫不悲观失望。这样处理,对一个农民革命领导人而言,估计高了一些"。③至于否定论者则以邓经武为代表,他认为,"五四以来的长篇历史小说绝非如姚雪垠所说的是'空白'",《李自成》纯粹"是'三突出'创作模式的典型体现"。④21世纪初,部分研究者开始对这部小说进行更为理性的透视。有人认为《李自成》并未被预设观念完全束缚,"无论从小说的整体布局还是具体描写",《李自成》的表现都要"丰富、复杂得多"。⑤有研究者认为,"姚雪垠在《李自成》中是实现了他个体限度内对'历史公正'表达的极致的,这也是他跟历代史官最贴合以致心心相印的地方",至于"把《李自成》讽为'三突出''高大全'的'帮文艺',是武断浅薄的风凉话"。⑥有人则细致梳理了《李自成》从经典化、去经典化到再经典化的历史评价过程,主张

---

① 茅盾:《关于长篇小说〈李自成〉》,见姚北桦编《中国当代文学研究资料·姚雪垠研究专集》,黄河文艺出版社,1985年,第524页。
② 《阿英、吴晗、李文治谈〈李自成〉》,见姚北桦编《中国当代文学研究资料·姚雪垠研究专集》,黄河文艺出版社,1985年,第527页。
③ 同上,第526—528页。
④ 邓经武:《"自恋"与"自贱"的悲剧——论姚雪垠及其〈李自成〉》,载《西南民族学院学报》2001年第3期。
⑤ 董之林:《观念与小说——关于姚雪垠的五卷本〈李自成〉》,载《文学评论》2008年第2期。
⑥ 李丹梦:《最后的"史官"——姚雪垠论》,载《中国现代文学研究丛刊》2018年第6期。

"以反思启蒙现代性的眼光重新审视这部巨著"①。

那么,如何看待六十年来针对一部作品所形成的评价差异?一般认为,造成这种评价差异的主要原因在于以下方面:一是历史叙事与文学叙事的边界不清所导致的评价尺度不一;二是对"古为今用"的创作宗旨其效用、限度的认知标准不一;三是因创作周期过长所引发的文学审美观念不一;四是多数批评者未能一睹作品全貌便简单定性的阅读内容不一。这样一来,历史学者专注于文中史实是否确凿,古典文学学者执着于民族叙事模式的复活,深受社会主义现实主义创作手法影响的评论家热衷建构其中的典型形象,仅阅过前两卷者认为李自成看似转换了面容的红军战士,读完全书者又觉得《李自成》是被文学史严重忽略的经典。值得注意的是,这种分析是把时代动态化,而把文本静态化,且文本是被动地承受时代的影响。其实,文本对时代的呼应与时代对文本的塑造同时在场,时代的演进过程不但是文本的生产过程,更是文本意义不断叠加与增值的过程。尤其对于《李自成》这样一部秉承着"革命的政治内容与尽可能完美的艺术形式的统一"②的创作纲领,高扬着政治激进时期的英雄主义精神,又适当借鉴了人文主义观念的历史题材文学作品而言,作者对民族文学传统的自觉继承,对政治意识形态的积极阐发,对悄然变化着的文学观念的适时回应,一直是这部作品与多个历史时段保持深刻联系的鲜明表征。这种动感十足的创作过程,以及其间杂糅的多种文学叙事话语,才是这部作品六十年来引发评价冲突的主要原因。从这个角度讲,正是《李自成》漫长的创作周期所导致的文本新旧话语的斑驳重叠,才最终造成了文本阐释的差异性。

1984年,面对评论界的众语喧哗,姚雪垠曾言:"但是严格来说,到

---

① 阎浩岗:《〈李自成〉的经典化、去经典化与再经典化》,载《新文学评论》2021年第3期。
② 毛泽东:《在延安文艺座谈会上的讲话》,见《毛泽东选集》第3卷,人民出版社,1991年,第869—870页。

今天为止《李自成》的关键问题没有人说到。"①那么，这个关键问题是什么？显然不仅是历史的"深入"与"跳出"，也不仅是长篇小说的结构营制与唯物史观的透视原理，更不止于崇祯皇帝的塑造等。在笔者看来，姚雪垠如鲠在喉般的提醒或许还隐藏着另一种意味，即对文本中"常"与"变"、"旧"与"新"等复杂元素一再被轻视、错估、漏读的遗憾。为此，辨析《李自成》内含的多重叙事话语，就成为重评文本继而试图解答姚雪垠之问的一种可能性的视角。

一、传统叙事话语的"复现"

中国古典小说经唐传奇、宋元话本的发展之后，在明清时期出现高峰样态，不但促成了烟粉、灵怪、铁骑、公案等小说基本类型的生成，而且形成了深具民族特性的人物范型、情节结构和审美方式。其中，人物范型以传奇英雄为主，情节结构"皆是写极骇人之事，却尽用极近人之笔"②，艺术表现上以文势错综与张弛有度为上，由此建构了中国古典小说的叙事传统。既然是叙事传统，就必然体现为不断重复的情节母题与较为稳定的编码方式，类似"一种'形式和主题的历史语法'或'文化语法'"③，一旦涉及某种规定性的情境，创作者的叙事逻辑便与叙事传统之间自然达成一种内在的呼应关系。尽管一些母题或许已经失去了现实生活的依托，但经过移植和改写的母题，仿佛"环绕着古老传说的拱门的常春藤的嫩枝翠叶"④一样，拂开枝叶，母题依然醒目可见。正因为此，俄国文艺理论家维谢洛夫斯基曾言："日常经验足以证明：没有一部中篇或

---

① 姚雪垠、曾芸、吴芬庭：《我的文学创作道路及〈李自成〉第四卷创作计划（1984）》，载《新文学评论》2021年第3期。
② 马成生：《明清作家论小说艺术》，团结出版社，1989年，第147页。
③ 佛克马、蚁布思：《文学研究与文化参与》，俞国强译，北京大学出版社，1996年，第62页。
④ 维谢洛夫斯基：《历史诗学》，刘宁译，人民文学出版社，2019年，第11页。

长篇小说，其中的一些情境不使我们联想起我们在别的情况下曾遇到过的类似情境……这些场面万变不离其宗地伴随着我们从神话故事到短篇小说和传说，直到现代长篇小说。"[1]作为一部历史题材长篇小说，草莽出身的李自成本具有英雄传奇的内质，从延安时期一直延续到社会主义文学的民族化追求，又不断确认着作家从古典文学中寻求经验支持的创作路径。至于姚雪垠更是对古典文学名著甚为推崇，在谈及自己的创作道路时，他明确指出，"我是有意识地从中国的古典小说、元曲、诗词、散文里面来体会到中国的一些美学遗产和民族的审美习惯，用到小说的创作里面去"[2]。正是在种种因素的合力之下，这部小说整体充溢着浓郁的传统色彩。

其一，对英雄演义幻奇图景的因袭。唐传奇以来，中国小说的浪漫主义气韵甚盛，明清小说虽以不奇为奇，但在部分历史演义和神魔志怪小说中幻奇成分依然浓厚。袁于令在《西游记题辞》中云："文不幻不文，幻不极不幻。"[3]《李自成》中就有不少幻奇图景，情节结构也与英雄演义小说如出一辙。

如李自成"两军对垒，直取上将之快"这一图景，堪比《三国演义》第二十五回"救白马曹操解重围"片段。洪承畴率部逼近潼关，急欲突出重围的李自成迎战左光先侄子左世雄。大战在即，左世雄自恃勇力，"不料李自成……马疾手快，犹如闪电，但见寒光一晃，他还没有来得及招架，已被刺落马下"[4]。再看《三国演义》中的相关片段，"颜良正在麾盖下，见关公冲来，方欲问时，关公赤兔马快，早已跑到面前；颜良措手

---

[1] 维谢洛夫斯基：《历史诗学》，刘宁译，人民文学出版社，2019年，第11页。
[2] 姚雪垠、曾芸、吴芬庭：《我的文学创作道路及〈李自成〉第四卷创作计划（1984）》，载《新文学评论》2021年第3期。
[3] 朱一玄、刘毓忱编：《〈西游记〉资料汇编》，南开大学出版社，2012年，第223页。
[4] 姚雪垠：《李自成（一）·潼关南原大战》，见《姚雪垠书系》第1卷，中国青年出版社，1999年，第167页。

不及，被云长手起一刀，刺于马下"①。不难看出，两个情节单元都竭力突出"张狂""未料""马快""被刺落马"四个要素，回应的是读者"不出情理之外……恰在人人意愿之中"②的审美诉求。

如刘宗敏"遇河受阻，一跃而起之奇"这一图景，无疑与《三国演义》第三十四回"刘皇叔跃马过檀溪"片段有着明显的因袭关系。先看《三国演义》中的描摹，"玄德到溪边，见不可渡，勒马再回……言毕，那马忽从水中涌身而起，一跃三丈，飞上西岸。玄德如从云雾中起"③。接着，越溪而过的刘备策马而行，天色将暮，见一牧童横笛而来。这一图景有一个基本叙事前提"英雄遇河受阻"，有一个基本叙事线索"追兵甚急，河深难渡，主人公忧心不已"，有一个基本叙事结果"战马越河而过，英雄化险为夷"，还有一个温馨的审美间隙"怡人景色"。再看《李自成》中刘宗敏跃马跳崖这一片段。李自成出武关，突围中道路被官兵截断，刘宗敏面对重重包围，只身"奔到悬崖，猛抽一鞭。只见那匹雪白的战马像闪电一样从悬崖上腾空而起，纵入蓝天，在两丈外向下落去，沉入江底，溅起来的水花闪着银光"④。与刘备越溪相比，叙事前提一致，追兵、无路、大河、跃马等主要叙事线索齐备，叙事结果也等同，唯一迥异之处可能就在于姚雪垠化刘备越溪为刘宗敏跳崖。至于表现技法更是趋同，姚雪垠在此也特意安排了一个"山摇地撼"之后"柳丝花朵"的片段，"江上仍然很静。水中映着蓝天、白云。浪花似银，在灿烂的日光下闪动明灭。白马喷喷鼻子，昂着头，划开绿波，冲着浪花，在激流中向下

---

① 罗贯中：《三国演义：评注本》，郭皓政、陈文新评注，崇文书局，2015年，第132页。
② 冯镇峦：《读〈聊斋〉杂说》，转引自马成生《明清作家论小说艺术》，团结出版社，1989年，第203页。
③ 罗贯中：《三国演义：评注本》，郭皓政、陈文新评注，崇文书局，2015年，第180页。
④ 姚雪垠：《李自成（三）·紫禁城内外》，见《姚雪垠书系》第3卷，中国青年出版社，1999年，第232页。

游的南岸洑去"①，可谓深得明清小说"浪后波纹、雨后霢霂之妙"②。

又如左良玉"波波相续，劫后余生之恐"这一图景，暗合《三国演义》第五十回"关云长义释曹操"片段。赤壁之战中曹操溃逃，一路追兵时来，几无舒缓之机，"心方定……两边鼓声震响……正说间，前军后军一齐发喊……言未毕，一声炮响……回顾所随军兵，止有二十七骑"③。朱仙镇大战中，左良玉被李自成义军截杀，败走之际，先是田见秀阻道，再是李自成突至，接着"猛听得另外一边鼓声大作，喊杀声大起"④，原来是李过前来，随后是刘宗敏横刀阵前。左良玉狼狈不堪，数万人马幸存仅五百余骑。由此可见《三国演义》等古典小说对姚雪垠影响之深。

再如李自成与罗汝明"同榻而眠，各有思忖之疑"这一图景，显然与《三国演义》第四十五回"群英会蒋干中计"片段相映成趣。李自成攻打开封受挫之后，罗汝才派兄弟罗汝明前来攀叙，目的是探查闯王心思。李自成相时而动，也想借此拆散张罗联盟。故而，他特约罗汝明同榻而卧，罗汝明应允，然各有思忖，疑心潮起，"忽然觉察到客人转动身子……继而觉察到客人已经从被中小心坐起……继而觉察到客人下床……继而看见客人将落下的一半被子放在床上，向书房外走去"⑤。如对比"蒋干中计"这一场景，"瑜曰：'久不与子翼同榻，今宵抵足而眠。'于是佯作大醉之状……蒋干如何睡得着……乃起床偷视之……床上周瑜翻身，干急

---

① 姚雪垠：《李自成（三）·紫禁城内外》，见《姚雪垠书系》第3卷，中国青年出版社，1999年，第232页。
② 金圣叹评《水浒传》语，转引自叶朗《中国小说美学》，北京大学出版社，1982年，第147页。
③ 罗贯中：《三国演义：评注本》，郭皓政、陈文新评注，崇文书局，2015年，第255—257页。
④ 姚雪垠：《李自成（七）·洪水滔滔》，见《姚雪垠书系》第7卷，中国青年出版社，1999年，第120页。
⑤ 姚雪垠：《李自成（五）·三雄聚会》，见《姚雪垠书系》第5卷，中国青年出版社，1999年，第217页。

灭灯就寝……及干问之，瑜又睡着"①，可以发现，不速之客造访—主客同榻而卧—主客各怀心思—客人半夜起床—主人佯睡暗观—各自安寝，是两个文本在这一情节单元的固定模式，唯一不同的是将叙事前提由周瑜请君入瓮置换为李自成提防客人行刺而已。

另外，《李自成》的部分情节片段对《水浒传》也有师法之处。如张献忠进入襄阳之后，其部下遇杨嗣昌遣来信使，便顺势夺了兵符，换了号衣旗帜，并伪造公文。这一叙事方式与《水浒传》之第五十回"宋公明三打祝家庄"中孙立一行入庄一节有类似之处。难怪姚雪垠曾言，"对于中国古典名著，我是推崇的……我继承古典的东西比较多"②。

其二，对史传人物形塑模式的鉴仿。鉴于一种"其文直，其事核，不虚美，不隐恶"③的书写原则，史传对中国小说艺术的生成与发展影响深远。这种影响不惟体现在中国古典小说的尚奇倾向之中，同样也映现在中国现当代小说对史传叙事母题的借鉴之中。它推动了中国纪实性叙事的独立，培育了中国文学重实轻虚的惯习，尤其形成了以行动摹画人物性格、以性格彰显道德善恶的叙事特征。在当代小说中，我们依然可以看到冯骥才、阿城、蒋子龙等创作中闪烁的部分史传叙事的元素。作为"有它独特的民族气派的美学"④的《李自成》，其中不少片段就与史传人物的形塑方式遥相呼应。正如有研究者所言，"真正的有思想和艺术价值的文学是既关注现实，又包含着传统的力量和历史的智慧积累的文学"⑤。

---

① 罗贯中：《三国演义：评注本》，郭皓政、陈文新评注，崇文书局，2015年，第234—235页。
② 姚雪垠：《向母校师生汇报》，见姚北桦编《中国当代文学研究资料·姚雪垠研究专集》，黄河文艺出版社，1985年，第64页。
③ 班固：《汉书·司马迁传》，见汪高鑫编《中国史学思想会通·秦汉史学思想卷》，福建人民出版社，2018年，第209页。
④ 姚雪垠、曾芸、吴芬庭：《我的文学创作道路及〈李自成〉第四卷创作计划（1984）》，载《新文学评论》2021年第3期。
⑤ 刘亚丁：《"我钟爱中国民间故事"——俄罗斯汉学家李福清通讯院士访谈录》（下），载《文艺研究》2006年第8期。

如李自成"引弓穿石之神力"片段，显然源于《史记·李将军列传》。《史记》原文为："广出猎，见草中石，以为虎而射之，中石没镞。视之，石也，因复更射之，终不能复入石矣。"①李自成被困商洛山中，面对官兵围捕与叛将周山诱降的严峻现实，晨练时他张弓怒射，"那箭又射到路旁的岩石上……有巴掌大的一块石片飞落两尺以外"②。有意味的是，李广穿石是误石为虎，李自成穿石是以石为石，一中石没镞，一削片而过，同为神力，力道悬殊，可见姚雪垠塑造李自成还是以现实中人来视之。另外，李广再射不能复入，颇有近人之笔，而李自成虽尽显革命英雄之风采，笔法多少有点浪漫不实。李广之先虚后实，李自成之明实暗虚，同一母题，两种笔法，耐人寻味。

如李自成"不忍复杀之仁心"片段，无疑出自《三国志·明帝纪第三》。原文云："《魏末传》曰：帝尝从文帝猎，见子母鹿。文帝射杀鹿母，使帝射鹿子，帝不从，曰：'陛下已杀其母，臣不忍复杀其子。'因涕泣。文帝即放弓箭，以此深奇之，而树立之意定。"③而李自成则是在备战当中，"忽然看清楚是一只母獐和一只不足月的小獐，心中一动，不忍发矢"④。两相比较，前者尽写曹叡之仁，后者突出李自成之慈，一鹿一獐稍改，子母偕行未变，姚雪垠无非借曹丕之意传达李自成有帝王之博爱而已。

又如张献忠"屡示无应之错失"片段，也深受《史记·项羽本纪》中鸿门宴一节的影响。谷城会晤之后，李自成向张献忠辞行。张献忠近臣吉珪、徐以显认为李自成素有大志，当早图之。临行前，吉珪向张献忠示意，张献忠百般犹疑。送行中，徐以显再示意，张献忠慢捋长须不言。旁边张献忠义子张可旺急不可耐，但张献忠手抚须髯，"既没有往下猛一

---

① 司马迁：《史记》，甘宏伟等注，崇文书局，2009年，第625页。
② 姚雪垠：《李自成（三）·紫禁城内外》，见《姚雪垠书系》第3卷，中国青年出版社，1999年，第201页。
③ 陈寿：《三国志》，裴松之注，崇文书局，2009年，第42页。
④ 姚雪垠：《李自成（二）·商洛壮歌》，见《姚雪垠书系》第2卷，中国青年出版社，1999年，第278页。

捋，也不松开"[①]。后李自成纵马远去，吉珪等人怨愤不已。再看鸿门宴的叙事，"范增数目项王，举所佩玉玦以示之者三，项王默然不应"[②]。其中，设局—示意—犹疑—落空是两个情节单元所共有的叙事线索，最后的叙事结果都是强者不忍下手，弱者乘势远遁，智者扼腕长叹。略有差异的是，范增以玉玦为令，吉珪等以张献忠捋髯之手势为准。而错失良机的原因，则一因项羽妇人之仁，一因张献忠另有所图而已。

再如"大战对弈之安然"片段，与《晋书·谢安传》中围棋一节甚为相近。原文云："坚后率众，号百万，次于淮、肥……玄入问计，安夷然无惧色……方与玄围棋赌别墅……玄等既破坚，有驿书至，安方对客围棋，看书既竟，便摄放床上，了无喜色，棋如故。"[③]这一片段以谢玄的视角切入，大战之前、之中、之后三个时间段中谢安无惧、无忧、无喜的形色如在目前，可谓处变不惊。再来对照《李自成》中李过迎战傅宗龙片段，军情急迫，可李过神色宁静，"这时他又命亲兵将象棋取出……'官军到了孟家庄了'……又走了几步棋……'官军分散得更开了'……继续下棋……'现在各个村子里到处都有官军出入'"[④]，直至最后时分，李过这才收拾棋盘，下令迎敌。与谢安相比，尽管李过大战前的对弈叙事层次单一，但还是可以清晰看到两个情节单元的互文关系。

二、革命叙事话语的"皴染"

海登·怀特曾这样界分"历史"和"小说"，"史学家'发现'故

[①] 姚雪垠：《李自成（一）·潼关南原大战》，见《姚雪垠书系》第1卷，中国青年出版社，1999年，第411页。
[②] 司马迁：《史记》，甘宏伟等注，崇文书局，2009年，第59页。
[③] 《谢安传》，转引自安徽师范大学《历史人物传记选注》编写组《历史人物传记选注》下册，安徽人民出版社，1976年，第105页。
[④] 姚雪垠：《李自成（五）·三雄聚会》，见《姚雪垠书系》第5卷，中国青年出版社，1999年，第441—442页。

事,而小说家'创造'故事"①。既然是"创造",就要对所表述的历史事件、历史人物进行一种灌注了创作者自我认知与体验的情节化的解释,继而通过这种主观性的解释,将历史事件和历史人物以故事的形式串联起来,并赋予其特定的美学风格。按海登·怀特的话来讲,即"如果史学家赋予它一种悲剧的情节结构,他就在按悲剧方式'解释'故事;如果将故事建构成喜剧,他也就按另一种方式'解释'故事了。情节化是一种方式,通过它,形成故事的事件序列逐渐展现为某一特定类型的故事"②。尽管海登·怀特过于突出了历史叙事的主观性,且在阐述小说家的情节化解释模式时多有机械类比的特征,但并不影响他对历史情节化、风格化生成问题的独特思考。更重要的是,他把我们素来对历史叙事中真实性等核心问题的关注,巧妙地移至谁来讲述、讲述什么及怎样讲述的叙事层面之上。那么,一部以农民起义英雄李自成为叙事中心的长篇历史题材小说,对姚雪垠讲述时间、讲述理路与讲述方法的探究就颇有必要。

《李自成》起笔于1957年,第一卷出版于1963年,第二卷出版于1978年,随后荣获第一届茅盾文学奖,多数评论文章对小说的认知基本都是围绕这两部展开。而这个时期在文学史上统称为当代文学前二十七年,正是社会主义现实主义创作方法高度影响文学创作的时期,典型论、浪漫主义色彩以及为现实政治服务的理念深入人心。展开于这一特殊历史场景的《李自成》不能不受到当时主流意识形态的深刻规约。因为,"任何文化背景下的故事叙述都有自己的文化规则"③,作为历史叙事的《李自成》自然不能超越借古喻今这一意义编码的文化规则。为此,姚雪垠强调"我认为通过历史真实地、深刻地再现,写出历史问题的本质,写出历史运动

---

① 海登·怀特:《元史学:19世纪欧洲的历史想象》,陈新译,译林出版社,2013年,第12页。
② 同上,第13页。
③ 海登·怀特:《叙事的虚构性——有关历史、文学和理论的论文(1957—2007)》,马丽莉等译,南京大学出版社,2019年,第175页。

的规律,写出历史生活的经验教训,这是最重要的为现实服务"[1],具体落实到《李自成》的创作中,就是在历史唯物史观的指导下,"真正使无产阶级从历史事变总结出经验教训"[2]。正是基于这样的创作理念,农民起义与历史进步力量、起义领袖与革命领导人、义军与无产阶级战士、乡民与拥军百姓、帅旗与党旗之间,就历史性地产生了一种认同性的置换。这种置换在将历史叙事与政治叙事无缝衔接的同时,也引发了评论家的诸多质疑,"李自成形象有些'现代化'和'理想化',作者赋予他不少现代无产阶级军事家和政治家的素质(如'一分为二'的辩证法观点、阶级分析等)"[3]。尽管姚雪垠的创作理念在《李自成》后几卷中有所丰富,但作为思想内核的唯物史观与作为审美主调的革命叙事一直在显隐不一地延续。这也是始终秉承着革命现实主义精神的姚雪垠之创作底色所在,他认为,"作家应该具备无产阶级的世界观,应该是一个共产主义的思想战士"[4]。

需要思考的是,姚雪垠将以何种方式来旧曲新唱,即以何种方式将历史个体转化为斗志昂扬的革命英雄,又以何种方式将农民起义和封建朝廷的矛盾转化为地主阶级与无产阶级的矛盾。二者之间的直接置换显然不可,但在遵循历史线索的基本前提下,对生成历史个体的图案进行一种微妙的彩绘,或聚焦一些象征性的意象,或添加一些具有指向性的印记,倒不失为一种可行性的修辞策略。问题是,这种表征革命内涵的印记和意象又该从何而来?法国符号学家朱丽娅·克里斯特娃认为,"任何一篇文本

---

[1] 姚雪垠、曾芸、吴芬庭:《我的文学创作道路及〈李自成〉第四卷创作计划(1984)》,载《新文学评论》2021年第3期。
[2] 姚雪垠:《向母校师生汇报》,见姚北桦编《中国当代文学研究资料·姚雪垠研究专集》,黄河文艺出版社,1985年,第61页。
[3] 郭志刚、董健、曲本陆等编:《中国当代文学史初稿》,人民文学出版社,1980年,第892页。
[4] 姚雪垠:《关于革命现实主义的若干问题》,见姚北桦编《中国当代文学研究资料·姚雪垠研究专集》,黄河文艺出版社,1985年,第202页。

的写成都如同一幅语录彩图的拼成,任何一篇文本都吸收和转换了别的文本"①。按照姚雪垠的创作理路及农民起义的主题内容,与《李自成》的革命英雄叙事最有可能形成互文关系者,莫过于在20世纪20年代的革命文学中萌发,经延安时期人民文艺的洗礼,到50年代中后期达到繁盛且形成成熟写作经验的红色文艺。这类重在表现党领导下无产阶级革命历程和壮阔风采的文本群,成为《李自成》创作的重要参照。也正是在这个意义上,红色文艺中的部分叙事场景在《李自成》中不时摇曳点缀,如绘画中细密的皴笔一样,为李自成的奋斗史涂染上一层不难辨识的特殊色彩。

其一,对红色文艺部分叙事模式的移用。这里所言的"移用",指的是姚雪垠在塑造李自成形象及叙写某些特定场景时,常常将红色文艺叙事中惯用的革命领导人的言行做派加诸李自成身上,以彰显其人格风范;或者将土改叙事中农民斗争豪绅地主的一些现代话语转接在义军、民众身上,营造出一种政治现实感极强但又发生于明末的特殊氛围,难免使人产生不知其为何夕的审美错觉。

小说前几部中大量涌现着李自成坚持"群众路线"的画面。不管是找到老百姓之欣喜,还是访贫问苦之细致;不管是官兵之间之平等,还是不拿一针一线之号令,时时印证着从群众中来到群众中去的政治方针。如困守商洛山中时,见一驼背老农秋冬时分仍着单衣,李自成即取棉衣送给老农,老农双目含泪,感激不已,"他几乎是不知所措地穿着棉袍,指头在扣扣子时颤抖得十分厉害,两行热泪扑簌簌地滚到又黄又瘦、带着很深的皱纹的脸颊上,又滚进像乱草一般的花白胡子里"②。如高夫人欲将部分伤员转移到村民家中,对李自成言:"到处穷人总是同咱们心连心。"③这样的话语让人不由联想起八路军与堡垒户的鱼水关系。又如义军攻破山

---

① 朱丽娅·克里斯特娃:《符号学,语意分析研究》,转引自蒂费纳·萨莫瓦约《互文性研究》,邵炜译,天津人民出版社,2003年,第4页。
② 姚雪垠:《李自成(一)·潼关南原大战》,见《姚雪垠书系》第1卷,中国青年出版社,1999年,第122页。
③ 同上,第132页。

213

寨后，久受欺凌的村民纷纷向义军拜年，其情融融。至于作战间隙慧梅为亲兵们缝衣做鞋等场景，也使人恍若置身于抗日民主根据地。即使在李自成败离西安时，"一个老婆婆两鬓斑白……因为想偷偷看他一眼……李自成的心头猛然一惊……他自己突然从马上跳下"①，欲搀起老妪。

"斗争诉苦"是红色文艺中的经典叙事模式，从新歌剧《白毛女》到小说《暴风骤雨》，直至芭蕾舞剧《红色娘子军》，常有这样的情节单元，被压迫者苦熬岁月，急盼报仇雪恨。有意味的是，《李自成》中也不乏这样的叙事片段。如洛阳百姓求李自成早日攻城救民，邵时信向李自成哭诉三代血仇：从小流浪街头，奶奶受风寒而亡，爷爷冤死狱中。接着，爹爹告状被暴打，直至上吊而亡。邵时信上门讲理被豪绅恶狗扑出，惨遭吊打等。又如攻破洛阳后，刘宗敏怒审吕维祺，民众云集响应，声讨声不绝于耳。这样的场景显然与土改斗争会无异，就连民众操持的语言也是那样熟稔。试看刘宗敏对吕维祺的训诫，"你有几百家佃户……出的牛马力，吃的猪狗食……小斗出，大斗入……驴子打滚……阎王债"②。再听洛阳百姓的哭诉，登台的同样是深受压迫的老妇，开言即满腹苦水，出身佃户，儿子淹死，父亲生了闷气又死。另外，红娘子的身世、慧梅的经历等也都与红色文艺中的诉苦模式有内在的呼应。

"耳光效应"，是红色文艺塑造叛徒形象时的固定模式。为了体现叛徒的罪恶本质，在其前来劝降时，革命者在慷慨陈词之后往往以一记耳光回应，《红岩》中江雪琴之于甫志高，《敌后武工队》中汪霞之于马鸣，《野火春风斗古城》中银环之于高自萍等，概莫能外。《李自成》中也有这样的细节。洪承畴重兵围击，李自成陷入困境，面对前来劝降的叛徒大天王高见，李自成先是庄严宣明态度，"我李自成宁为玉碎，不为瓦

---

① 姚雪垠：《李自成（十）·巨星陨落》，见《姚雪垠书系》第10卷，中国青年出版社，1999年，第245页。

② 姚雪垠：《李自成（四）·李信与红娘子》，见《姚雪垠书系》第4卷，中国青年出版社，1999年，第430页。

全",接着"突然大喝一声:'住口'……啪地打了他一个耳光"。①

其二,对红色文艺部分叙事场景的比附。之所以用"比附"这个语词,意在强调《李自成》的部分情节存在着与红色文艺叙事场景可类比的问题。当然姚雪垠的本意或许出于一种真诚的类比,但实际造成的阅读效果可能并未完全实现其审美期待。这种跨类而比的叙事方式与中国传统文化轻种属关系、轻逻辑演绎的思维特点有关,也与20世纪现代革命文化的强大规定性有关,延安时期平剧改革中就曾有这样的先例。那么,对于深受红色文化影响、着力表现李自成的伟岸人格、一心为领袖献策的姚雪垠而言,在历史叙事中掺杂一些忽略历史真实的比附性场景,似乎又在情理之中。

如李自成看望伤兵片段,对应的是红色文艺中"老班长饮水"场景。红色电影中素有这样的情节,战争严酷,水源紧张,伤兵唇干舌焦,老班长将水壶举起仅湿润一下嘴唇,然后把水壶留给伤兵。这个场景也可以有一个变体,即老班长将火柴、鱼钩、粮食等革命的火种留给年轻战士,最后在时断时续的叮嘱后壮烈牺牲。再来反观《李自成》第一卷,大战之后,李自成看望伤兵,把仅余的水留给义军兄弟。姚雪垠这样写道:"他的心中一动,想了一下,只再喝一小口润润嘴唇……'快拿去吧,让那些渴得特别厉害的弟兄们都喝一口。'"②

又如高夫人绣闯王旗片段,对应的是"江姐狱中绣红旗"场景。高夫人与李自成分兵后突围至崤函山中,晚上一有余暇便刺绣闯王大旗,"有时她停下针线,抬头凝思,眉头紧皱……但也常常在一阵凝思之后,从她的大眼中露出来坚定与希望的神采"。当大旗终于绣完之后,"仿佛她又听见咚咚战鼓,又看见闯王的大旗在千军万马前迎风飘扬,旗枪尖和旗

---

① 姚雪垠:《李自成(一)·潼关南原大战》,见《姚雪垠书系》第1卷,中国青年出版社,1999年,第223、224页。
② 同上,第200页。

鬃在阳光中闪着白光"①。试想一下高夫人绣闯王旗时的心理活动，又与《红岩》中江姐绣红旗时坚贞不屈的神态，以及抚摸红旗时那种激越而幸福的畅想颇为相似。

再如李自成处理石门谷杆子哗变片段，对应的是红色文艺中"党代表回来了"的场景。在革命现代京剧中常有这样的片段，由于路线不明或奸细怂恿，生产（游击）队长盲目出击，致使革命斗争受到挫折。正当群情沮丧之际，儿童团员一声疾呼"党代表回来了"，于是众人的目光一齐向霞光辉映处射去。只见党代表从远处健步走来，穿过满含热泪的人群，然后跳上一块巨石，声音响亮地说"同志们"。《李自成》中也有类似的情境，虽不完全重合，但也有迹可循。此时正值官军对义军大举进剿，商洛山中的富户蠢蠢欲动，偏偏石门谷杆子座山虎率部哗变。闻讯后，李自成带少数亲兵勇闯虎穴，清风垭的弟兄们如逢甘霖，"大家简直欢喜得像要发狂一般，连带病的也扶杖奔来"②。面对座山虎及手下，他成竹在胸，全无惧色。在消除座山虎的戒备之后，李自成先劝服丁国宝，后设计震慑一杆旗，最终砍杀座山虎，成功将哗变队伍拉了回来。随后，李自成跳上石龟，义正词严地说："座山虎虽然有罪被斩，他的孩子尚幼，老婆并不知情，不许任何人伤害他们一根汗毛……倘若你们留下之后还贼心不死……我要加倍治罪，休想饶命！"③有打有拉，有柔有刚，似有革命者风范。

三、人文叙事话语的"渗入"

阅读过整部《李自成》的读者可能都有这样的体会，从小说后五卷

---

① 姚雪垠：《李自成（一）·潼关南原大战》，见《姚雪垠书系》第1卷，中国青年出版社，1999年，第438、440页。
② 姚雪垠：《李自成（二）·商洛壮歌》，见《姚雪垠书系》第2卷，中国青年出版社，1999年，第319—320页。
③ 同上，第439页。

开始,即李自成星驰入豫、义军实力大增之后,姚雪垠的创作发生了一些微妙的变化,这种变化不仅体现在李自成形象塑造方面一些弹性空间的扩大,慧梅情感世界的深掘,也体现在崇祯皇帝及其身旁大臣、太监、侍女生活意识的不断增强等。尽管姚雪垠对此不置一词,仅把"写生活,大量地写生活"①作为自己的创作经验不断重申,但后五卷"生活"的内涵显然不同于前五卷。换句话说,始终处于狐疑、忧郁、焦躁等单一性格中的崇祯皇帝何以开始流露出温情脉脉的一面,始终对自己刻薄至极、以政务为唯一生活常态的崇祯皇帝又何以把目光开始转向身旁的那些近侍,且有普通人性的流露。李自成同样也是如此,不管是商洛潜伏,还是挥师鄂西,姚雪垠对李自成的刻画集中在其朴素、亲民、胆略、英勇、智慧等方面,但攻入洛阳、三围开封之后,李自成身上所洋溢的革命领导人的风采渐弱,人性的弱点及私人情感不时流露。而慧梅的心理变化也出人意料,前期她和张鼐的爱情越不出红色文艺常见的"目光的对接""同志式握手"等叙写模式,充其量只是类乎一种战友情谊。但在她与袁时中联姻后,其生活的厚度与情感的浓度与前期迥然有异。创作中所发生的变化,恐非以"大量地写生活"一句能轻易概括。如果说这种变化是姚雪垠的创作意图所致,那么,小说前五卷理应在叙事过程中隐伏一些助其变化的线索,但实际在阅读中难觅这种中介性的因素。于是,人物心理变化的轨迹自然就因叙事链条的断裂而出现了不该有的停顿与陡转。既然这种叙事的停顿和陡转不是源自作家预先设定的意图,那么,可能导致叙事变化的原因只能是外在环境影响下自我创作观念的适时调整。而《李自成》如此漫长的创作史,以及第三卷(1981)、第四卷和第五卷(1999)的出版时间节点,也预示了文学环境的变化、文学观念的变迁与这种"陡转""停顿"之间的内在关联。对此研究者曾委婉提及,"小说家不可能摆脱他身处的历史环境……小说必然传递不同时代的各种信息……确切地说,

---

① 姚雪垠:《谈小说创作的中国风格和中国气派问题》,见姚北桦编《中国当代文学研究资料·姚雪垠研究专集》,黄河文艺出版社,1985年,第172页。

应该是一种修正，原来的概念和定义在艺术转化中被赋予新意"①。《李自成》中历史叙事的变化正可以视为姚雪垠对原有文学观念的一种"修正"，而促发其"修正"的动力无疑来自20世纪80年代以来重新复归的人文主义思潮，以悲悯的视线叙写普通民众的生命状态，关注世俗个体的生活情感，成为一种新的文学观念和文学传统影响至今。而《李自成》中的叙事变化无疑正是呼应此，"表现在以往的人物形象中倾注了更多的人性动机，具有更能为我们所理解的心理，更现代的内心反省"②。

其一，对20世纪80年代以来文学创作所体现的悲剧意识的接续。当时无论是伤痕文学、反思文学，还是融会其中的知青文学，叙事格调不乏悲剧意识，这也与以人为中心的新的文学观念的建构有关。对于在这一时期依然在继续推进的长篇小说《李自成》而言，不能不受其影响。值得注意的是，《李自成》的历史叙事本就含蕴着悲剧因素，他大开大阖的一生是历史叙事的基本史实，尽管"马克思在世界历史上对无产阶级的角色的描述，已经赋予这个社会阶层一个'英雄'的（尽管是一个集体的）所有属性"③，姚雪垠也是以英雄壮剧的形式来反映这段波澜壮阔的历史，但他不可能改变历史的流向与历史个体的命运轨迹。所以，依据海登·怀特对历史解释模式的考察，《李自成》的历史叙事只能体现为一种悲剧性的解释模式。那么，当时文学的悲剧意识又在何种程度上影响了《李自成》的创作？有研究者认为，"姚老就冲破了多年来的传统说法，即：悲剧人物只能由那些代表历史前进方向的、正义善良的劳动人民充当主角"④。姚雪垠在作品中对挺立在时代潮头的重要人物都给予了深切的凝视。一部

---

① 董之林：《观念与小说——关于姚雪垠的五卷本〈李自成〉》，载《文学评论》2008年第2期。
② 维谢洛夫斯基：《历史诗学》，刘宁译，人民文学出版社，2019年，第10页。
③ 海登·怀特：《叙事的虚构性——有关历史、文学和理论的论文（1957—2007）》，马丽莉等译，南京大学出版社，2019年，第360页。
④ 王维玲：《四十二年磨一剑：姚雪垠与〈李自成〉》，中国青年出版社，2010年，第193页。

《李自成》可谓凸显了各类历史个体与历史大势对抗的矛盾史与悲怆史：李自成志在必得却黯然退场，高夫人不忘遗志却壮烈焚身，慧梅心有所属却自断情丝，李岩赤诚可鉴却遭屠戮。更有崇祯一心收拾山河而自挂煤山，周皇后大厦将倾而自作了断，魏清慧、吴婉容等不堪受辱而投河身亡，费珍娥一心复仇而悲痛殉国，杨嗣昌难挽败局而服毒自尽。这种写作观念，表层看来是对个体意志无法圆满的历史感慨，内在却是对激活了普通生命的历史在场感的理性现实主义这一当时文学整体精神线索的呼应，从而使《李自成》的历史书写别具一种温度与生气，对其后的历史小说与历史题材影视剧的创作产生了重大影响。

其二，对20世纪80年代以来人的文学的呼应。当时，随着社会历史的转型，阶级人性观之后，一种更显多元与拓展趋势的共同人性观开始出现，即马克思在《资本论》中所言的"一般本性"。马克思说："首先要研究人的一般本性，然后要研究在每个时代历史地发生了变化的人的本性。"[1]表现在当时文学中，就是对朴素人性、人情的高度重视。姚雪垠在《李自成》后期创作中，就显现出对这一观念的适时呼应。如对崇祯皇帝形象的修正。小说的前五卷，姚雪垠对崇祯皇帝的性格刻画基本维持在"不迩声色，忧勤惕厉……举措失当，制置乖方"[2]的层面。尽管比之前同类作品中的反派人物塑造得生动，但在表现其个体情感方面着墨较少。后五卷显然加重了这一点，尤其加重了其忧心忡忡中儿女情长的一面。无论是见到魏清慧的内心暗动，还是情感之流陡然被理性约束的自我提醒[3]，都较为真实地还原了这位志在中兴的封建帝王复杂的心理世界。特别是义军攻入外城后，他慌乱中与皇后的话别及感慨，以及为儿子换上旧衣的悲切叮嘱，其情之哀，其心之细，令人动容。直至在衣带上留言"贼

---

[1] 马克思：《资本论》，见《马克思恩格斯全集》第23卷，人民出版社，1972年，第669页。
[2] 《庄烈帝本纪二》，见《明史》卷24，中华书局，1974年，第335页。
[3] 姚雪垠：《李自成（七）·洪水滔滔》，见《姚雪垠书系》第7卷，中国青年出版社，1999年，第280页。

来，宁毁朕尸，勿伤百姓"[1]后忧愤而亡，从而为这位"乏救亡之术，徒见其焦劳瞀乱"[2]的帝王抹上一层柔性的色彩。

又如对李自成形象的补笔。从第六卷起，姚雪垠明显加快了关于李自成转变的叙事节奏。这种转变一是体现在李自成地位的变化之上，尽管都是通过宋献策、李岩、王长顺等旁观者的感受而来，但还是在其谦抑随和、思虑深沉的基础上增添了阴狠褊狭的一面，在一定程度上呈现出一个变化中的李自成形象。二是体现在他对情爱的冲动与渴望方面。尤其是后者，与前期李自成的叙事侧重大为迥异。如进驻武英殿之后，他对随侍王瑞芬、费珍娥、窦美仪等人的内心反应[3]。如他几次召见费珍娥的忐忑不安，以及将其许配罗虎后的情感激荡。特别是选妃窦美仪之后，他沉醉于床榻之欢[4]。这种补笔，无疑丰富了李自成形象的单一面向，也使这个历史个体与世俗生活的触面有了进一步伸延的可能。需要指出的是，在整部小说中李自成"节俭"的品格一直未变，从秦巴、汉水到鄂西、豫中，每餐尽是糊涂汤与苞谷面窝窝头。即使入主北京之后，他也不忘提醒御膳房，"只备几样菜就够了，外加辣椒汁儿一小碟"[5]。这变化中的"不变"，自然与《明史》"自成不好酒色，脱粟粗粝，与其下共甘苦"[6]的记载有关，但也从另一方面透视出姚雪垠在呼应当时文学观念时的谨慎态度。

一部《李自成》能同时融汇了传统叙事话语、红色文艺叙事话语及

---

[1] 姚雪垠：《李自成（八）·崇祯皇帝之死》，见《姚雪垠书系》第8卷，中国青年出版社，1999年，第354页。
[2] 张廷玉：《明史·流贼传序》，见马松源主编《二十五史精华》第4卷，线装书局，2011年，第1481页。
[3] 姚雪垠：《李自成（八）·崇祯皇帝之死》，见《姚雪垠书系》第8卷，中国青年出版社，1999年，第456、463、487页。
[4] 同上，第496页。
[5] 同上，第412页。
[6] 张廷玉：《明史·流贼传》，转引自宋衍申主编《中国历史要籍介绍及选读》，东北师范大学出版社，1999年，第447页。

20世纪80年代以来的人文叙事话语，这在20世纪中国文学史的幅面上极为少见。可解的一个理由是三种叙事资源可视为两种不同的叙事传统，即作为静态的民族叙事传统，作为动态演进的红色文艺叙事传统与人文叙事传统。三种叙事话语本有重叠的空间，但都作为一种内置性与外置性的视角渗透在小说创作当中。其中，内置视角的稳定性赋予小说民族性的底色，外置视角的适时性与变化性又赋予小说感应时代的现代意识。那么，三种叙事话语共处一室会不会引发叙事冲突？笔者的理解是传统意识与现代意识并非对立的两极，完全可以将传统意识所葆有的部分合理元素置于现代意识的延长线上来看待。至于姚雪垠对历史事件和历史人物的处理态度，在一定程度上也可视为对历史生活和现代意识如何交融问题上的阶段性认知。因为对于历史题材文学叙事而言，作家的职责就是在历史事件和事件意义中间进行有"意识形态立场"的"调停"[①]。需要说明的是，三种叙事话语的一体性存在或许又有一个基本的前提，即只有历史题材叙事文本，且这种文本的创作过程经历了时代的剧烈震荡后，才有可能在一个文本中整体性地出现。这样说来，多种叙事话语的交集在单个文本中共存只具有有限的可能性。

那么，历史叙事中多重叙事话语共存的内在困境又在哪里？依笔者来看，主要表现在以下方面。其一，"古为今用"的限度问题。以史实来反观现实，本无问题。但这种反观与烛照只能依照历史自身运行的逻辑来展开，尽量避免以主观介入的态度对历史材料硬性整合。《李自成》中唯物史观的预设，在反观与烛照历史的同时，也使不少历史线索隐匿不显。这往往成为"古为今用"这条实践原则中自含的局限。其二，"深入"与"跳出"的矛盾。历史科学注重严谨、可靠，事必有据。小说艺术讲究话语方式，对历史事件与历史人物的不同修辞，往往隐含着作者的价值判断。因而，大事不虚小事虚是一种写法，守持历史精神但虚拟历史事件也

[①] 海登·怀特：《叙事的虚构性——有关历史、文学和理论的论文（1957—2007）》，马丽莉等译，南京大学出版社，2019年，第242页。

是一种写法，完全虚拟历史又是一种写法。而"深入历史"的侧重点自然在于"谨严"二字，即不能忽略历史主流与历史精神，在这一点上姚雪垠的创作态度值得肯定。至于"跳出历史"，则需注意的是"跳得多高"的问题。如果弹性过大，对历史个体的现代性改造过急过满，就很有可能把深入历史的态度简化为一种对历史细纹的刻绘，从而模糊了历史人物的整体面容。《李自成》中的部分细节就在历史的"限高"问题上处理不善，时下出现的好多历史题材影视剧也正是在这一方面遭到多次质疑。其实，在有关"深入"和"跳出"的问题上，传统戏曲舞台上"自由谨严"的表演原则差可比拟，即"张飞胯下之骓可虚，而手中之矛不可虚；孙玉姣绣花时穿针引线可虚，而拾玉镯的玉镯不可虚"①。其三，统合性叙事的难度问题。学者米勒曾言："对生活的某种再现，就是在已经织好的生活画布上，选择某一线路，用一根交织的新线一个针孔一个针孔地往前绣，绣出一个图案、一朵花。"②如果援用其比喻，《李自成》最终呈现出来的艺术图景，是用历史的织线织就、用现代意识纹饰的传统图案。先说历史织线，叙事的针脚从何入手，朝哪里运动，线条如何串联，决定了讲故事的方式，寄托着讲故事者的情感。对于《李自成》而言，如以史传话语讲，流寇叙事显然不行。如以红色文艺话语讲，革命叙事似乎不妥。如以人文主义话语来讲，奋斗者叙事也有问题。可三种彼此交叉但有相对独立性的话语系统就在《李自成》这部作品中糅合在一起了。姚雪垠从流寇叙事中征用的是历史大势和李自成的基本人生轨迹，从革命叙事中强化的是李自成起义的正义性与必然性，从奋斗者叙事中彰显的是群雄逐鹿的历史大背景下个体人物无法力挽狂澜的悲怆。尽管多元性的叙事话语增强了历史的弹性，丰富了人性的内涵，回应了现实政治的诉求，但难免造成小说这一文本叙事中叙事针脚的大小、叙事线条的粗细、叙事色彩的明暗、叙

---

① 阿甲：《关于戏曲舞台艺术的一些探索》，见《戏曲表演论集》，上海文艺出版社，1962年，第8页。
② J.希利斯·米勒：《解读叙事》，申丹译，北京大学出版社，2002年，第90页。

事线路的曲直有所不同。再看传统图案，鉴于小说表现的是明清之际的历史生活，那么，古代战争叙事母题及延展而来的情节结构完全可以采用。问题是《李自成》在这一传统图案中又掺杂了不少现代革命元素和20世纪80年代以来的人文元素，致使小说所编织的图案光晕不纯，花朵色泽不一。从李自成前期对私人情感的极为克制到后期人性的灿然萌发，从崇祯皇帝前期的暴躁焦灼到后期的温婉悲情，这一系列缺乏铺垫的突转，都能说明这一问题。

整体来看，《李自成》最值得称道的还是民族底色。长期以来，研究者往往把民族化与地方化混为一谈，对民情、方言、风物的呈现，似乎成为文本具有民族化特征的一种鲜明标识。但在笔者看来，民族化显然不能这么狭隘地理解。《李自成》的地域性并不明显，姚雪垠恰恰是通过一些已有稳定接受基础的传统母题、情节结构与描摹技法（如穿插闪回、花开两朵、闲笔荡漾、横云断岭）等，唤醒了民族的文化记忆，并以一定的现代意识对这种带有历史沉积特征的文化记忆进行了新的表达。从这个角度言，《李自成》的确具有姚雪垠引以自豪的"民族气派"，而他对"民族气派"的理解与书写，对当代文学的民族化发展路向具有深刻的启示意义。

原载《文学评论》2022年第6期

肖洛霍夫的中国旅行

——《创业史》中"有意味的内容"的缘起与重构

一、问题的提出

  近年来,《创业史》中一些"有意味的内容"引发了研究者的普遍关注。这里所言的"有意味的内容",通常是指作品中间涌现的一些溢出主流政治叙事的边界并可能对文本意义产生一定冲撞力的情感单元,诸如梁生宝面对异性的生硬与忐忑、改霞冲破世俗的勇毅与痴情、素芳受辱后的惊惧与坦然、梁三老汉等小生产者对传统私有经济微妙的守持与回望等。针对这些耐人寻味的片段,研究者往往将其归因于两个方面,一是受民族(民间)文化叙事传统的影响,二是受苏联文学的影响。

  从前者言,这种推论在逻辑上的确有一定的自洽性。对民族文化叙事资源的征用与新掘,一直是20世纪人民文艺萌生以来不断凸显民族性内涵与大众化特征的重要策略。除过其显在的组织动员的社会功能不论,其实也表征着人民文艺在纾解现代性与民族性的复杂关系时所必要的理性态度,以及由此而显现出的文化主体意识。《在延安文艺座谈会上的讲话》之后,这种理性态度和文化主体意识逐渐在创作界蔚然成风,并作为一种创作惯习,从延安文艺一直延续到新时期文学之后,客观上使民族文化叙事传统中的某些基本叙事范式成为人民文艺意义生成与重构的重要介质。

作为十七年时期一部重要的农业合作化题材长篇小说，《创业史》中自然也有一些可能贴近或暗合民族文化叙事范式的细节，如开篇时"楔子"的介入、"诱惑与抗拒"母题的设置、"美人计"或"相思局"模式的内渗等。但这些略具阔大的言说其实不足以阐释相关细节生发的真正内因，甚至在一定程度上有简单套用、片面阐释之嫌。原因在于，这些叙事图景或许不惟在民族叙事文学中独自存留，同时也在西方文学中不时有所显影。那么，《创业史》中主要人物在情感追求方面的纠结，显然就不能认定为一个单纯的梁生宝式困惑，或徐改霞式困惑，同时也可能复述着一个世界性的个体与伦理之间冲突与纾解的问题。只不过在《创业史》中，这种个体情爱的困惑又与当时传统及现代的复杂社会矛盾交融在一起，客观上造成了研究者对文本"有意味的内容"的单向解读。为此，王彬彬就曾对这种不断滥用的"民间理论"有过强烈的质疑，"从所谓'民间'的角度解读中国现当代文学作品，这种风气已经流行好多年了"[1]。更让人困惑的是，柳青本人与民族叙事传统之间的关联也甚为疏松，因为"征之于他的创作，中国古典小说传统对他的创作几乎没有影响"[2]。这样一来，片面从民族叙事传统或民间文化的叙事范型中来求解这些"有意味的内容"的缘起，难免就有缘木求鱼之隔。

从后者言，苏联文学尤其是苏维埃文学对中国现当代作家影响深远。其中，肖洛霍夫对柳青的影响更趋明显。王蒙曾言，"我们这一代中国作家中的许多人，特别是我自己，从不讳言苏联文学的影响"[3]。李建军也称，"完全可以说，20世纪的中国当代文学，就是苏维埃俄罗斯文学投下的影子，就是它漾出的涟漪"[4]，而且"柳青的介入性极强的抒情化叙事，皆与《静静的顿河》的影响分不开"[5]。王鹏程则从"题叙""以人

---

[1] 王彬彬：《"民间理论"：从孟悦到陈思和》，载《文艺争鸣》2022年第11期。
[2] 王鹏程：《〈创业史〉的文学谱系考论》，载《中国现代文学研究丛刊》2014年第3期。
[3] 王蒙：《苏联文学的光明梦》，见《苏联祭》，作家出版社，2006年，第178页。
[4] 李建军：《重估俄苏文学》（上下），二十一世纪出版社，2018年，第9页。
[5] 同上，第917—918页。

物结构作品""白羽茅草神话"等多个方面，较为细致地辨析了《创业史》与苏联文学之间的内在关联。问题是，无论是王蒙对当时中苏文化蜜月氛围的渲染，还是李建军对苏联作家道德理想主义精神的聚焦，抑或王鹏程对柳青创作谱系的梳理，其实都只能从创作环境或细节借鉴方面佐证苏联文学对柳青的深度影响，却始终无法真正解答肖洛霍夫的"顿河故事"何以转化为柳青的"蛤蟆滩故事"这一难题。也就是说，柳青向肖洛霍夫借鉴了什么，怎么移用，如何置换，继而让文本呈现出浓郁的中国性等意义生成的内在机制问题，却少有研究者触及。上述研究方法只能让中俄文学的关系问题一再驻留于影响研究与细节对照研究的层面之上，不能真正阐明中国文学对外来文学资源拿来时的修正与重构，也不足以彰显这种隐含在被动接受中的主动性与民族性。我想，这一问题或许才是将苏联文学对中国当代文学的影响研究落到实处的重要问题，也是有效克服当前文化研究、社会史研究远离文本的某种局限，继而重勘文学研究的意义秩序、情节图式、民族性内涵建构的重要问题，同时也是重估社会主义文学经验的重要问题。故而，就有了此论题的提出及对相关问题的探讨。当然，本文虽以柳青的《创业史》为个案，由此引发的辨析与思考却并不局限于此。

二、"顿河故事"何以转化为"蛤蟆滩故事"

柳青对肖洛霍夫甚为崇拜，肖洛霍夫的《静静的顿河》与《被开垦的处女地》成为他创作《创业史》的重要参考。有人曾回忆50年代初期去拜访柳青时，"柳青同志正在屋子里伏案写作，桌子上放着一杯茶，一本肖洛霍夫著的《静静的顿河》"[①]。虽然柳青对《被开垦的处女地》中的集体农庄主席达维多夫评价不高，认为他情感关系混乱不堪，但依然在

[①] 陈策贤：《难忘的印象》，见人文杂志编辑部、陕西省社科院文学研究所编《人文杂志丛刊》第1辑《柳青纪念文集》，1982年，第71页。

1951年访苏时这样说道:"虽然我们和苏联农业生产中的领导者交谈时几乎没有谈到一点关于他们个人的生活状况和思想状况,可是我感到我是那么了解他们;因为我和他们在一块的时候,总是想起达维多夫的许多后进者"[1]。但个人崇拜与创作参考并不能说明什么问题,20世纪四五十年代的作家本就是在苏联文化的强光映照下成长,加之同样的政治体制、文学观念与审美追求,又不断加深着中苏之间文学渗合的程度。值得思考的是,肖洛霍夫的创作经验如何影响了柳青,即《静静的顿河》或《被开垦的处女地》中哪些情节线索被柳青移用与改造,并适时而有机地渗入《创业史》的写作当中。事实上,如果对两个作家的文本细致对照的话,不难发现,其中不少情节片段的相互映照,如水月镜花一样虚实难辨。但正是有了这些移用的线索,《创业史》政治叙事的框架内奏响轻扬的乐符,"有意味的内容"如黄昏的弯月一般悄然跃上枝头。正是有了柳青对这些线索的有意识的重组,挥抒着俄罗斯风情的激扬粗粝的"顿河故事",转而变成了秦岭山下稻地草房里烟熏火燎的"蛤蟆滩故事"。下面,我们择其要者对这些枝叶清晰的情节片段作一番稍为细致的辨析。

(一)"题叙"的来路

《创业史》的"题叙"虽有多种读法,但从叙事缘起的角度言,显然受《静静的顿河》的启发最大。肖洛霍夫在开篇对麦列霍夫家族的婚配、繁衍、兴业等生活事象的描述,与柳青笔下梁三老汉的起家史几可一一对应,如外乡人介入的视角。麦列霍夫·普罗珂菲的妻子是他从战场上俘虏而来,梁三老汉的妻子是他从逃难的流民中带回,这一异地血液的汇入共同促成了两个家族的形成与绵延,也由此展开了他们既日常又时逢变故的生活故事。又如非常态场景的设置,麦烈霍夫·普罗珂菲出场的背景是第二次土耳其战争,梁三老汉所遭逢的是饥饿史上百年不遇的民国十八年。

---

[1] 柳青:《在农村工作中想到苏联》,载《群众日报》1952年11月13日。

这些打乱了正常生活节奏的特殊历史片段，成为两个家族由"个人不幸"到"他人之幸"、由"社会不幸"到"家族之幸"良性转换的外在动力，也在融合社会史与家族史的叙事视野上为两部作品蒙上了同样厚重的史诗性色彩。还如另类形象的营造。在村民眼中，麦烈霍夫和梁三老汉的做法似乎都有违常理，鞑靼村妇女们争相谈论的是这个新组家庭的种种奇特之处，尤对普罗珂菲妻子迥异的长相与穿戴窃窃私语。蛤蟆滩村民疑惑的是梁三老汉不同往日的忙碌与莫名其妙的焕然一新。这些与周围村民颇为歧异的形象及由此引发的关注，使这两个家庭迅速与别的家庭区别开来，也使这种在非常时期所缔结的家庭关系一跃成为文本叙事的主流，并因其身份的特殊性迅速勾连起时代与家庭、个人与社会的复杂矛盾。由此，从开篇的"题叙"可以看出，《创业史》与《静静的顿河》存在着高度的互文关系。《静静的顿河》中如何从历史叙事落入家族叙事，如何从外围视角扭向内在视角，如何拨开枝蔓转入主线的种种叙事安排，给柳青以深刻的启迪。在某种程度上，我们甚至可以说，从开篇起，柳青就有意识地模仿了肖洛霍夫由史经村转人的基本叙事策略。

同时，我们又要看到二者在开篇中的差异性，这是柳青能将"顿河故事"移用在蛤蟆滩头讲述的叙事基石。为此，柳青在史实拟真、形象设计、文化氛围渲染、发家梦想叙写上颇费思量。

首先，鞑靼村毕竟是顿河哥萨克民族的聚集之地，血性、勇武、光荣、勤谨是其生命的底色。普罗珂菲从战场上掳掠妻子，虽然粗蛮，但也契合历史事实与民族特性。柳青将战场之姻改写为落难之合，一是有民国大灾的史实为证，二也符合流民逃荒之生存心理，何况鳏寡组合在中国本有其一定的社会文化基础。

其次，普罗珂菲掠妇为妻纯属私人行为，尽管归乡后招致村民的种种非议，但他依然故我。直至醉汉寻衅，他才"奔进内室去，从墙上扯下一把马刀"①来，用武力捍卫了自己的尊严。柳青显然不能让梁三老汉也如此处理与乡邻的紧张关系，他必须让梁三老汉这种自我抉择的婚事获得乡村文化的认可，这是个人行为最终能融入社会文化秩序的必经环节。于是，面对村民的猜疑，柳青没有选择让梁三老汉在家被动等待，而是主动出场，自觉遵从乡村文化的惯习，从而获得村民对这场意外婚姻的普遍认同。为此，文本中就有了梁三老汉买菜请客、红标布酬谢、请老学究书写婚约等常见的民俗景观的描写，直至"人们到梁三的草棚院里，吃了豆腐客梁大忙了一整天准备下的一顿素饭，说了许多吉利话，散了……"②尤其是婚约上书写的"情愿改嫁于恩人梁永清名下为妻"一句，又使这种多少让人有些不安的临时姻缘，因与救赎——报恩这一传统叙事母题的遥相呼应，从而变得坚若磐石。这样一来，半路搭伙的夫妻圆满履行了谢媒、立约、宴请、告知、收福等颇具民族特性的文化仪式，也顺势完成了进家户、入村落、融文化的身份转换。

再次，普罗珂菲的发家史从儿子潘苔莱开始起步，新盖的仓房、增加的田亩和屋顶上高高翘起的"铁公鸡"，使"这个院子增加了自足和富裕的景象"③。这一景象多年来再无改变，只是作为麦烈霍夫家族自给泰然的象征，同时也是《静静的顿河》正文展开的人物前史。接下来就是战争的爆发、时局的动荡所给予麦列霍夫家族的长久苦痛。由于思想主题的不同，柳青没有完全采用肖洛霍夫以人物来拉动历史的写法，而是将人物与时代的关系从"题叙"时就牢牢束结在一起，并特意拉长与增加了"题叙"的历史容量，把中国现代历史行进过程中所有滞缓与激扬的旋律，都充分渗透在梁三老汉前期的发家史中，以其始终不甘心、不言弃的创业心理，续接起新旧中国两个时代下传统农民的朴素愿望，以此拉开了草棚院里"矛盾和统一"的序幕。

---

① 肖洛霍夫：《静静的顿河》第一部，金人译，人民文学出版社，1980年，第8页。
② 柳青：《创业史》第一部，陕西人民出版社，1978年，第10页。
③ 肖洛霍夫：《静静的顿河》第一部，金人译，人民文学出版社，1980年，第10页。

这样来看，《创业史》中"题叙"的叙事功能与《静静的顿河》的开篇有异。肖洛霍夫极力镌刻麦烈霍夫家族的特殊性，以及家族成员对既有生活状态的沉浸，决定了《静静的顿河》展现的是顿河哥萨克民族在历史巨澜中毫无选择的被动性。而柳青浓墨书写梁三老汉的隐痛与这种隐痛在新社会依然难以纾解的苍凉与酸楚，决定了《创业史》呈现的是关中地区传统农民在社会变革中有选择却不能选择的特殊况味。当这种特殊的况味在同一个草棚院里、在同一家庭中的养父与养子间黯然浮动时，这个耿直得可爱、倔强得任性、关切得生硬的梁三老汉，就有了浓郁的让人久久拂之不去的中国味道。

（二）"娜克西妮亚"的变体

《创业史》中的素芳一直让研究者较为困惑，原因之一是无论她的成长环境，还是她在情感道路上的曲折经历，还是她有异于社会历史文化规约的精神心理，这个形象似乎都全然僭越了十七年时期主流小说的塑造程式，让人难以归类与解读。郜元宝曾对其新生之后的反常情绪进行了细腻阐释，但并未从形象生成的角度为之溯源。这样难免带来三个方面的局限：一是将素芳孤立化，认为她是蛤蟆滩头一个不能认同的他者，听命于母亲的训导是她难以沐浴社会进步之光的直接原因；二是将素芳悲情化，认为她委身地富实属无奈，示爱无效、缺乏温情的婚姻是她接受姚世杰的直接推力；三是将素芳现代化，认为她对情爱的追求中隐现着颠覆传统道德秩序的反叛力量，与挑战世俗文化的田小娥等有内在精神心理的一致性。这些推论不能说全无道理，但忽略了柳青从肖洛霍夫借力这一重要因素。如果从文本间性的角度看，素芳显然就是《静静的顿河》中那个风流邻居娜克西妮亚的变体。

先看两人身世、生活处境与心理需求的高度相似性。十七岁的娜克西妮亚在"出嫁前一年的秋天……她的父亲——五十岁的老头子——把她的手绑起来,强奸了她"①。嫁给司契潘后,婆婆暴戾刻薄,丈夫"在仓房里有计划地和凶狠地把年轻的妻子打了一顿"②,并与"许多放荡的守活寡的女人们乱搞起来"。即使她生了孩子之后,司契潘"仍旧是很少在家里过夜"。③于是,无爱可寻的娜克西妮亚,"每当葛利希加的两只黑眼睛用力和疯狂地对她表示着爱情的时候,她就觉得又温暖又愉快"④。素芳的情形与此大致相似,"十六岁被一个饭铺堂倌引诱怀孕",过门到欢喜家后,因羡慕"邻居小伙子宝娃灵巧可爱","她没有少挨打"⑤,甚至"打得她多少日子下不了炕"⑥。只不过梁生宝并没回应素芳投递来的情愫,致使"她和鲁笨的栓栓睡在一个炕上,幻想着和生宝在一块相好"⑦的愿望破灭。直到偶然到姚世杰家帮工,这才发现"世界上还有不鄙视她,而对她好的人啊"⑧。相比之下,可以发现两个文本具有共同的叙事线索,婚前受辱—婚后无爱—转寻他人。稍有不同的是,娜克西妮亚与葛利高里一拍即合,素芳在遭到梁生宝训导后无奈缩回原地。而且,与"邻居"共情,也是娜克西妮亚与素芳具有高度重叠的重要元素。

再看两人被迫失身前后的心理反应。娜克西妮亚到地主庄园做工后,因孩子早夭,葛利高里又远在前线,悲痛万分的她整日以泪洗面。于是,休整回家的地主儿子李斯特尼次基趁机而入,"被失望折磨着的娜克西妮亚忘记了自己,表现着全部狂暴的、早已忘记的热情,把自己的肉体交给了他"。苏醒过来的娜克西妮亚感觉到难言的屈辱与羞愧,但当"三天后,叶甫盖尼夜间又到娜克西妮亚住的那半间屋子里来了,而且娜克西妮

---

① 肖洛霍夫:《静静的顿河》第一部,金人译,人民文学出版社,1980年,第47页。
② 同上,第48页。
③ 同上,第48页。
④ 同上,第49—50页。
⑤ 柳青:《创业史》第一部,陕西人民出版社,1978年,第377—379页。
⑥ 同上,第389页。
⑦ 同上,第378页。
⑧ 同上,第380页。

亚也没有再拒绝他"。①素芳被姚世杰占有后,也与娜克西妮亚有过同样的慌乱和羞赧,但当姚世杰又一次"从东厢屋赤脚片摸进妻侄女住的西厢屋来了。这回素芳已经不再是被动的、勉强的和骇怕的了",甚至产生了一种报复的快感,"叫你指使你儿打我"。②从中不难看出,两人失身前后惊惧、不安、自愿顺从的心理轨迹大致雷同。

尽管这些琐屑的细节无时不在提醒我们两个形象的耦合性,但从形象的整体特征及内在意蕴来看,二者之间的差异又醒然在目。娜克西妮亚如顿河草原上随风起伏的羽茅草,如在干燥的苦风下扬蹄撒欢的骒马群一般,充满了自然原欲的色彩。她对葛利高里执着而滚烫的爱,丝毫不掺杂任何社会文化元素。即使她和李斯特尼次基的短暂情感,也完全是向往自由、渴望理解的本性使然。她对家庭、丈夫的毫无牵念,她为拥抱爱情的屡次远走,她在爱情面前的率性、勇毅,她对一切阻挠社会力量的蔑视与迎战,处处显示着一种飞蛾扑火般的向死而生,时时逼退着来自传统伦理舆情的围攻,直至最后在流亡途中"死在葛利高里的怀里"③。

与娜克西妮亚相比,素芳明显就是一个在爱的门前小心张望的中国传统女性,稍有自我救赎的火苗燃起,马上就被社会伦理之风吹灭。即使在与姚世杰的偷情过程中稍稍有所宽慰,但接踵而至的社会变革使她跌入无语凝噎的凄怆之中。那么,同样命运多舛、渴望温情的女子,何以在阅读感受中产生如此之大的差异?换句话说,柳青在移用娜克西妮亚形象时,又对这一形象进行了怎样的修剪,从而避免使这一形象成为中国的娜克西妮亚,而成为中国传统农村语境中的素芳。

依我来看,柳青的策略无非移"生活的不成文法"为"传统伦理规范"。肖洛霍夫将娜克西妮亚为爱而生的行为理解为"生活的不成文

---

① 肖洛霍夫:《静静的顿河》第一部,金人译,人民文学出版社,1980年,第477—478页。
② 柳青:《创业史》第一部,陕西人民出版社,1978年,第380—381页。
③ 肖洛霍夫:《静静的顿河》第四部,金人译,人民文学出版社,1982年,第2054页。

法"。他曾在文本中这样介入性地叹息道:"生活总是用自己的不成文法支配着人类"[1]。言下之意,人性是多元复杂的,没有一种文化规则和社会力量能够将之完全掌控。这种"生活的不成文法",其实就是能超越社会文化规范约束的自然力量,即天然、生动的人性力量。娜克西妮亚正是在这种不成文法的推动下一路向前。柳青断然不能以这样的理路来呈现素芳。他深知传统伦理规范在中国乡村社会的影响力,也知道素芳这种自我寻爱的行为会在当时激起多大的波澜。为此,在他小心地裂开素芳情感外溢之细缝的同时,又紧紧地用文化、道德的铁尺将罅隙封固,由此营造出了一种特殊的尤在中国乡村社会体现深刻的文化氛围。如对家风问题的聚焦:在柳青看来,素芳之所以产生有悖世俗的举动,与其家风有关,母亲与他人的特殊情感关系对素芳影响很大。尤其是母亲以过来者的口吻对她的启蒙,"哪个女人没年轻的时候?哪个年轻女人不贪欢作乐?"[2]直接让婚内婚外的巧妙平衡成为素芳追慕的幸福模板。这样就把一个本来可能像娜克西妮亚一般渴望爱情的纯真女性,直接转为一个受不堪家风影响从而被乡民所不齿的问题女性。正是借着这副道德伦理的视镜,面对素芳递来的毛袜子,梁生宝自然"气得冒了火",很不客气地申斥她:"你甭败坏俺下河沿的风俗!"[3]于是,素芳只能缩回到毫无生气的家庭当中。至于和姚世杰暗情的发生,尽管柳青给予一些必要的铺垫,但与堂姑父为奸,而且是委身于地主姚世杰,更让素芳由一个家风不好的问题女性,再转为与公序良俗为敌、与政治文化为敌的反面女性。这样一来,顿河草原上轻盈的娜克西妮亚,随即成为蛤蟆滩头沉痛黯然的素芳,即使在获得所谓的新生之后,她依然号啕大哭,毫无解放的愉悦。原因是这样一个有过如此复杂情感经历的女人,这样一个曾与传统伦理文化有过严重阻隔的女人,在价值观没有完全改变的中国50年代初期,何来真正的新生?且不说

---

[1] 肖洛霍夫:《静静的顿河》第一部,金人译,人民文学出版社,1980年,第478页。
[2] 柳青:《创业史》第一部,陕西人民出版社,1978年,第378页。
[3] 同上,第379页。

劳动人民接受与否,单是自己就过不了痛定思痛这一关。所以,柳青只能让她将这种难言的痛苦以泪水形式表达出来,并与作为政治文化镜像的旧社会编结在一起,完成了这一形象的中国化重构。

(三)梁生宝、徐改霞身后的达维多夫、罗加里亚与华丽雅

严家炎曾对梁生宝有"三多三不足"的评析,其中,"写理念活动多,性格刻画不足"[1]之言,引发了柳青的强烈反诘。这一有关梁生宝形象的文学价值问题,多年来虽经学界多次阐释,但一直盘桓在社会主义新人塑造的难度与限度的层面上,鲜有研究者对这一形象何以如此作更为内在的追问。

其实,只要熟悉肖洛霍夫的《被开垦的处女地》,这个问题不难解答。《被开垦的处女地》中的退伍海员达维多夫,与梁生宝有着明显的创作血亲关系。作为一个外派到各内米亚其村的主持农业集体化生产的年轻人,他始终没有清晰的工作思路,对村中暗藏的敌人雅可夫·洛济支毫无警惕,且委以重任。他虽然热心赤诚,但在村中划定阶级、清除富农、兴办集体农场等种种复杂矛盾面前,并没有体现出一个工人阶级本有的风范,相反时时陷入被动、受辱的窘境。同时,作为一个尚未婚配的青年工人,他不断面临着村党支部书记拉古尔洛夫的妻子罗加里亚的诱惑。即使得知罗加里亚与富农儿子铁摩菲长期有染,拉古尔洛夫与妻子离婚之后,达维多夫依然沉浸在对罗加里亚的思念之中,甚至"愈益频繁地想到这位本质上欢喜无理取闹的思想非常空洞的女人"[2]。由此看来,情思漫漶与行动延宕是达维多夫在情感层面上的典型特征。

而这一特征,正与梁生宝之间有着较为清晰的呼应关系。尽管梁生宝忙于蛤蟆滩的互助组工作,但对改霞的念想须臾没有停歇。无论是买稻

---

[1] 严家炎:《关于梁生宝的形象》,载《文学评论》1963年第3期。
[2] 肖洛霍夫:《被开垦的处女地》第一部,立波译,生活·读书·新知三联书店,2021年,第388页。

种时夜宿车站的思如潮水,还是黄堡镇相遇时的手足无措,还是夏夜田埂上充满暗示的幽会谈叙,都足以说明这两个形象在情感表现方面的趋同性。即使在面对爱情袭来时的态度,达维多夫与梁生宝也差可比拟。达维多夫之所以不敢吐露自己的心扉,是"他害怕他和她的关系会损害他的权威"[1]。梁生宝之所以如此刻意保持与改霞的距离,是"很担心他在村里的威信受到损伤"[2]。至于在爱情面前的慌乱,两个人物更有重合之处。当罗加里亚在夜晚散步时挽住达维多夫的手臂,"达维多夫畏畏缩缩地向周围顾盼着"[3]。当梁生宝与改霞在镇上相遇时,面对改霞投来的热情目光,梁生宝"左边看看,右边看看,近处的田间和大路上,没熟人,这才克服了他神情上的慌乱"[4]。从这些细节可以看出,梁生宝形象背后有着达维多夫的鲜活影子,达维多夫在政治工作与个人情感之间不断摆荡的困惑,成为柳青塑造梁生宝时的重要创作依据。而同属合作化题材的主题及人物关系,又使这两个身份类似、年龄相当、心潮轨迹大致重合的年轻人有了一定的互文性。从这个角度言,梁生宝形象的"三多三不足"本就是达维多夫的"三多三不足"。这一苏联社会主义文学画廊中的形象,直接启迪了中国文学中社会主义新人的出现,也带来了《创业史》中那些让人时感温暖的片段。

需要注意的是,柳青在梁生宝身上所点染的特殊色彩。首先,他特意将梁生宝的成长经历嵌入中国社会历史变迁的怒潮之下,并经党的化育,使其通过对私有制痛切的体味,快速地越过成长过程中的所有羁绊,完成了精神上的受洗。这就使得这位小伙尽管面嫩口拙,但在合作化运动展开中,从未有达维多夫作为跨行业下派干部的不熟悉、不适应心理,相反呈现出举重若轻的一面。尽管柳青或许对其精神成长的铺垫不足,但从柳

---

[1] 肖洛霍夫:《被开垦的处女地》第一部,立波译,生活·读书·新知三联书店,2021年,第394页。
[2] 柳青:《创业史》第一部,陕西人民出版社,1978年,第220页。
[3] 肖洛霍夫:《被开垦的处女地》第二部,草婴译,作家出版社,1961年,第23页。
[4] 柳青:《创业史》第一部,陕西人民出版社,1978年,第256页。

青的角度言，内生于蛤蟆滩的梁生宝实在不需要达维多夫式的磨合，他前二十年的经历，完全可以使人确认这个形象在中国语境下出现的可能性。其次，介于下派干部达维多夫在各内米亚其村借宿的无亲无故，柳青为梁生宝精心设置了草棚院里温情与冲突并置的家庭环境，养父的执拗、无奈与通融，母亲和妹妹的热心、理解与支持，不但使政治视域下公私两条路线的矛盾很大程度上弱化为烟火气十足的生活矛盾，同时也将梁生宝在工作上的顺利与坎坷，巧妙地转移为家庭内部的喜怒哀乐。这种政治叙事的生活化与日常化，恰恰与家国一体的民族文化内里之间有了生动的呼应。再者，达维多夫的私情带有浓厚的个人意味，这种私情在格内米亚其村较为粗放的文化氛围中并未激起太大的风波，村苏维埃主席拉兹米推洛夫同样经受个人情感何去何从的纠结。面对这一外来形象在中国语境下所可能造成的误读，柳青先是修剪了达维多夫情感之树中旁逸斜出的枝梢，将梁生宝的困惑集中在与改霞的单一关系当中，同时把这种关系所引发的矛盾严格限定在两人开放与保守、热情与木讷、单纯与多思的性格层面上。然后，柳青对素芳这条线采取了抑制和转换的策略，用梁生宝的严词苛责抑制了素芳对不合理情爱的追求，以姚世杰的介入将素芳的情爱引入旧社会旧道德的阴影当中。这样一来，面对种种诱惑而无法抉择的达维多夫式的情感困惑，在《创业史》中转换为因对农村与城市、理想与现实的不同态度所导致的梁生宝式的困惑。这种化个体爱情追求为人生价值探寻的转换，恰恰联袂了50年代中国乡村社会的现实情境，也与当时社会文化所崇尚的"劳动加爱情"主题有了深刻的联系。

至于改霞，在我看来，无异于罗加里亚和华丽雅的合体。为了政治叙事的需要，柳青撷取了罗加里亚的"诱惑"与华丽雅的"本色"，结合当时中国乡村青年普遍困惑的出路选择这一社会问题，合塑了率真、热情、纯朴、上进的改霞形象。既有研究往往把这个形象所体现出来的某些现代性特征，归结为社会主义新人的应有之义，唯独忽略了改霞背后隐隐而立的罗加里亚和华丽雅。下面，我们择《创业史》中一段最有意味的内容略作比照。

  于是，生宝和改霞，只有生宝和改霞两人，单独在黑夜无边的关中大平原上……改霞柔媚地把一只闺女的手，放在生宝穿"雁塔牌"白布衫的袖子上……她的两只长眼毛的大眼睛一闭，做出一种娇嗔的样子。好像改霞身体里有一种什么东西，通过她的热情的言词、聪明的表情和那只秀气的手，传到了生宝身体里去了。生宝在这一霎时，似乎想伸开强有力的臂膀，把表示对自己倾心的闺女搂在怀中。改霞等待着，但他没有这样做……"我这阵没空儿思量咱俩的事……"说毕，生宝坚决地转进田间草路……改霞在路口上站着，夜幕遮盖着可怜的闺女。她用小手帕揩着眼泪。①

  这一片段实在耐人寻味。改霞满目风情的主动、梁生宝心潮起伏下的被动与生硬、改霞心愿落空的感伤，是其中颇为醒目的关键情感线索。而这种情感线索在《被开垦的处女地》中其实已有初步呈现。如达维多夫送罗加里亚回家这一片段，同样是宁静的夏夜，同样是类似田埂的堤脊旁叙话，"罗加里亚卷起了她的裙子……后来他站起来，从他的脚边，干的黏土块发出沙沙的声音地滚到了水沟里，罗加里亚继续地仰卧着，她的手臂摊开……她没有用手撑着地，敏捷地站了起来，细眯着她的眼睛：'我好看吗'？'你要我说什么才好呢？'达维多夫漠然地回答道，拥抱着她的纤细的肩。"②在此，我们可以看到罗加里亚对集体农庄主席达维多夫的主动诱惑，也能体会到达维多夫面对诱惑的放纵及漠然。只不过柳青在借用罗加里亚这个人物时，将其野性的风情降低到中国文学观念所允诺的程度。

  更具可比性的应属达维多夫和华丽雅这一段。劳作结束后，达维多夫正在地头假寐，十七岁的农村姑娘华丽雅近身唤醒了他，"她全身都发

---

① 柳青：《创业史》第一部，陕西人民出版社，1978年，第547—550页。
② 肖洛霍夫：《被开垦的处女地》第一部，立波译，生活·读书·新知三联书店，2021年，第393—394页。

散着正午的太阳、晒热的青草和那种一生只有一次的新鲜而迷人的青春气息……'多么可爱的姑娘啊！'达维多夫一面想，一面叹了一口气……他们几乎同时站起来，默默地互相盯着对方的眼睛有好几秒钟"①。为了避免尴尬，华丽雅借赶牛离开，达维多夫却开始"聚精会神地考虑着：生产队靠本身的力量，要多少天才能耕完全部的五月休耕地"。华丽雅非常失望，"她那少女的纯洁的初恋，竟遭到达维多夫的冷淡反应"，于是，"她一路走，一路用手巾的梢儿揩着泪水"。等到他们向休息站走去时，两人的心绪指向更是判若云泥，华丽雅想的是"他不会爱我的"。而达维多夫则想的是"明天会刮大风，过一天，土地就会干燥变硬，这样牛可得吃苦了"。②这些细节所表征出的渴望理解与不被理解、工作狂与相思症的矛盾，尤其是用"手巾的梢儿"揩眼泪的感伤，几乎与《创业史》的相关叙写如出一辙。正是柳青对肖洛霍夫文学叙事手法的借鉴，《创业史》难能可贵地在政治叙事中留下了一些弹性的空间。这些弹性空间既闪烁着苏联文学对人性热情开掘的光芒，又有一定的民族文化心理结构的支持，故而成为小说每读必解的"有意味的内容"。

三、余论——对部分中国现当代文学作品细节的再考察

苏联文学对20世纪中国文学的影响不惟体现在柳青的《创业史》中，相反是对中国现当代文学的一种整体性的烛照。为此，王蒙才说"整个苏联文学的思路与情调、氛围的强大影响力在我们的身上屡屡开花结果"③。且不论苏联花与中国花、苏联果与中国果之间的移用与置换，单是花籽与果苗的出处，就让我们深感苏联文学的强大生命力。这一方面体现出中苏之间政治文化的同构同体性，也从另一方面体现出中国现当代文

---

① 肖洛霍夫：《被开垦的处女地》第二部，草婴译，作家出版社，1961年，第88页。
② 同上，第89页。
③ 王蒙：《苏联文学的光明梦》，见《苏联祭》，作家出版社，2006年，第178页。

学活力资源的一种补给方向，更从一定程度上体现出文学的现代化进程，"必然是一个在自己国家民族独特的历史文化场中，外国与本土、传统与现代矛盾冲突又互渗融合的复杂格局"①。带着这样的思考，我们试对部分中国现当代文学作品的细节再作考察。

如周立波《暴风骤雨》中分地主财物片段。不管是斗争韩老六之后，还是清算张富英管理的合作社中，周立波都极力描摹农民对地主财物的歆羡、贪恋与获取之后的自得感。当张景祥分到一双长筒胶皮靴时，满心欢喜，"天不下雨，他也穿着胶皮靴，在公路上溜达，不走干道，尽挑泥洼子去踩"②。至于老孙头，则直接拿起提篓开始品酒，沉醉不已。《被开垦的处女地》中早有这样的细节，分发富农财物的行动中，"乌沙可夫的小小的老婆一动也不动地呆伏在一个大柜上"，领到羊皮衣服的西奚卡"好像挟着一撮食盐一样，他用他的手指和拇指挟着羊皮衣服的边缘，好像一个女人跨过污水潭的时候提起她的裙边一样地提起衣服的一边，舌头发出啧啧的声音"。③

如孙犁笔下小满儿面对干部在家过宿时那种慌乱、孤独、渴望的情绪，又与《这里的黎明静悄悄》中李莎的微妙心理高度重合。两个文本的主人公都有不忍青春流逝的宣泄冲动，面对的都是外来临时入住者，而主动靠近、对方漠然则是两个文本共有的叙事线索。十四岁的李莎一直在家中忙于家务，致使青春期的天空雾霾重重，父亲一个朋友的到访，令其产生了一种莫名的期待，她突然"渴望着在一片黑暗中慌乱而糊里糊涂的相遇，渴望着他的喘息、低语，甚至是粗鲁的行为……她心里并没有任何邪恶的念头，她仅仅是渴望自己的心灵能突然剧烈地震动，渴望作出什么含

---

① 黄曼君：《新文学传统与经典阐释》，湖北教育出版社，2005年，第23页。
② 周立波：《暴风骤雨》，人民文学出版社，1977年，第193页。
③ 肖洛霍夫：《被开垦的处女地》第一部，立波译，生活·读书·新知三联书店，2021年，第155—158页。

混而热烈的许诺……然而并没有人踏着吱嘎作响的楼梯上来"[1]。小满儿的表现同样令人困惑，外来干部入家之后，长期蛰居在姐姐家的离婚女性小满儿瞬间产生了一种强烈的期待，她不可遏制地展现着自身的魅力并企图对方有所应答。她先是热情地为干部抱柴烧炕，接着与孤身的干部谈叙良久，直至干部长久失眠。第二天清晨，"天还很早，小满儿跑了进来。她好像正在洗脸，只穿一件红毛线衣，挽着领子和袖口，脸上脖子上都带着水珠，她俯着身子在干部头起翻腾着，她的胸部时时摩贴在干部的脸上，一阵阵发散着温暖的香气"[2]。尽管最后的结局依然是期待落空，但这个形象由此生发的意蕴却绵绵不绝。

又如《红岩》中江姐对成岗的劝慰，让人油然联想起《钢铁是怎样炼成的》中丽达对保尔的叮嘱。中国红色文艺作品中的英雄形象，一般都具有禁欲主义色彩，这种理念的摄入与苏联文学有关。夏伯阳曾专门就此问题作出过响亮的回答，"战士没有女人，能否在前线过上两三年？他自己的结论是，'一定要这样，不然他还算是什么战士？'"[3]但这种极端态度在女性革命者身上的体现其实并不明显，相反，她们常以母性的柔情劝慰那些对革命作机械理解的同道者。丽达婚后就曾给保尔写信，特意强调"不要对自己太苛刻，保尔。在我们的生活中，除了战斗，还有很多，比如美好的感情和它所带来的欢乐"[4]。有意思的是，《红岩》中也有这样的片段。当听到成岗恐影响工作而不想恋爱时，江姐心里产生了隐隐的担忧，她先以马克思、燕妮的志同道合为例，然后又现身说法，"我是女同志，我有个可爱的孩子，他并没有妨碍我的工作"。但成岗不为所动，江

---

[1] 鲍里斯·瓦西里耶夫：《这里的黎明静悄悄》，王金陵译，湖南人民出版社，1980年，第79页。
[2] 孙犁：《孙犁文集》（一），百花文艺出版社，1981年，第438—439页。
[3] 富尔曼诺夫：《夏伯阳》，石国雄译，译林出版社，2002年，第212页。
[4] 奥斯特洛夫斯基：《钢铁是怎样炼成的》，赵淑贤译，北方文艺出版社，2012年，第271页。

姐只能叹息不已，"我喜欢你这种严肃的态度……虽然过于偏激"。①

又如许云峰就义时的慷慨陈词与《青年近卫军》中舒尔迦和瓦尔柯高唱凯歌迎接死亡大有异曲同工之妙。面对徐鹏飞的恶意奚落，许云峰付之一笑，凛然对曰："我感到无穷的力量。人生自古谁无死？可是一个人的生命和无产阶级永葆青春的革命事业联系在一起，那是无上的光荣！这就是我此时此刻的心情"②。舒尔迦则言："一个普通的工人，命中注定能在我们党内通过自己的生活道路，能追随像列宁和斯大林那样给人们打开通往幸福生活的大道的人，走完自己的人生道路……这是我们最大的幸福"③。

即使在路遥、贾平凹的小说中，我们也能见到苏联文学随处洒落的光斑。如路遥《人生》中，高加林与刘巧珍结伴上城，引来众人侧目，"一群碎脑娃娃在他们很远的背后，嘻嘻哈哈，给他们扔小土圪垯，还一哇声有节奏地喊：'高加林、刘巧珍，老婆老汉逛县城……'"④达维多夫与罗加里亚挽手而行时，"淘气的村童们——情人们的无情鞭子——跟在后头跑来跑去，扮着各种鬼脸，用尖嗓子大声唱着：新娘子，新郎官，捏成一个酸面团！"⑤至于贾平凹《秦腔》中夏天智逢人就举起报纸以展示儿子文章的那种骄傲，也与潘苔莱拿着儿子荣获十字勋章的书信后念遍全村的激动心情几乎类似。凡此种种，不再赘述。

需要说明的是，对上述作品细节的辨析，如果仅仅落在苏联文学对20世纪中国文学的广泛浸染方面，则远非笔者的本意。相反，在苏联文学的深重影响下能时刻感受到中国文学对之改写、重述的身影，以及这一域外文学资源在内化过程中民族性内涵的不断彰显，才是本文论析的主要目

---

① 罗广斌、杨益言：《红岩》，中国青年出版社，2000年，第55页。
② 同上，第555页。
③ 法捷耶夫：《青年近卫军》第二部，水夫译，人民文学出版社，1975年，第459页。
④ 路遥：《人生》，见《全国获奖中篇小说集（1981—1982）》，上海文艺出版社，1983年，第407—408页。
⑤ 肖洛霍夫：《被开垦的处女地》第二部，草婴译，作家出版社，1961年，第23页。

的。在此,叶维廉针对"五四"时期文学变革内在复杂性的言说,依然对我们深有启发,即"我们必须寻找出当时能够接受(而且在同一时间内接受)这许多思潮的'内在需要'",因为"每一项移植都必须设法纳入某种传统的架构里始可以生根振发"[1]。我想,苏联文学与20世纪中国文学的关系也应作如是观。

原载《中国当代文学研究》2024年第1期

---

[1] 叶维廉:《中国诗学》,生活·读书·新知三联书店,1992年,第198—200页。

后 记

这是一部以陕西文学创作为中心兼及当代部分文学思潮与现象的评论集，集中了二十年来我在当代作家作品研究方面的主要成果，在一定程度上体现着我对当代文学研究态势的总体把握及个人思考。

该评论集的所有文章都曾在专业学术期刊上发表。本次结集出版时，我并未做大的调整，除对早期的论文增补一些必要的注释外，基本都依照原貌呈现，并以论文发表的时间先后为序依次排列。目的无非有二：一是梳理自己在当代文学研究过程中从稚嫩行步到逐渐成熟的过程；二是从个人研究的层面上折射21世纪以来当代文学研究的面向与走势。鉴于陕西文学在当代文学发展史上的重要地位及我个人身在延安大学的缘故，我对当代陕西作家的关注度较高，相关研究篇目也较多。这一方面是个人研究兴味使然，另一方面也与我自己的力有不逮相关。作为一个长期追踪当代文学发展的研究者，在对陕西作家诉诸研究热情之余，我还对王安忆、池莉、金宇澄、孙犁、赵树理、姚雪垠等当代小说大家的小说创作进行了力所能及的阐释，意在通过自己的研究，对文学史上一些易于忽视的问题给予必要的清理和辨析，以期在更为客观、理性的视野下重释当代文学的意义秩序，重估陕西文学的历史经验。

这部评论集之所以以"'传统'的显现与重述"来命名，出于两个方面的考虑。一是就中国当代文学发生发展的历史语境而言，其创作资源始终向民族叙事传统与西方叙事传统两个场域展开。不管是对民族叙事传统的倚重，还是对西方叙事传统的借鉴，都存在一个中国式融变的问题。也就是说，不管移用哪一种资源，最后都要落实到中国人、中国生活与中国故事的讲述方面，否则文学的民族化与现代化无从谈起。所以，"传统"自然成为内植于当代文学发展肌理中的一个关键词语。二是陕西的地理、历史、文化与"传统"本身有着紧密的关联。陕西作家多有农裔城籍的身份认同难题，其笔下的人物大多纠缠在传统与现代两维所编织的紧张关系中，其叙事策略也往往与民族叙事传统之间有着或显或隐的投射，这种地理性、文化性、观念性、艺术性的呈现，自然与"传统"有了一种遥遥的呼应。正因为此，本评论集将"传统"置于一个突出的位置，也希望借此来体会蓄积在文本下面的由传统与现代两种声音所搅动的声浪。当然，这里的"传统"在具体的文本研究中更多指向的是一种民族传统叙事的范式、情境与意蕴。

盘点自己的成果，多少有些惭愧，无论是视野、切口，还是论证、阐释，总觉得自己的研究成果尚嫌粗糙。好在斜阳尚在，还有余暇，我当踔厉奋发，继续前行。

最后感谢"当代陕西文学评论文丛"编委会对我研究成果的认可与鼓励，使我多年的研究成果终能汇集成册。同时，也感谢陕西师范大学出版总社马凤霞编辑对该评论集的细致编校。

惠雁冰

2024年9月25日 于延安大学